林东林 著

迎面而来

上海文艺出版社

目 录

01/ 象拔蚌先生　001

02/ 华安里　027

03/ 过年　059

04/ 有人将至　087

05/ 飞旋海豚　121

06/ 归无计　157

07/ 遍地钟声　191

08/ 去跳广场舞　223

09/ 烈士巷　257

10/ 去安城的路上　283

后记　315

01 / 象拔蚌
先生

迎面
而来

上了十年的班还没挣来一间房子，早过了结婚的年龄还没找到女朋友，这算是两种不幸，但如果说到底，也可以称之为一种。那时候，我恰恰就身处于这样的不幸之中。我在一家大学下属的出版社当校对——毕业之后我就去那儿干上了这一行，见月领取一份只比房租多一倍的工资，如果按照这个标准，三十年不吃不喝我也攒不够一套房子的首付。我租住在动物园附近一栋六层家属楼的顶楼，窗子下面就是日夜流淌不息的贵春江，江那边是郁郁葱葱的花园山，好在这些都是免费的。每天早上一拉开窗帘，我就能望见朝霞从山后面冉冉升起，将山坡上团团氤氲缭绕的雾气一一廓清，把包裹在其中的高高低低的红房子一一显露出来，就像我用湿毛巾把眼镜片上的灰尘擦拭干净那样；而到了傍晚我下班回来时,夕阳则又会把万道金光撒在碧波荡漾的江面上和山坡上,为它们覆盖上一层金质的光泽。这常常让我产生这样一种矛盾的感觉,既富有世间万物,同时又一贫如洗。

这间两室一厅的房子,我是跟一个小伙子合租下来的,他住主卧,我住次卧。他是话剧团的一名舞蹈演员,刚谈了女朋友。虽然仅仅一板之隔,但是我们的命运却犹如天壤之别,尤其是到了每周三晚上的时候。周三他不上班,不用排练,也不用准备晚上的登台演出,他会在家歇上一天,蓄满力气等着晚上前来的女朋友。他的女朋友是个小个子,好像也是个搞艺术的,我见过几次,互相点点头就算是打了招呼。等到九点一过她来了,然后他俩就在隔壁开始了,就像一头发情的公兽碰上了一头发情的母兽,把整栋房子都搅和得翻江倒海。中烧的欲火把他们缠绕得难分难解,中间还夹杂着一声声高亢而嘹亮的尖叫,我想那尖叫声的分贝跟他们舞台上最高的女高音相比,肯定也不会逊色多少。到了十一点多,他俩会一前一后地去洗澡,洗完后又绵绵细语一阵才会睡去,间或发出一阵阵低沉的鼾声。每一次我就被丢弃在这样的鼾声里辗转反侧,一直到后半夜。

后来每到周三,吃过晚饭之后我就会出门躲躲,看一场电影,到办公室里加班看看稿子,或者去艾勇家待上一两个小时,估摸着他俩差不多该完事儿了我再回去。

事实证明，这是一个相当不错的办法，虽然我也知道在我不在的那几个小时里他们都干了什么，但是起码不用再受煎熬了，回去之后倒头我就能睡着。如果跟我一样，你也身处这样的境地，那么我可以毫不吝啬地把这个办法介绍给你，并且确保它管用。在这个城市，艾勇是我为数不多经常来往的朋友之一，我想对他来说应该也是这样的，毕竟我们都花了三四年时间才把对方从点头之交变成相当亲近的忘年交。他在中医院上班，他老婆是一家地方商业银行的信贷员，他们住在离我这儿一公里左右的中医院宿舍，他们的女儿在外地读大学。艾勇本来是在医院图书室当管理员，后来因为办公场地不够用，院里就把图书室裁撤了，那几千册藏书也卖得一干二净。他先是被安置在后勤处采买办公用品，后来那个位子也被挤掉了，就又去了文印室，每天的工作就是穿着白大褂给进进出出的病人复印病例。

　　他们那间图书室被裁掉之前，我去过几次，就在紧挨着门诊部那栋两层小楼的二楼。那是上百年的老房子了，光线很暗，潮气重。那十几排红漆斑驳的架子上，潦草堆放着一册册盖有蓝戳儿的中医药方面的图书，书页都已经松脆泛黄，散发出一股股霉味，在那股霉味里也夹杂着一丝丝遥远的年月的气息，可能还夹杂着那么一点儿山川草木的神秘气息。有一次，在最里侧的古籍专架上我还找到了三个版本的《本草纲目》，1885年张绍棠请人重新绘图刊刻的张本，1977年人民卫生出版社出版的刘衡如校点本，还有1993年上海科学技术出版社出版的影印本。我之所以注意到这三个版本，跟我当时手头正在校对的一本《中医图书杂说》有关，它提到了这几个本子的异同。我想借回去参考参考，艾勇说可以，他把我带到隔壁一个干瘦干瘦的也穿着白大褂的老头儿面前："徐主任，我朋友想把这几本书借走看看。"老头儿当时正跟人下棋，他举着那枚马上要打出去的炮摆了摆手："拿走吧拿走吧！"我小声问艾勇不用填个借书单什么的吗，他说："不用了，看完记得还回来就行。"

　　那个被称为徐主任的老头儿就是艾勇的领导，整个图书室归他们俩负责。在我看来，这么大一间图书室其实完全用不了两个人，而且事实上平时也根本没什么人去看书。那会儿艾勇非常闲散，他经常几天几天地不去上班，即使上着班他也经常跑出去，回家给自己包顿饺子、卤两只猪蹄儿、看一上午小说、去电影院连看三场电影什么的，或者三天两头就跑到外地玩几天。我们都说他过的是神仙日子，什么时候有空儿了才去上个班。像这种抽空儿去上个班的日子，他过了有将近十年。

　　"单位不管你吗？"有一次我问他，他说："管个毬，老徐比我还难得去一次，他反正快退休了，没人管他，他也不管我。"我们都非常羡慕他的这种生活，尤其是我，因为我只能终日埋首于那堆永远也看不完的校对稿

象拔蚌
先生

中。作为一家正在全面开拓市场的出版社,我们要出版各种各样的图书,除了前面所说的那种中医类的书之外,还有社科类、文学类、古籍文献类、生活类、辞书类等等等等,甚至还有语数外理化生史地政的课外辅导资料。在这些稿子上涂涂抹抹时,我经常会觉得自己就像一个百科全书式的通才,一个什么都懂的、能凌驾于绝大多数人之上的通才,但事实证明这只是一种错觉,因为到月底看着工资单上的那个数字时,我就会明白通才连个屁用也顶不上。

后来没过多久,我们换了个新社长。新官上任三把火,他上任的第一把火就是全面清理库存,把仓库里堆了几年的那些滞销书和经销商退回来的旧书都处理掉。他在大会上说:"光会做书还不行,还要学会卖书,那么多库存留着干屁?留着早晚都得拉到造纸厂化浆,处理了,统统都处理了,十五块钱一斤都处理了!"所以,那一段卖书就成了我们的头等大事,所有科室都要出人手配合发行科去批发市场卖书,我们校对室虽然任务重,但也要出人。这是费时费力又不算工作量的事,他们都不愿意去,最后就只好派我去了。有一天,快收摊的时候,来了个戴眼镜的头发花白的老年人,拆开这本翻翻,又拆开那本看看,挑来拣去就是不买。我有点生气地说:"要买就买,不买别拆,拆了封还怎么卖?"他不好意思地笑笑:"小伙子,还能不能便宜点儿?""这还贵?这可是新书,都还没拆封呢!"这时他往后撤了半步,拧着脖子说:"怎么不贵?那边儿有一家才十块钱一斤。""那你去那边买吧!"我没好气地说,同时心想十五块一斤还嫌贵,亏你像个读书人似的还戴了副眼镜,真是白瞎了!

那天收完摊,我在批发市场里转了转,想看看到底是什么倒霉蛋把书卖十块钱一斤的。走到市场北门时,我发现那儿果然有一家书摊,旁边竖着一块写有"清仓处理,十元一斤"的纸牌子,再接着我就看见艾勇和他的徐主任正坐在石墩子上吃盒饭。"狗日的,竞争对手原来是你啊!"我走过去,从背后拍了他一把说,"怎么也来摆摊卖书了?"艾勇回过头来看了看:"是你啊,我们图书室裁撤,这些书都得处理掉,就剩下几百本,你要不要称几斤?"我说:"我们那儿十五块一斤,你们这儿十块一斤,怪不得我们没生意!"这时候,徐主任把饭盒一丢,从摊子底下摸出来一副棋盘冲我说:"小伙子,杀一盘!"我摆摆手说:"徐主任,我不会,我只知道马走日象走田车走直线炮翻山。"他噼里啪啦把棋子一摆说:"知道这些就够啦,来,让你一车一马,你先走。"没办法,我只好硬着头皮跟他下了一盘。下完一盘,我想起来借他们那几本书还在家里,就悄悄跟艾勇说:"上次借你们的书还没还呢,明天我给你抱过来吧?""还什么还,留着吧",他又指了指摊上的书说,"你看看有没有什么想要的,便宜点儿给你!""我们的书还没卖掉,还买你们的书?"虽然嘴上这么说，但接下来我还是挑了两大摞，八十多斤，本来该收八百多块钱的，艾勇又给我打了个对折。徐主任也就当没看见似的。

对了，我还要告诉你一件艾勇后来告诉我的事，他们把书卖完之后，徐主任也就退休了，不过很不幸的是，才退休仅仅两个月他就又彻底退休了——出车祸死掉了。一个人，在他将要彻底迎来自由生活的时候，自由生活却以他完全没有想到的方式提前放弃了他，这也许就是所谓的命运吧！至于艾勇，他先是去了后勤处负责采买办公用品，在那儿待了不到几个星期又被人挤到文印室去了——相比于文印室，采买办公用品毕竟还算是个肥差。不过以我的了解，即使是个肥差，艾勇也不会把心思和精力用在去钻那点儿空子上，但是我也要明白，在这个世界上并不是所有人都是他那样。

到了文印室之后，艾勇的好日子就算是彻底结束了。如果下雪天玩过用筛子捉麻雀的游戏，你应该见识过它们被捉住后垂头丧气的样子，麻雀气性大，被捉住后就不吃不喝的，直到把自己气死为止，我想说艾勇去了文印室之后就像是一只被捉进笼子里的麻雀——虽然他还不至于把自己气死。早八点，晚五点，一天之内他要刷脸打卡两次，而且一天两晌都要守在那儿，就算没人来复印也要守在那儿，每周只能休息一天。一个人自由惯了之后，又突然被上紧发条，难免会不适应，这是我们都知道的甚至亲身体验过的,只是我没想到,在几个月后艾勇会以这种方式来解决他的不适应。

那一段,到了周三晚上——那时候跳舞的小伙子的女朋友已经不经常来找他了,但我还是经常像以前那样去艾勇家待一两个小时。艾勇的老婆喜欢搓麻将,有时候在家,但很多时候都不在,她不在家的时候,我们就弄点儿花生米什么的喝两杯。他家所在的那栋宿舍楼,紧挨着一座基督教堂,我们喝酒时,不时会听到从隔壁唱诗班飘来的一阵阵歌声,什么"度阡陌,越洋海,有你手牵引我,我就勇往向前",什么"上帝给我关上一扇门,定会为我敞开一扇窗"。难道他们是在为与他们一墙之隔的我们祈祷吗?坐在艾勇对面,我总是会禁不住这样想,而他则经常出神地望着窗外,想着我当时并不清楚的什么事。直到有一天晚上,快喝完时,他掏出来一份病例递给我。"怎么了你?"我说。"你先看看!"在诊断结果那一栏,我看到了"重度抑郁症"五个字,我紧张地说:"抑郁症啊,还是重度的,这可不能开玩笑,你小心什么时候就跳楼了!""挺像那么回事儿吧?"他终于笑了笑,"我找当医生的朋友开的!"他的如意盘算是,准备用那份假病历去办一个提前退休。

一个下午或者是上午,在走廊里徘徊了很久之后,他终于敲开了院长办公室的门,我们不妨想象一下那个场景。"院长,"他一边说一边把病历递过去,"院长,我有个事情。""什么事?"院长坐直身子,扶了扶眼镜说。"嗯,我得了抑郁症,想办提前退休。""抑郁症?"院长一边翻着病历,一边翻着白眼说。"抑郁症,重度的,说不定什么时候就会跳楼自杀。"他想增加点儿筹码。"抑郁症?你有抑郁症?"院长笑了笑,"你哪有半点儿抑郁症的样子?全院比你潇洒的有几个?也就老徐吧,哎,不提老徐了。"院长叹了口气。"真的,这种病表面上看不出来,跟正常人一样,但说不定哪天就出事了。""那你可以请个病假嘛,提前退休我批不了,有规定,都想提前退休,我也想呢!""……那……那好吧,先请一段假,不行了我再来!""那到时候再说吧!"院长拿起签字笔给他批了半年假。见面的具体过程可能有出入,不过结果就是这样的,这份提前退休的美梦艾勇没做成。

虽然退休没办成,不过,艾勇还是收获了半年的病假,他终于可以不用再天天穿着白大褂去守着那台呼呼啦啦的复印机了。接下来的两个月,他又过上了当图书管理员时的日子——不,比那要自由自在多了,那种自由自在的感觉,我相信只有艾勇和被捉到后又侥幸逃走的麻雀可以体会得到。不用上班还能领工资,这当然也挺不错的,不过这样一来,他又不得不面临一个新问题——全勤奖也就没有了,全勤奖是他基本工资的两倍还要多。从一个月收入万把块的小中产变成一个月收入三千出头的小职员,艾勇是可以接受而且乐于接受的,不过他老婆就不干了,她天天催着他去上班。艾勇本来不想理她的,他打算就这么请假请下去算了,一直请到退休为止,但是这个爱搓麻将的中年妇女做了一件"家丑"外扬的事儿,她竟然跑到院长办公室把艾勇办假病历的事捅了出来!她为什么要捅出来?问得好!在这里,我要再次提醒你注意一下前面说到的她的职业——她是一家地方商业银行的信贷员,对于金钱在生活中所能够发挥的作用,她比我们任何一个人都更清楚。

没办法,艾勇只好又重新上班,每天继续穿着他那件白大褂守在那台呼啦啦作响的复印机旁边。事到如今,他提前退休的事也就这么不了了之了。那一段,有好几个月我都没见过艾勇,当然我也很忙。当时快到暑期了,为赶一套抢在学生放假前上市的课外辅导资料,我们都开足了马力,白天看稿子,晚上回去了还得加班加点看稿子。那时候,住在我隔壁的跳舞的小伙子换了一个女朋友,那个女的来得比较频繁,她来了,他和她也还是像以前他和她一样把整栋房子搞得翻江倒海的,不过我已经不再觉得有那么煎熬了,因为完成工作量比找一个女朋友对我来说更为迫在眉睫。有一天晚上,大概九点多的样子,我正戴着耳机在家校对一套语文练习册,艾勇打电话说就在我楼下,问方不方便上来坐坐。这有什么不方便,我下楼买了点儿啤酒花生米什么的,把他迎

象拔蚌先生

到我那间十五平方米卧室的阳台上喝点儿,我们一边喝酒一边抽烟,一边倾听着隔壁不时传来的一阵阵尖叫声。后来,当隔壁的尖叫声渐渐消下去的时候,月亮升上来了,照着波光粼粼的江面和对面闪烁着几点萤萤灯火的花园山,既显得凄清而又不失一种美好,艾勇又坐了一小会儿,然后就回去了。

自从那天之后,艾勇晚上经常来我这儿坐一坐,隔一两天就来一次——这在以前是从来没有过的。有一次,我问他是不是最近遇到了什么事儿,他悻悻地说:"我丈母娘来了,来治白内障,治好也不说回去了,我出来躲躲!"我不解地说:"丈母娘来了你有什么好躲的,应该好好表现表现才对啊!"他眉头一皱,露出一种十分嫌弃的表情说:"我还表现?我不给她脸色看就不错了!"丈母娘爱女婿这句话,一开始我只知道是个大概率事件,但后来艾勇的事情告诉我,这个大概率并不包括他在内。是这样的,他丈母娘从来就没待见过他——艾勇就是她眼里那块白内障;而艾勇也从没待见过他丈母娘,他从没叫过她"妈""岳母"或者其他类似的称呼,当然他也从没叫过她男人"爸""岳父"或其他类似的称呼,见到他们时——即使最重要的那一次,他也只是糊弄地说一句"嗯""来啦""你好"之类的。用艾勇自己的话说就是,除了自己的爸妈,他对任何人都喊不出"爸""妈"这样的字眼。

我很不理解艾勇是怎么变成这样的,或者说他怎么一开始就是这样的。对我来说,如果有那么一个女人——她还不知道在哪——确定跟了我,见到她爸妈时我肯定迫不及待早就把"爸""妈"喊出口了,甚至比她自己还喊得亲热。不过话说回来,这才说明了人和人的不一样,我和艾勇的不一样。

两个月后的一天晚上,那时艾勇的丈母娘还住在他家,他又到我这儿来坐坐。那天,他一进门我就感觉到有什么不对劲,但我并不确切地知道那是什么。那天晚上我们俩差不多抽了整整一包烟,各自喝了七八罐啤酒,我觉得他总想对我说点什么,但是一直没说。到了十一点左右,他说该回去了,于是我就把他送到楼下。在楼梯口抽最后两支烟时,他终于说出了一晚上都想说却一直没说出口的话:"唔,你手头紧不紧,能不能先借我五千块?下月发工资了就还你",他猛吸了一口说,"我老爸老妈说,忙活一辈子了还没出过国,想去国外玩几天,最近我要陪他们出去一趟。"我知道,不到万不得已他不会跟我开这个口,而他一旦开了口我也就没法拒绝——何况当时我手头还攒了几万块钱。"应该的,应该的,尽孝嘛,明后天我拿给你——准备去哪儿玩?"我安慰他说。"越南吧,芽庄,便宜些。"他有些释然地说,"你有没有空,有的话可以一起去啊?"当时我已经把一些很急的稿子看完了,就答应了他。事实上我也不知道究竟

象拔蚌先生

是自己想出去玩一趟，还是仅仅为了陪他。

我们是六月五号去的芽庄。那天下着小雨，天气有点冷，不过落地之后就完全是另外一番景象了。从达卡姆拉恩机场到市区，一路上都是无处不在的热带风情，高大的椰子树，大片大片的香蕉林，带有腥气的海风，老旧中闪耀着明亮的建筑，穿拖鞋和热裤的少女，戴着白色斗笠的农人。

我们住在海边一家华人开的叫哈图的民宿，一个操着不太流利的中文但吐字还算清晰的女服务员帮我们办理了入住手续。她把艾勇父母安排在楼下，然后又带我们去了三楼。我们住的这间是海景房，房间虽然不算宽敞，但收拾得很干净，两张床上各放着一小束花，看得出来老板确实花了一番心思，卫生间隔壁还有一间小厨房，炊具餐具也都一应俱全，橱柜里摆满了各种各样的调料。外面视野也很开阔，站在阳台上就能望见那条弯月形的海滩，因为时值傍晚，那些高大的椰子树和海滩上零零星星的游人也都被夕阳照成了剪影，沙滩上，海面上，我们目之所见的一切也都变得流金溢彩起来。一阵阵带有腥气的海风，时不时从海面上吹过来，把整个房间好像也都吹大了一样。

艾勇的父母都快八十岁了，不过看上去并不显得那么老。他父亲以前是当地卫生局写材料的，他母亲是小学老师——还当过几年艾勇的班主任，他们都是那种老实巴交的一直待在小地方的人,出一次国看什么都觉得新鲜,就连那种棕榈树也觉得新鲜。当然,我们也觉得新鲜,事实上这也是我们的第一次出国。接下来的那几天,根据旅游攻略上的介绍,我们去了绝大多数人到了芽庄都会去的那些地方——芽庄大教堂、婆那加占婆塔、龙山寺、石岬岛、猴岛,去看了巴赫瀑布,跟别人拼团去了四岛游,还洗了泥浆浴。我想说的是,这些并没什么好说的,如果你去过芽庄应该也去过那些地方,如果还没去过,将来等你去的时候估计也一样会去。接下来,我想说说象拔蚌的事。

　　有一天下午,艾勇的父母在房间休息,我和他拦了辆"客先死"——那种人力三轮车——去外面逛逛。除了摩托车,三轮车是芽庄最常见的交通工具,很像黄包车颠倒过来的样子,乘客坐在前面车棚里,车夫在后面蹬。据说这是当年法国人设计的,让乘客既能避免闻到车夫的臭汗味,又可以一览无余地欣赏风景。但是不知道越南人怎么想的,他们把这种三轮车称为"客先死",听起来确实挺吓人的——听民宿的老板娘说这还是改良过的名字,如果按照越南语本来的意思,那就是"客必死"了。

　　那天傍晚,我们去了一个小渔村。那个村子很小,大概只有几十户人家,但是非常漂亮,淡蓝色的墙壁上画满了涂鸦,从村中间那条唯一的小路上穿过去,走到

象拔蚌先生

底就能看到一片半圆形的海湾。海湾的一侧停满了大大小小的带有桅杆的渔船,另一侧是一片养殖基地——我猜应该是的,几个黑瘦黑瘦的渔民正在那儿捞象拔蚌。养殖基地的旁边,竖着一块蓝色铁皮牌子,上面用汉语写着"禁止捕捞"四个大字,那几个字下面还有一行越南文,我不懂越南语,但我想那和"禁止捕捞"应该是一个意思。看着那些象拔蚌,我和艾勇不约而同地笑了笑,我想我们都联想到了某种充满情色意味的东西。"吃过这东西吗?"他问。"我没有,你肯定吃过!"说完,我下流地笑了笑,我想他应该明白我的意思。不过,那时候我们都没想到的是,在临回去之前的那天夜里,艾勇差点儿就在那儿出了事。

是这样,回来之前的那天夜里,睡觉前艾勇接了个电话,他是端着啤酒到阳台上接的。我注意到,他走出去后把玻璃推拉门也带上了。我不知道电话那头是谁,我想也许是他老婆。当时,我刚洗完澡,正在预定明天下午去机场的出租车,我用余光注意到艾勇在阳台上一边接电话一边骂骂咧咧的,我听见他说话的声音越来越大。我想也许是他不知道玻璃门的隔音效果没那么好,也许是和对方谈话的内容让他忘记了这一点,只见他越来越激动,最后歇斯底里地说:"你爸妈是人,我爸妈就不是了?他妈的,我花自己的钱为什么也不行?"后来,他把啤酒罐砰的一声砸在了阳台中间的那张小茶几上,啤酒沫飞出来，溅得茶几上、地面上和他手臂上到处都是，再后来他就挂断了电话——我注意到，他摁了好几次才摁到手机屏幕上的那个红色挂断键。接着他拉开玻璃门进来了，同时也带进来一股我看不见但是能感觉到的怒气，我问他怎么了，他说没事，然后就睡了。

艾勇叫醒我的时候，是夜里十二点半。"睡不着，走，出去转会儿！"他说，于是我也就陪他出去转转。陈富路上一派灯火通明，那儿的夜生活才刚刚开始，很多小店还在营业，很多女歌手还在深情地唱着我们一句都听不懂的歌，很多俄罗斯人还在优哉游哉地喝着滴漏咖啡。一阵阵温热的海风吹过来，两边的行道树轻轻摇曳着，路灯把我们的影子拉得很长很长。越南人好像对霓虹灯那种粉粉紫紫的颜色特别偏爱，店铺招牌用的是霓虹灯，摩托车和三轮车上也装的是霓虹灯，无数的霓虹灯把街头营造出一种迷幻的朋克色彩。我应该承认，看到霓虹灯下的那些女性时，我身体深处产生了某种冲动，每个略有姿色而又与我适龄的当地女子，都难以逃脱被我买回去做老婆的想象。

市府大楼旁边的夜市，到了这时候还依然非常热闹，小摊铺前挤满了人，大多数都是像我们一样的中国人。但我不知道摊子上的那些义乌小商品有什么好买的，在国内买不是更便宜吗？大排档里也到处都是人，很多男的坐在那儿光着膀子喝酒，有一桌还在猜拳。从冒着蓝色烟雾的烧烤摊前经过时,我闻到一种香味,接着我就看见了一条用铁钎从头穿到尾巴的被烤焦了的鳄鱼。大半夜跑出来,我本来还以为艾勇是想到大排档喝一杯,但他并没有坐下来的意思。沿着陈富路,我们一直往前走,然后又拐了上一条岔路,那是前几天我们去那个渔村时走的路。我说:"要去哪?"他说:"去那个渔村看看!"我不知道他要去那儿看什么,但也没再接着问,我想我只需要陪着他就可以了。

村里没有路灯,亮灯的人家也很少,我们沿着那条高高低低的小路穿过去,一直走到上次有人捞象拔蚌的地方。黑暗中的海面,只能看见眼前很近的一块,远处是一片很大但只能够听见的空旷地带,几盏微暗的灯火闪烁在更远的地方。"就是这里吧?"艾勇问我,又自言自语地说,"我记得应该就是这里的。"这时候,我注意到了那块牌子,我想起来那上面写的是"禁止捕捞"那几个字。我压低声音说:"你要干什么?偷象拔蚌吗?"他说:"你在岸上待着,有人来了,就喊我一声!"说完,他就三下五除二地把衣服全脱了,连裤衩也脱了。"你疯了,"我说,"水那么深。"他没理我,接着就跳进了海里,等走到齐膝深的地方又蹲下来,划着水一点点往深处游去,他白色的微胖的身子消失在黑色的水面上。他会游泳我是知道的,有一年夏天我们到他老家的马鹿水库去玩,那个水库平均深度有八十米,为了保险,我们每个人都套了一只游泳圈或者绑一只跟屁虫，只有他什么也不用。

潜了一会儿，他冒出头来，呼吸几口，然后又一次潜了下去。一连潜了好几次，等再一次冒出头来时，他朝我游过来——我想他肯定是摸到了他想摸到的那种东西，快游到岸边时，他压低了声音说："接住！"接着，我就看见他朝我这儿扔过来一团东西。"什么？"我问，同时小心闪避着他扔过来的那一团。"接住，用衣服包起来！"他嘟囔了一句，接着又转身往里面游去。沙滩上一片漆黑，走在上面有明显的下沉，我四下里摸索着他扔上来的东西，几分钟后我终于摸到了，很像贝壳，紧接着我又摸到了一根温热而绵软的管状物，那应该是象拔蚌，虽然看不清它的样子，不过我想应该就是我们在大排档水箱里见到的那种用皮筋儿绑着价签的象拔蚌的样子。握着那根虹吸管，我去找艾勇的T恤衫把它包起来，有那么一瞬间，我觉得就像是握着我自己的那个东西。

这时候，从不远处突然亮灯的一户人家传来狗叫声。我想肯定坏事了，连忙朝海里喊："艾勇！艾勇！"接着，我看见有两个人影朝我的方向走过来，说着我完全听不懂的话，于是我迅速躲到那块牌子后面。很快，那两个人影走到村里那条小路上去了，狗也停止了叫声，但那户人家依然还亮着灯。当我回过神来找艾勇时，并没有看见他,那片泛着粼粼黑光的水面上既没有他移动的头颅,也没有他泛白的身子,那儿一片沉寂。艾勇溺水了?有那么一会儿,我甚至想到了他淹死在这里的结局,打捞的人群,法医和警察,他悲痛欲绝的父母,我们将带着一个黑色罐里的他返回。

几分钟之后——感觉就像是过了几个小时,水面上终于有了动静,艾勇冒出头来,接着他泛白的身子也浮了上来,就像喝饱之后漂上来的一具浮尸那样,就那么一直漂浮在水面上。又过了一会儿,他才终于游了上来,并朝我扔过来一只很大的象拔蚌,比他刚才抛上来的那只要大很多。

我们摸索着走上那条小路,村子里很安静,没有狗叫声,也没有遇到什么人。但是,我一直担心会出什么事——刚才走过去的那两个人说不定正在哪儿猫着我们呢,等我们经过时,他们就从暗处猛窜出来,叽里呱啦地骂着我们听不懂的脏话(但其意思我们完全可以猜到),一棍子将我们打翻在地。我承认,走在村子里那条曲曲折折的小路上时,其实我的手心里一直在冒汗,差一点儿就把那只象拔蚌滑脱下来。直到拐上陈富路时,我那颗悬着的心才终于放了下来,结结实实地感受到我们手里提着的是象拔蚌,而不是赃物。是这样的,我们非常幸运,既没有被人逮到揍个半死或者扭送到公安局去,艾勇也没有溺水而亡,不单这些没有发生,我们手里还多了两只象拔蚌。

"你在水底下怎么待那么久？我还以为你淹死了呢！"走回来时我问，他说："别提了，没淹死也差不多吓死了，狗一叫，我也看见了那两个人，但我不是正好挖到一只大的嘛，挖了好几次才挖出来，挖出来我也不敢露头啊，只能躺在水底下冒出两个鼻孔呼吸，快憋死我了！"我笑着说："要是淹死了，那你也真是死得不值，就为了这点儿东西。"他说："哎，老子喝了好几口水，差点就挂了！"

回到房间后，艾勇就急不可耐地忙活开了：烧上一锅水，一遍一遍地冲洗那两只象拔蚌，接着掰开两片外壳，切掉根部那一团睾丸一样的内脏，然后再把那根管子投进开水中煮，煮了差不多一分钟的样子捞出来，剥掉粗糙的深色外皮，露出白皙而有弹性的蚌肉，然后再一刀刀切成薄片。

不知道艾勇吃没吃过象拔蚌，但是不得不承认，他做得确实很不错，每一片都切得厚薄适中，入口十分爽脆，一口咬下去仿佛就能听见那种嚓嚓的声音。坐在阳台上，吹着一阵阵沁凉的海风，我们一边喝着西贡牌啤酒，一边大口大口地嚼着泛出晶莹光泽的蚌肉。那一刻，我觉得人生最大的快乐和幸福似乎也不过如此，我们并没花上三四十万越南盾就轻易地抵达了这种快乐和幸福，仅仅靠着他付出的一点儿勇气，外加一点儿没被

象拔蚌先生

捉到的好运气。夜越来越深,月亮升到我们看不见的地方去了,远处的海面上升起一片淡蓝色的夜空,几盏灯来回交替着射向那里。这时候,我注意到一架闪着夜航灯的飞机正从那儿飞过,我在心里默默替它做出决定,它将飞往布宜诺斯艾利斯——我也不知道我为什么会想到那个地方,事实上我或者我周围的朋友们从来没有人去过那儿。

从芽庄回来之后,我跟不少朋友提起过那个夜晚我们去偷象拔蚌的事。不知道为什么,在讲述时我经常会添油加醋一番,把危险程度夸张到我自己也难以置信的地步,说到艾勇快要溺毙身亡的那一段,也描绘得就像真实发生了一样。朋友们听了,都不禁摇头笑笑:"吃心不改,为了一顿象拔蚌,艾三场真是连命都能豁出去!"在此之前,我们曾经给艾勇取过两个绰号,其中一个就是"艾三场"——这是说他在电影院连看三场电影的事,另一个是"艾饺"——这是说他经常躲在家里给自己包饺子吃,不过那两个绰号后来逐渐让位于第三个了,我们都开始亲切地称呼他为"象拔蚌先生"。

事实上,无论那天晚上还是在回来后的很长一段时间,我都想不明白艾勇为什么做出那样的举动,为什么非要以这种方式去吃上一顿象拔蚌——事实上,他完全可以坐在夜市上众多大排档中的某一间,一边喝着冰镇甘蔗汁一边接过老板娘递上来的菜单,在白灼象拔蚌那一栏里打个勾就行了——不就是花上三四十万越南盾吗？但是五年之后的现在我明白了，那绝不只是三更半夜里想尝一尝象拔蚌的滋味那么简单，他之所以会那么做，肯定有非那么做不可的理由。

是这样的，五年前去芽庄时我三十二岁，艾勇五十五岁。五年后的今天我三十七岁，艾勇六十岁。现在，每天早上对着镜子刮胡子的时候，我都能感觉到有一个三十七岁的人在与自己对望，我不知道艾勇会不会也有同样的感觉，同时我也不知道这五年来发生在我身上的作用力和发生在他身上的作用力会有什么不一样。但是五年后的今天，我终于不用再一个字一个字地看稿子了，那是那些年纪轻轻的新员工和年纪一大把了还没升上去的老员工应该干的事。现在我已经成了校对室的副主任，工资翻了一倍多，而且刚刚搬进了上半年新买的房子——虽然首付的一半是未婚妻出的。半夜睡不着的时候，我也很恍惚是怎么走到这一步的，怎么就当上了这个副主任？怎么就找到了女朋友？怎么又把她从女朋友变成了未婚妻？这一切竟可以显得平平常常，然而总有那么一些时候，它们看上去就像是个奇迹。要知道，在几年前那段时间慢得就像流水侵蚀岩石一样的日子里，这些都是我连想也不敢想的事。

半年前，艾勇也如愿以偿地退休了——这不是那份假病历所起的作用，院长也并没有给他开绿灯，是他自已熬到了退休年龄,一秒一秒一分一分地站在那台哗啦哗啦作响的复印机前熬出来的。是的,他终于不用再上班了,他可以随时给自己包顿饺子、卤两只猪蹄儿、看一上午小说、去电影院里连看三场电影、跑到外地去玩几天,或者坐在阳光洒满肩头的阳台上什么也不做——这并不是什么过分的奢望,但问题在于,他并没像之前说的那样退休了就什么都不干了,而是去开了一家小馆子。是啊,他怎么可能什么都不干呢?单单靠他的退休金和他老婆那点儿工资,他们就能养活得了四个父母和刚刚出国读书的女儿吗?就能抵挡得住不知道什么时候会降临下来的厄运吗?

　　到了周末,我偶尔会开车载着未婚妻穿过大半个城区去艾勇的小馆子里坐坐,要几碟小菜,喝上两瓶冰啤酒,再吃一份干炒牛河。坐在那间人声鼎沸的小馆子里,我们一边吃喝,一边看着艾勇在煤气灶前轻巧麻利地掂锅炒菜,上蹿下跳的火光映红了他冒出一层细汗的脸庞。在忙碌的间隙,他也会跑过来跟我们碰上一杯,说上几句无关痛痒的话,然后又匆匆赶过去炒下一盘菜去了。在把炒锅抡得上下翻飞的时候,我不知道他是否还记得五年前的那趟越南之行,那个有着昏黄月光的夜晚,以及他潜到那片海水深处挖上来的那两只象拔蚌,但是我永远记得他在水底下冒出两只鼻孔使劲喘气的样子,我们差点儿被捉住的样子,还有他提着象拔蚌心满意足地从灯光昏黄的陈富路街头走回来的样子。那时候他已经沉到了人生的谷底,他必须要去干一件什么事儿,一件他不越出去就有可能会永远被困在里面的事儿,大海慷慨地给了他那个机会,他得到了,同时也分了一份给我。

象拔蚌
先生

02 / 华安里

1

我搬到江对岸的华安里还不久，也就一个多月吧。之前，我所在的电视台已经半年没发出过工资了。后来，在发不出工资的工作也不再需要我的时候，季节就进入了冬天。天气一天天变冷，我在那间免费的宿舍里又多住了半个月。等到在那儿再也赖不下去的时候，我就不得不另外租房了。之所以搬到这边来，一是因为离徐影更近些；二是租金也便宜点儿。后者是最主要的原因。

房子在八楼，顶楼。这是一间带厨房、卫生间和阳台的一居室，比我之前那间宿舍大点儿，但是非常简陋，房间里散发出一股富有年代感的朽味，家具和电器也老化得厉害。空调开起来嗡嗡作响的，冰箱也是这样。如果上世纪八九十年代你有一门这样的亲戚，他家正好有一副这样的摆设,当时你可能非常羡慕所看到的这一切。不过现在不一样了,眼下时间已经来到新千年第二个十年的末尾。

这间房子,以及卡上那点钱,就是上一份和上上一份工作在支撑我度过那几年略显宽裕的生活后所能留下的全部资本。我算了一下,除去水电、网费和每月一千五的房租,再把开销维持在最低限度,如果不去上班,我还能在这儿安安生生待上大半年。对于找工作来说,大半年应该够了。

房子看上去很破败,事实更加如此。床底下到处是臭袜子、烂棉絮,鞋柜里还有几只鞋和一堆破衣服什么的。刚搬进来那天,我和徐影清了大半天,清出一大堆垃圾。不知道这个房子之前有没有外租过,以及出租给谁的。"肯定是个邋里邋遢的男的,不然哪个狗崽子会制造那么多杂碎呢?"我一边打扫一边骂。"肯定还是个搞网络的软件狗!"徐影说,说完我们俩就禁不住一起哈哈大笑起来。

她爱干净,等我打扫完之后,她又蹲下来一寸寸地擦地板砖上的污垢,直到每一块都泛出清亮的微光来;又用醋把窗玻璃和灶台擦了一遍,把新买的锅碗瓢盆也都刷得亮亮堂堂的。收拾完这些,徐影又拿出几张白底碎花的壁纸和一块窗帘,把墙上脱落的部分都用壁纸遮住了,把窗户上那块油腻腻的窗帘也换成了新买的。等

华安里

□ 把这儿弄得差不多像个窝时,我们俩都已经累得筋疲力尽了。

我满头大汗的,徐影也是。我瘫坐在沙发上,她就靠在我边上坐着,袖子挽到肘部的手臂搭在一起。我们累得连说话的力气也没有了,房间里只剩下空调和冰箱在嗡嗡作响。有那么一瞬间,我还感觉到了她手臂上突突的心跳声,那应该是脉搏。我把头歪过去看了看,这时候我注意到她手臂上那层白皙而轻薄的皮肤蒙染上了一层薄薄的灰尘。我把手从她手臂下抽出来,用汗涔涔的指头在她那层灰尘上划出一道道花纹,然后就显露出下面蜿蜒伸展的蓝色静脉来。

接着我们就一起去洗了澡,洗澡的时候做了一次爱。做完之后,徐影说"饿了",于是我也顿时感觉到饿了。我们就到楼下的小吃一条街去吃牛杂面。吃完面,我们走出人声鼎沸的小吃街,拐进一条两边都是握手楼的昏暗逼仄的弄堂,走到头,又穿过铁路桥下面那个从华安里通往外界唯一的涵洞。在涵洞外面,我们又抱了抱,徐影就钻进了721公交车,我目送着那辆车一点点开进了黄昏中。

徐影走了,把她带来的那点儿生气也全部带走了,这是我回到楼上置身于那种一个人的空旷时才意识到的。我把电视机打开,从一个台调到另一个,又调到另一个,最后定在一部电视剧上。

剧里讲的是1940年的夏天,在沿海地区一个叫沽宁的地方,国军正在和一股偷袭得手的日军激战,于是那些隆隆的炮声、枪声就跟正嗡嗡作响的空调与冰箱一起,在房间里制造出了些动静。沽宁城已经被日军占领了,那个叫蒋武堂的国军司令和他的副官,也被一个叫欧阳山川的共产党人救了出来。我关了电视,来到阳台上。把目光从楼下那些低矮的屋顶上掠过去,穿过傍晚的暮霭,就能看到那条泛着白光的日夜奔流不息的长江,望见江面上正顺流而下或者溯江而上的运货的船只。

更远的地方,是浸染在江水中的对岸的红绿灯火,以及散发出那些辉煌灯火的高楼大厦。仅仅半个多月之前,我还置身于对岸那些鳞次栉比的大厦中的一间,每天还从其中一间奔波到另外一间。我还记得住在对岸的时候,晚上不加班的时候,有几次我还带徐影去宿舍楼顶上眺望过对岸——也就是我现在所置身的这边。当时在我们看来,那儿是这座城市的三个核心区中最穷最落后的一个,一到晚上就黑了下去,零星闪烁着一些暗淡无光的灯火,远远看上去就像是夜幕里的几只萤火虫。

跟对岸的光鲜体面相比,这儿确实挺破败的,尤其是华安里一带。这是个城中村,在它还不到一平方公里的地界上,低矮的棚户区和成百上千栋握手楼交错排列——它们又被那条连接南北的铁路线紧紧箍缩成一团,每天容纳吞吐着灰头土脸的几十万人。因为没有足够的

华安里

空间建房子，人们就努力向天上扩张，几乎每栋楼都会在房顶上又加盖出一两层私房来。那些红蓝交织的铁皮屋，顶上斑斓一片，就像一大块粗糙拼凑起来的马赛克地砖。这是下午我在阳台上抽烟时想到的一个比喻。

很多个夜晚，我都会去阳台上站会儿。在下面这片黑灯瞎火的地方，在那些还亮着灯的窗户背后，我不知道是不是还有一两个跟我一样的人——曾经在对岸的高楼大厦工作，却又以这样那样的方式跌到这边来。对于即将在这儿展开的生活，我也不知道他们是否作好了准备，我只知道我还没有。是的，如果要心甘情愿地适应这个地方，适应这个地方的这种生活，恐怕还需要一段日子。

2

徐影住校，平时也比较忙。只有到了周末，她才有空到我这儿来住两天。周五下了班来，周日晚上走。有时候吃了晚饭再走，有时候不是。我知道她是来陪我的，同时我也知道她是要我陪她的。

她在距离华安里五站路附近的一个幼儿园当老师，属牛，比我小两岁。我们是在我刚进电视台社会新闻部不久之后认识的，在一个朋友张罗的聚会上。那天晚上，她就坐在一个扎着小辫子的瘦高个儿摄影师和我之间，但我并不认识她,组织聚会的朋友也没有把她介绍给我们认识。她没找人喝酒,也没人找她喝酒,我也没找她喝。我还以为她是那个摄影师的女朋友,或者其他谁带过来的妞儿。那时候,他们聚会时总喜欢带个把姑娘来,以为那样很有面子,或者吃完饭后能有什么机会。

喝到一半时,我从她和另一个姑娘的聊天中得知,她是陪着她一起来的——后者是怕喝多了发生什么意外。就像我们的座位紧挨着彼此的一样,再后来我还知道了,她老家就在我老家隔壁那个县。在建立起这层老乡关系后,接下来她把这些告诉我也就顺理成章了:她学的是幼教,跟我一样,也是毕业后怀揣着一个扎下根来的梦想留在这座城市的。她个头不高,说不上好看,是那种极为普通的长相。所以我对她没什么意思,她对我也是这样,而我们互相也都知道这一点。

接下来,在单独见过几次后,某种相似的来历和处境却又在不断把我们拉近——仿佛天上有双手把我们揉搓着捏到一起。去年那个寒冷的圣诞节到来前,我们终于摸摸索索地走到了一起,就像很多孤男寡女那样。是的,我们并不需要有多么喜欢对方才在一起。这年头,又有几对是那样的呢?

到了周五傍晚,徐影来了,我冷清一周的房间里顿时因为她的到来而又充满了那股生气。每次来,她都会带点儿吃的用的——瓜子、干果、卫生纸、护发素或洗

华安里

手液什么的。一进门,她转手把那袋东西放在鞋柜上,把大衣脱下来挂在门后的架子上,然后就开始扑扑打打起来。把房里积攒一周的垃圾清理干净,把我那些脏衣服洗了,一件件晾起来。接下来,她就拉我去楼下的菜市场转转,买条鱼和青菜什么的,上来热火朝天地做顿饭。主要是她做,我看着她做,偶尔打打下手。

吃完饭,她去刷锅刷碗。刷完了我们就窝在沙发上看会儿电视,接着就上床。那些天,我们在一起的大多数时间都是在床上度过的。在那儿,我们都拼命享用着那种不用花钱就能得到的快乐。

跟在床上一样,徐影在床下也是个积极勤快的女人。而我则刚好相反,我太懒散,是一个既缺少生活能力也缺少生活热情的十足的懒蛋。如果说她是一团火,那么我就是一盆水,还是一盆她那团火烧不沸的水。事实上,徐影也说过不止一次——"懒死了你","刚跟我在一起时的积极劲儿哪去了","没有我你还没那个软件狗干净呢"。但她也仅仅是说说,转眼该干嘛时还是会干嘛。也许是她对我的爱——姑且称之为爱吧,对有个人和她在一起时所带来的那种慰藉的依赖,一直在包容着我的懒。

天气好的傍晚,我们也会去江边走走。那儿空旷、开阔,低垂的夕阳洒在波光粼粼的水面上并为之镀上一层金质光泽,大大小小的船只穿梭其间,这时候一种跟离愁别绪差不多的东西很容易笼罩住她;而夜幕降临后,当对岸那些高楼华灯初上时,从我们这边望去,一半江水都被灯火染成了梦幻般的七彩之色,这种出于一个没钱而又想制造浪漫的男人所营造的恋爱环境,又会轻而易举就把她俘获:我用手抚住她的脸时,她会主动在我手心里蹭一蹭,替我完成那个绵软温暖的抚摸。

是的,我知道我们相隔很远,我们的生活方式和生活态度也相隔很远。不过我也知道该如何在我们之间抄近路。的确,我没有那种把我们的小日子经营得风风火火的动力和能力,也不能像很多小情侣那样,三天两头请她下馆子、唱歌、看电影,给她买几件能象征某种身份和阶层的奢侈品,或者带她去遥远浪漫的异国他乡旅行。但是我可以拣一些温暖而廉价的俏皮话说给她听,借此冲淡一下我们平凡而贫乏的恋爱生活,也让她建立起对我和未来的信心。而她也愿意相信这些俏皮话。

从涵洞口进来有个小广场,那也是周围唯一的广场。一群大妈常在那儿跳舞,当然,其中也不乏几个大爷。领舞的那个女的旁边立着一台录音机,会放一些音量巨大、节奏明快的曲子。他们就随着曲子节奏来回转圈,既像真正的舞蹈家那样移动着,又像真正的夫妻一样把手臂搭在对方肩膀上。有一次,那个场景让我产生了一种很欣慰的感觉,同时又为我的父母不能出现在这里感到十分遗憾。我遗憾的是他们不能在这里跳舞,而我就在远处看着他们。我不知道徐影是否也有这种感觉。我也不知道多年后我们又会不会出现在这样的地方,是各自单独出现,还是一起出现在这样的地方。

3

天气更冷之后,徐影提来了一个小太阳。那还是去年冬天下雪时我买给她的,很暖和。不过她说现在已经不需要了,因为她们宿舍刚刚装上了暖气。或者,也可能是她觉得我比她更需要吧!这个菊花牌的取暖器,通电之后确实很像一朵巨大的菊花——温暖明亮的黄色灯光、紧凑有致的黑色辐条。虽然这个名称很容易让人产生别的联想,但它确实弥补了那台制热很差的空调的不足。那个周末我们没出门,围坐在小太阳散发的热量中度过了温暖的一个夜晚和一个白天。不过也仅仅是一个夜晚和一个白天。第二天晚上,它就因为泼洒上去的一点洗脚水烧毁了,同时还把电闸弄跳了。

"我去合闸!"我对两只脚都泡在水盆里的徐影说。

楼道里的声控灯坏了,怎么拍都拍不响,使劲跺脚也没用。我举着手机上的手电筒到处照了又照,老半天也没找到电井在哪儿。我本想给房东打电话的,想了一下还是算了,远水解不了近渴。

我敲了敲对面房间的那扇铁门,没什么动静。我又加大力气敲了敲,还是没什么动静。过了一会儿,就在我要给房东打电话时里面传出一阵响动。接着我听见有人拉门闩的声音，然后铁门背后的那扇木门就打开了——外面的铁门仍然关着，里面黑漆漆的。一个老女人的声音从那儿飘出来。

"哪个？"

"您好，我住在对面，才搬进来的，家里跳闸了，我想问问电井在哪儿？"我说。

"电井？电井在楼下，消防楼梯里面。"她说，然后就合上了里面的木门。

去楼下合完闸，电就来了，但那个小太阳却不能用了。看着那台像一朵枯掉的菊花的小太阳，我和徐影半天都没说话。我想了想刚才我往她脚盆里加热水的那个场景，我很后悔那个导致水洒进小太阳里的冒失动作，同时很想让时间倒流一会儿，好让我把结果纠正过来。就在那么想象时，我感觉到房里的热气在一点点散去。很快，我们就再一次置身于之前的寒冷中。不，比之前更冷。

大概两周后的一天上午——那时我已经新买了一台小太阳，我正在家里一边烤着小太阳一边专心致志打游戏，外面突然响起一阵拍门的声音。我不耐烦地打开门，看见外面站着一个苍老的人。

如果不是因为某种直觉，我差点就把她当成了一个老头，但"大爷"这个即将脱口而出的称呼还是被我及时咽了下去。第一眼看上去，她确实很像个男人——或者

华安里

是一个丧失了性别的人,岁月和某些别的东西模糊了她身上我所能看到的一切女性特征。她很瘦,穿着一件厚睡衣,胸部平平的,鼻翼两边的褶皱突起,眉毛几乎全脱落了,眉毛下面是一双一眼看过去就知道已经瞎掉很多年的眼睛。

"小伙子!小伙子!"她急切地说。

"您好,您是——?"

"我住在你对面撒,你忘了,那天晚上你还问过我电井的!"

"哦!"听她那么一说我才想起来,那天根本没看见她长什么模样。

"快快快,家里煤气漏了,麻烦你帮我关一下闸!"

果然,刚进她家里我就闻到一股浓重的煤气味。根据我家里煤气闸的位置,我来到她家阳台上,并在跟我那儿一样的位置找到了煤气闸。但是,我却发现自己的个头儿根本够不着那个闸。

"有凳子没有?"我问。

"有有有!"她摸索到餐桌前搬了一把,又摸索着递了过来。

"好了,总闸关了。"我一边说一边把窗户都打开,"门窗开一下,散散气!"

转身回到客厅时,我看见一个老头正坐在沙发上。家里不有人么,怎么还叫我?我正那么想着,这时那个老头摇摇晃晃站起来，颤着手朝我的方向说："谢谢！谢谢你！"——他是她的老伴儿，我想应该是这样，但刚才我进来时完全没注意到他：他跟她一样苍老，不过看上去却孱弱多了，就像一件年岁久到随时都会散架的家具。他穿着一件对襟棉衣，手背上满是松松垮垮的皮，脸上也长满了老年斑。他眉毛还很浓，不过眉毛下面也是一双一眼看过去就知道已经瞎掉很多年的眼睛。

——这是一对盲人夫妻。等反应过来后，我不禁为自己刚才闪过的那个念头感到有点后悔。

我是带着这种后悔，和知道对面住了一对瞎老头儿老太的吃惊中回到家里的。在电脑前坐下来后，我才想起来刚才是在打游戏，而它现在已经 Game Over 了，只剩下背景音乐还在一遍遍重复着。不过我并没有为此感到特别惋惜，我还在想着对面那个老头。他的样子，我好像在哪儿见过，却一时又想不起来在哪儿见过；或者说他让我觉得特别很像一个人，而我又一时想不起来那个人是谁。

下午，我又去了经常去的咖啡馆，点了一杯摩卡。一边喝，一边在网上浏览招聘信息。

续过三次杯之后，在一个网站上看到"绿化工"这三个字时，我终于想起来了。对，原来那个瞎老头很像我去世很多年的爷爷，一个搞了一辈子绿化的老工人。不是瞎掉的眼睛像，也不是脸盘像，而是手背上那种松松垮垮的皮肤、这一块那一块的老年斑以及往两边挑着长的眉毛，还有他摇摇晃晃站起来用手哆哆嗦嗦地指着我的样子像。在我模糊而久远的记忆中，他的晚年就是这个样子。

那时候他已经赋闲多年了，却还是一天到晚停不下来。在独居的那个院子里，他栽了很多果树和花草，浇水、施肥、剪枝，侍弄得像个小花圃。当我在那些枝叶间窜来窜去时，或者把刚刚含苞的花蕾折断时，他就会用那只哆哆嗦嗦的右手指着我喝骂。多年后，我才明白他的哆嗦不仅仅是因为气坏了，还因为他有糖尿病。而更多年后，我又明白的一点是，有些事情你之所以去做，并不一定要有什么目的，而仅仅是因为你喜欢，你喜欢那种结实有力地生活着——活着——的感觉。

我爷爷就是这样的。这一点后来在我父亲身上也得到了延续——他在爷爷退下来时通过顶替也成了一名绿化工。现在他退下来好几年了，也准备种种果树养养花草，就像他老爹当年那样。而他的老爹，早在1995年夏天，也就是他七十八岁那一年已经离开这个世界，孤孤单单地成了一个古人。

4

原来我一直以为找份工作挺容易的，至少对我来说应该如此。我有一张211院校的文凭，还有在电视台的工作经验，在这个城市进一家体面而又能让我糊口的单位，不说随便挑吧，至少不难。但没想到的是，找一份工作竟然会那么曲折而费心。这么说吧，投一份简历非常容易——我只需把那份履历表附载在邮件中，"啪"的一声按下发送键，它就会前往这个城市的某个角落，进入到一个胖胖的或拥有一张娃娃脸的女HR的信箱里；然而等她发现我并给我打来电话，却需要一个漫长的过程。

在等待的日子里，我就上网看看电视、打打游戏，到楼下四处晃晃，去可以无限续杯的咖啡馆坐一下午，或者到附近的野湖边看别人钓钓鱼，总之就是想办法打发打发时间。之前在电视台忙得脚不连地时，我总觉得拥有大把大把时间是件好事，但是现在看起来，这很可能只是一种幻觉。

更多时候，我就在楼下逛逛。穿过楼下那条逼仄的弄堂，去生鲜市场溜一圈，然后拐到小吃街，绕过一个寺庙再转回来。我到这儿瞅一瞅，又去那儿看一看，就像那些脖子上挂着相机的年轻男女一样，但我不知道他们在这儿拍什么，又有什么好拍的。我不认识他们，也不认识这里的任何人，这里也没人认识我。在这个初来乍到之处，我可以装出一副信心满满、镇定自若的样子看着这一切。

楼下的那块空地上，经常聚拢着一些苍老而又潦倒的男人。他们一天到晚地坐在水泥墩子或者小马扎上，嘻嘻哈哈地抽烟、打牌或者下棋，每个人旁边都斜竖着一块白色的牌子，上面用红色或蓝色笔迹写着"泥工"、"木工"、"水管工"、"家电维修"或者别的什么的。偶尔有人走近他们询问价钱或讨价还价，摇摇头走开，或者带走其中的一两个。有时候，我觉得我和他们是同一类人，都在等着某个人走过来把我们拎走。而不同之处仅在于，他们是蹲在这儿，我是蹲在电脑前。

傍晚，有几个不知道从哪儿来的操着各地方言的毛孩子，总会在我们楼下的那片空地上踢球。其中的一个小胖墩儿把守着我们那栋楼的门洞，其他几个争球，争到了就朝着门洞的方向乱射一通。有一次下楼时，球还差点射进了我怀里。我假装非常生气地把球捡起来，一脚踢到很远的地方，那几个孩子就一路追过去，接着拼命争抢一番。然后我就走到一个隐蔽的地方，远远地看着他们踢。

极其无聊的时候，我还会坐上一辆麻木（三轮车）。从我楼下坐到铁路桥下面的涵洞口，等到了那儿之后，再让师傅把我拉回到刚才上车的地方。我十分喜欢坐在狭小的车厢里把窗玻璃拉开一半朝外看，看着那些被刷成草绿色的墙体、屋檐下盘根错节的电线、经过油烟包浆早已经分辨不出当年颜色的底层楼房和冒着烟火气儿的熙熙攘攘的人群时，我会产生一种巡视人间的感觉。而且这种绿色的小车很便宜，往返一趟才四块钱，特别像很多年前我们大学校门口那种专做学生生意的小三轮。

有个开麻木的老师傅和我已经很熟悉了，每次看见我，大老远就会扯着嗓子朝我喊一声："小伙子，去不去涵洞口撒？"有一次我本来不想坐的，但禁不住他那么一喊，还是鬼使神差地钻了进去。

"师傅，干这行很多年了吧？"我一边拉开窗户玻璃，一边跟他闲聊。

"少说也有十几年了，下岗后就干这个。"

"那是老司机了！对这一带应该很熟，问你点儿情况！"我想起来那对儿盲人夫妻。

"你说！你说！"他表现得十分热情，唯恐我不坐了。

"我住的那栋楼，就是挂着星光机械厂牌牌的那栋，八楼住了一对儿瞎子你认识吧？"

"瞎子？哪对儿瞎子嘛？我们这儿瞎子多得很，盲人村里都是瞎子！"

"盲人村？盲人村在哪儿？"

"瞎子楼撒，星光机械厂的宿舍楼就是瞎子楼。小伙子，你来这儿没多久吧？"

"是啊，我在这儿租房的。"

"那就难怪了，"说着说着，他就自顾自地唱起来，"——黑泥湖有个盲人村，晴天满地泥水坑，白天夜晚不用灯，老鼠上桌无人吭……"最后，他又总结了一句，

□ "瞎子点灯，都是白费蜡哟！"

在这段等着某个工作把我从人群中拎走的日子，我每天就是这样过的。是的，很无聊，又在无聊中给自己制造出些微的有聊来。很多时候，我已经忘了对岸的生活，忘了自己是在等工作，忘了为什么才搬到这儿来，而搬到这儿来又是为了什么，好像我一直就待在这儿。后来我才意识到，我可能是已经提前适应了这里，这里业已成为我所寄身的辽阔背景，而我也早已成了它辽阔背景的一部分。

5

工作找上门来是在两周后。一个是制药公司招内刊编辑，另一个是开发区网站招采编记者。前一个，要求研究生学历和医药行业经验，面试的人只问几个问题就把我打发了——我不明白，为什么简历上没写医药行业经验他们还要我去面试，逗我呢？后一个倒是跟我挺对口的，我也的确被录用了，不过距离实在太远——这么说吧，面试只花了十分钟，但一来一回却用了三个小时。

在知道我拒绝了网站记者的岗位之后，徐影很生气。跟她在一起这一年多来，我还从没见她生过那么大的气。即使在面对我懒蛋一样的生活，在我忘记（事实上我也从来没记住过）她的生日、事后也只是在地摊儿上当着她的面买了一瓶廉价香水送给她时，我也没见她生过那么大的气。

"没工作时找工作，找到了又不去工作，你到底想做什么？单等着别人天天伺候你？"她说。

电话一挂，她就一条接一条地给我发来了好多招聘链接——有招聘广告文案的，有招聘房地产推销的，有招聘辅导老师的，有招聘社区宣传干事的，甚至还有招聘商场理货员的。这些链接让我一下子笑了出来。在她看来，工作可能仅仅只是一个工作，只要能挣钱，做什么都差不多。

但我怎么能接受这样的工作呢？我总要找一份跟新闻相差不多的工作，起码也得是文化行业的工作吧。在毕业那么多年之后，我总不能去商场理货或者还像读大学时那样每天晚上去做家教吧？

她的这个举动，让我第一次意识到我们之间相隔着的可能还不仅仅只是我之前所想的那么远。

那个周末，就像之前所有的周末那样，徐影仍然来我这儿住了两天。她仍然带来了一大袋子吃的、用的，仍然一进门就打扫房间、洗衣服、给绿植浇水，然后买菜做饭。但唯一与之前不同的是，那两天我们没有做爱，就连做爱之前的抚摸和亲吻也没有。晚上洗澡，也是一个洗完了另一个再洗。我不知道这意味着什么，是我不主动了、

○ 她不主动了还是我们都不主动了？或者别的什么？

在那张小钢丝床上，我紧紧地挨着她，就像以前一样。原来我一直以为，我紧紧地挨着她，就像一颗苹果紧紧地挨着一颗苹果，但现在我却突然觉得，其实我们更像一颗苹果紧紧地挨着一颗梨。

也许，我已经触摸到了我们之间的差距，那虽然不至于导致迅速分手但却会越来越大的差距。而在我看不到的某个地方，命运似乎正在向她招手，引诱她朝和我相反的方向走去。我不知道明天会怎样，下一周会怎样。至于将来，我的、她的以及我们共同的将来，更不知道会怎样。某些时候，我觉得已经走投无路了。不仅是工作、爱情，还有卡上那个一天天变小的数字。这是一种无处不在却又挥之不去的感觉，使我很难乐观起来。而且不知道为什么，天气越好我就越不喜欢那种感觉。

冬至前的一天，那天天气很好，但头一晚的游戏却让我起来得很晚。起来后，我到楼下去吃早餐。当热干面吃到一半的时候，我接到了电视台财务室的电话，对方通知我下午去领之前没发完的工资。这个电话让我激动得差点把小吃店的桌子拱翻。事实上，我差不多已经忘记了在那儿还有一笔没领的工资。搬到华安里以后，这可以说是我听到的最好的消息——甚至比找到工作还好。只有我知道，这笔工资来得太及时了，因为我卡上已经所剩无几。接完电话，我立马就给徐影打了个电话。

她也挺高兴的，我能听出来她是真挺高兴的，为我而高兴、为我们而高兴的那种高兴。

下午去台里领工资时，我碰到了几个原来的同事，他们也是去领工资的。在他们的举手投足间，和我举手投足间一样，都洋溢着那种发了一笔横财的喜悦。这让我有理由认为，在离开台里的这几个月他们也跟我一样，一样没找到工作，一样快花完了卡上的存款。

台里还是那个样子，留在台里的那些人也还是那个样子。准确说，还是那种半死不活的样子。因为有编制，因为旱涝保收，他们仍然一如既往没什么热情地坐在那里。他们坐在那里，盯着窗外的我们在财务室进进出出。他们死气沉沉的表情和我们欢天喜地的样子形成一种巨大反差，这种反差跟几个月前不得不离开台里时我们哭丧着脸与他们的兴高采烈所形成的那种反差一模一样。

"发钱了，去吃饭，谁请客啊今天！"领完工资出来时，一个叫马腾的前同事冲我们说。

"吃屁！这么点儿钱，还房贷都不够！"

"去吃啊，马总请客就去吃！"

"你们去吃，下午我还上班。"

"AA吧，AA！"

除了那个说下午还要上班的外，其他五个人都去吃了饭，包括我。确实是马腾请的客。都在台里时，马腾在总编室,我在社会新闻部。这两个部门交集不少,但我们两个交集却不多,有一段还不太合得来,我一点都不怪他,我也知道他代表的不全是他。具体说,就是他审我的节目时太严,不是说导向不对就是说思想不健康。他离开台里的时间比我早,在工资发不下来的第一个月就辞职了。或许因为他比我进台的时间也早,享受过一段行业的繁华,所以也能提前知道它的落幕。但即便如此,我们的结局也没什么两样,差别只在于他比我提前一步离开了,而且是主动的。

"再去喝一杯啊!"其他人陆续离开后,马腾跟我说。我本来想回去的,但回去也没什么事,再加上兜里揣着钱,就答应了。在一家叫"爪哇空气"的酒吧,马腾用他的杯子碰了碰我的杯子,"干!"

干完之后,他开门见山地说了这么一句:"兄弟,有没有兴趣做自媒体?来我们MT传媒嘛!"马腾把他离开台里后创办自媒体的经历讲了一遍。看我还是半信半疑的,他又说了一席冰释前嫌的话:"哈,你是不是还在想着台里那些事?那也是工作需要嘛,我们又无冤无仇的,好吧,之所以想请你加入我们,其实我还就看中了你那些想法,自媒体时代,电视做不了的我们做,你考虑考虑。"

"什么待遇?"我觉得我已经没什么要考虑的了,而真正要考虑的,其实也无非就是这一点。

"待遇嘛，这个好说！你算是熟手了，保底五千，每条稿子按阅读量拿奖金，三万以下没钱，上了三万一千，上了五万两千，上了十万加三千。每个月写两条十万加，保证你的收入轻松过万！"他说。

"好，我考虑一下！"我极力掩饰着一种几乎无法自抑的激动跟马腾说。

回华安里的路上，我又给徐影打了个电话。我把马腾邀请我加入 MT 传媒的事告诉了她。我想说的是，我是以一种风轻云淡的方式告诉她的。但是，在说到马腾对我的邀请时，我却采用了一种非常浓重的烘托和渲染手法。这不全是装逼，我想我是被之前找工作的曲折弄怕了，或者说，是时时刻刻都被工作和她都将要逐渐离我远去的那种感觉弄怕了。我可以原谅自己，我也应该原谅自己。

6

一签完就职合同，我就在 MT 传媒附近租了间公寓。房子不大，一个月两千五百元，贵是贵了点儿，但我并不心疼。华安里的房子距离住满三个月还有半个月，也就是说我还可以再住半个月，不过我一天也不想在那儿住了。我想尽快回到对岸去，回到对面那些灯火通明的高楼大厦中的某一间去。

那天晚上我给房东打了个电话,说是要退租,让她把押金退给我。房东很爽快地就答应了——并没有按照租期一年的合同要求我赔偿,尽管她完全可以那样做的。接下来,我又找了个搬家公司。

第二天是周三,徐影还要上班,我就自己把东西收拾完打了包。也没什么好收拾的,东西基本上还是那些东西,有的甚至还是刚搬来时的样子,连包也没拆,所以很快就收拾完了。收拾完之后,搬家公司的车还没到,我就打量了一下这个住了两个半月的房间。看着墙上那几张遮住脱皮部分的壁纸,那台嗡嗡作响的冰箱和那台也在嗡嗡作响的空调,我发现自己并没有产生一种留恋的感觉。这时候,我注意到了刚才忘收起来的小太阳。我给徐影打电话说把小太阳留给她。她说不要,她宿舍里有暖气。我也不想要,我新租的房里有暖气也有空调。我想了想,决定送给那对盲人夫妻。

敲了很久,也没见人出来开门。看来,这老两口不单单是眼睛看不见了,估计耳朵也不好使了。之前我听人说过,瞎子的耳朵好使,聋子的眼睛好使,这是一种"感觉补偿"。现在看起来并不尽然,年轻时或许是这样,但到了一定年龄这种补偿也会被一点点收走。就在我正这么想着时,门开了。听说我的来意,老太太一连声说谢谢,要我进去坐会儿。搬家公司的车还没到,于是我就坐会儿。

坐下来之后,我才发现她家里其实还挺干净整洁的,完全没有很多老人家里随处散发的霉味和目之所及的那种衰老气息。窗台上摆着几盆油光鲜亮的绿植,其中的一盆还开了花;茶几上,摆着收音机、茶壶和一只装瓜子和糖果的瓷盘。而这些,是我上一次来关煤气闸时完全没有注意到的。

"怎么就搬走了撒?"老太问。

"要去小东门上班儿了,住那边方便些。"

"那确实撒,过江太麻烦了,我上次过江还是七八年前了。"老太说,然后弓起身子摸索着,摸到那只装有瓜子和糖果的瓷盘后往我这边推了推,"吃瓜子!吃糖!"我连忙说"好好好",但并没有吃。

"你们还挺有夫妻相的!"我一边给搬家公司的人发微信问到哪里了,一边没话找话。

"什么夫妻相不夫妻相的,当年进厂子里做工时人家说他好看,说我也好看,说我们很般配,就介绍我们结婚了撒,反正我没见过他,他也没见过我,我只知道他那时候有点胖。"老太说。

"我都不知道自己什么样了,只记得小时候的样子撒。"老头儿也摸索着坐下说。

"那您两位——是怎么失明的呢?"

"她是小时候出天花撒,我是麻疹⋯⋯"老头儿说。

听他这么一说,我忽然想起康熙皇帝——我记得在一个电视剧中看过，康熙小时候也出天花，是靠吃用芨芨草熬的药吃好的。我又想，老太之所以失明，可能是因为她那时候没吃过用芨芨草熬的药吧。接着我又想到失明的老头儿。他们俩让我想起了一句话，马瘦毛长蹄子肥，儿子偷爹不算贼，瞎大爷娶个瞎大奶奶，老两口过了大半辈子谁也没看见谁。接着又想起来这是郭德纲说的一个相声。

这时候，也不知道是出于什么心理，我鬼使神差地伸出右手在老头儿眼前晃了晃，接着又在老太眼前晃了晃。但是，并没有出现我所想象的那样的场景——他们能看见一点儿我的举动什么的，老头儿和老太仍然耷拉着眼皮，看来是真瞎了，而且瞎得那么彻底。这让我一下子安下心来。

这时候，搬家的人说已经到了楼下。我也就告别了老太和老头儿，希望他们多多保重之类的。

"有空再来啊！有空再来啊！"老太说，老头儿也嘟囔着嘴说，他们把我送到门外。

"一定一定！"我说。

搬完家的那个周五，徐影下班之后也过来了。不过她来我现在这儿要比以前远一些，从她们幼儿园出发，得先坐公交再转地铁、在地铁上再倒一次才能到。她是五点半上的车，七点钟才到。跟之前到华安里一样，徐影又提了一些吃的、用的。也跟之前一样，一进门她就放下塑料袋，脱了羽绒大衣，然后就开始扑扑打打起来。收拾完，又把我还没来得及拆封的箱子一一拆封，一件件地挂上或者摆起来。这个房子很干净，徐影只需要稍微清理归置一下，就很像一个有模有样的家了。

那两天我们俩都挺高兴的，一起买菜、做饭、洗澡，到附近的商场里转转，或者在家看看电视。我们在这儿所做的，跟我们之前在华安里所做的并没什么差别，但无论徐影还是我，我们又都在这种没什么差别中感受到了某种久违的东西，我想，那应该是马腾介绍的这份工作给我们带来的。那两个晚上，我们还做了爱——之前我们有一段时间没做了。她很投入，我也很投入，我再一次领略了她瘦小而强劲的腰肢和她腰肢里无穷无尽的浮力。但我很清楚，无论再怎么投入，我们之间都有一道沟壑，它只会越来越宽，永远不会弥合，就像把我们分割在南北两岸的这条长江一样。

不过，现在我并没有心思去考虑这些。到MT传媒上班之后，我就再一次找到了刚进电视台时的那种热情和新鲜劲头。开策划会，做采访，拍外景，写稿子，编辑润色，想文案，弄标题，对我来说这些都已经是轻车熟路了。我可以做得很好，如果努努力，我还可以做得更好。这些，都是我原来在电视台时敢想、敢做却想了、做了没什么用的事情。但在MT传媒，我可以把这些本事都发挥到极致。

而至于待遇,也确实就像马腾所说的那样。第一个月结束后,除了拿到保底的五千之外,我还差点拿到了那笔一千元的奖金。对于我的表现,马腾非常满意,他对我的满意就像他对"MT传媒"这个名字的满意一样——上完一个月班我才知道这个名字取自于"马腾"这两个字拼音的第一个字母。

为了在下个月拿到那笔一千元的奖金,或者那笔两千元甚至三千元的奖金,我想出了一个非常震撼的选题,标题我也已经取好了——"黑暗中的光明:华安里盲人村中的盲人夫妻"。"这肯定是个好选题,到目前为止我还没见哪家公号做过,我们率先抛出来,肯定火!大家一定会同情他们,因为同情而不断转发,一转十,十转百,百转千,破十万加应该不是什么难事。"在选题会上,我满怀信心地说。也正如我所预料的那样,在马腾支持下,这个本来就很好的选题更是毫无悬念地通过了。

7

去华安里采访盲人夫妻的那天下午,到楼下后,我想了想,觉得好像少了点儿什么,就又去旁边的小摊上买了一网兜水果——这样会显得诚心诚意一些。敲门前,我还整理了一下衣服和发型。整理完之后我才意识到,无论我整理成什么样他们也看不见,于是就又整理回了原来的形状。

我还想说的是,在等着门打开的那一小会儿时间里,我还朝对面的那扇铁门看了几眼。它紧紧关闭着,但是我仿佛看见了自己还住在那里一样,正在靠着桌沿一边烤小太阳一边专心致志地打游戏。

"阿姨您好,我是之前住在对门的啊,今天特意来看望您和叔叔的!"敲开门后,我说。

"太感谢了,太感谢了,还惦记着我们呢!"老太说。

"之前说了嘛,一定还会来看望你们的,今天正好有空。"我一边进门一边说。

接下来,我跟老太和老头儿聊了整整一个下午。从他们小时候的失明,到他们所进的那家福利工厂——也就是星光机械厂,从厂子里六成的正常人到四成的盲人,从他们的相识到结婚、再到生儿育女,从厂子倒闭到他们退休,从失明的诸多不便到他们的晚年生活以及其他还健在的失明老人的情况……当然,我没告诉他们我是来采访的,更没说要写他们的事情,我说的是陪他们聊聊天。

这个下午,他们说了很多我不知道的也难以想象的事情。他们所说的大部分我都记住了,而我没记住的录音笔也会帮我记住的。我相信,这个下午将会是一个满载而归的下午,一个十万加的下午。

到快该吃晚饭时,我本来是要走的,但老太却一再坚持要我在家里吃了饭再走。我想了想,觉得正好可以趁这个机会再拍一条他们做饭吃饭的视频——这样一来内容就更加真实丰富了。——但是我并不想在他们家吃饭,于是我就撒了个谎,说已经跟附近的一个朋友约好了要去对方家吃饭,等我吃完后再上来跟他们聊一会儿。老太说:"那好撒,我把门给你留着,等会你直接进来就行!"

出门后,我在门外等了一会儿。听见厨房里传来一阵洗菜的声音时,我就再一次进了门。我蹑手蹑脚地走到厨房门口,悄悄地打开手机视频,然后镜头对准了他们。但是,他们却看不到这一切。

在厨房里,老头儿洗菜,老太淘米。淘完米蒸上后,老太就开始炒菜。为了拍到炒菜的画面,我把手机几乎贴在了锅的边沿。油锅嘶嘶作响,老太把青菜放进去时发出巨大的呲啦一声,接着她翻动起锅铲。这时候,我发现老头儿要走出去,于是便敏捷而轻巧地避开了他。有那么一瞬间,我还想到了他们会不会发现我,会不会把我从他们旁边的那个位置揪出来。但是她没有,他也没有。

吃饭时,外面的天色越来越暗,房间里更是越来越暗,视频中的他们几乎就要看不清了。但是他们仍然没有开灯。这时候我才想起来,那是因为他们从来不需要开灯。于是我走到开关前,用极为缓慢同时也极为轻微的力量把开关按下去。接着房间里就亮堂起来,视频中的他们也亮堂起来。

晚饭是一盘青菜、一碟咸菜和两碗米饭。老头儿和老太坐在餐桌的两边，而我则举着手机站在另外一边。他们俩努力地吃啊吃，我看见汁水顺着他们的嘴角流下来，从下巴边缘一直滴到桌子上。我还看见老头儿的嘴角沾了几粒饭，但他并没意识到，那几粒饭就那么一直沾在他的嘴角上。

这中间，老头儿在夹菜时不小心把筷子弄掉了一根。啪嗒一声，掉在了水泥地面上。于是他放下碗，移开凳子，弯下腰来去地面上摸索那只筷子。筷子就在他左脚后方的某个位置，但是他却朝着另外一个方向摸索过去了。那一刻我很想走过去，把筷子捡起来递给他，或者悄悄地踢到他手边，但是我没有那么做。一两分钟后，他终于摸索到了那根筷子，捡起来用纸巾擦了擦，然后继续吃。

看着这一幕，我突然感觉到了一种懊悔。我怎么觉得，活成蝼蚁般的他们，反倒成了"有资格"同情我、我们这样的人呢？轻薄无力的生活并没有在我们身上留下什么痕迹和烙印，我们的手掌里、眼睛里白白嫩嫩的，但已经以一种消费主义化了的同情心自居于胸的我们，这些可怜虫，他们应该可怜我们可能永远都无力去过一种热烈的生活，哪怕这种热烈在我们看来仅仅是在求生。我只是这么想了一下，但并没有停下来拍摄。视频上的那个红点，还在不停地闪烁着。

我的画面结束于他们吃完的那一幕。我看见老太和老头一起摸索着收拾起盘子、汤碗和筷子,然后端到厨房里去了。很快,我听见里面传来放水的声音,然后是盘子和碗碟在水槽中碰撞的声音。

这顿饭,他们吃得非常"完美",至少在画面中显得非常"完美"。至此,我终于得到了一个完美的收尾——距离十万加和那份奖金也更近了一步,我拍到了我想要的同时也是大家想看的东西,而他们也没发现我。结果也很完美,并没人因此受到伤害。这时候窗外已升起万家灯火,我关掉手机,蹑手蹑脚出了门。趁他们正在厨房,我把那道木门和外面那扇铁门轻轻移开,又轻轻关上。铁门扣进门框时发出一小声清脆的吧嗒声,我不知道他们是不是听见了——那已经无关紧要了。

楼道间里黑漆漆的,但我却没打开手机里的电筒,而是带着一种满足和懊悔交织的感觉倚在墙上靠了会儿。我被那团暗黑包围着,已然不能动弹,就像一个从繁忙的生产车间躲起来偷会懒的逃兵;而在那团暗黑之外,仿佛仍然是星光机械厂丁零当啷的流水线,年轻的老头儿们和年轻的老太们正摸索着组装自行车车座,车座上的黑皮子在一双双布满厚茧的手掌下泛出微亮的光泽。就这么靠了一会儿,最后我走进了比楼道间更加黑漆漆的楼梯间。在华安里那么久,唯独这一次我没坐电梯,而是走了楼梯,像做贼一样悄无声息。这样,我就既看不见别人,也不会被任何人发现。

03 / 过年

1

苏丽前脚刚一走,她买的那些东西后脚就到了。一接完快递的电话,她就转而给我打电话。于是我就得从租住的房子里出来,走五分钟,走到斜对面的那个小区我们自己的房子楼下。签收完那些大大小小的包裹,我把它们抱到楼上,再一件件拆开,把里面的东西摊开在地板上——都是些被套、枕巾、靠垫、桌布、相框、风铃和塑料花什么的。然后,我再把电话给苏丽打过去,跟她核实都到了些什么、到了几件、有没有损坏,她再一一确认,损坏的就让我再寄回去调换。整个元旦期间,每天我都要像这样忙活个两三趟,有时候还不止。

那几天,搞得我一点儿正事也没干成。一本要编的教材只是草草列了几个标题,几个研究生的论文连翻都没翻,年后开庭的材料也缺这少那的。此外,一句诗也没写出来，草草写的几句又都删了，虽然写诗也不是我的正事——这也不是一个物流学副教授应该干的正事。这些也没什么，主要是我觉得没必要买那么早，这些东西堆在家里跟堆在淘宝店仓库里会有什么区别呢？事实上，我们住了八年的房子正在重新装修，其中一间还在等着装壁柜、窗帘和书柜，完全可以等搬进去再买，起码可以等装修完再买。但是苏丽说，正好赶上元旦促销，有折扣，就买了。买完第二天，她就去了北京。

苏丽是去陪读的。半个月前，为了准备年后北京几个美术院校的艺考，迎萍去了平谷区一个叫"新艺境"的培训学校集训。她身体不太好，老是感冒发烧的，还经常咳嗽。苏丽不放心她一个人在那么远的地方，担心她吃不好、睡不好也画不好，又是担心她这又是担心她那的，于是请了一个月假，打算好好照顾一下她，好让她一门心思全力备考，争取年后冲刺到那几个大牌院校其中的一个去。

我对迎萍也不放心，不过我没苏丽那么不放心，更何况我手上还有那么多事。除了前面所说的那些，还有院里的一堆。临近期末，虽然课已经上完，但是马上得出题监考改卷子什么的。而且我们租的房子也即将到期了，在到期之前我得把东西都搬到自己房子里去。而最重要的，是那件缠了我一年半的官司年后还要开最后一次庭——但愿是最后一次，我得把各种应诉材料都准备好。不过这些也都不是一时半会就能忙完的,急也没有用。每一件事都有自己的节奏,虽然有一些你可以左右,但是并非所有事情都是这样。你只能准备着,等着它们一步步展开,在需要你的时候再加入进去。

但是苏丽不太明白这一点。她在家时,每天不是催着我干这就是催着我干那,晚上也不怎么愿意我出门。所以她一走,我就能暂时解放了。解放了,一连好几个晚上,每天下班之后我就约上良明、艾先、张羞还有小林几个去喝喝酒。也喝得不多,小酌几杯,聊聊各自写了什么、有什么新想法,他们也都写点儿东西。等喝到十一点,我们再去小林家喝茶——他租的房子就在我们经常吃饭的那家小馆子旁边。他单身,一个人住。

我知道——后来他们也都知道了,到了那个时候苏丽的视频电话就会发过来,这些天来一直都是这样。苏丽在迎萍培训的学校附近租了个房子,白天给迎萍洗洗衣服、做做饭之类的,也给我打电话指挥一下别的事,到了晚上十一点之后才能空下来。空下来了,就到附近的操场上散会儿步——这也是她多年雷打不动的习惯。从小区到操场的那段土路没有灯,苏丽觉得不安全,所以每次经过那里就跟我视频一会儿。我会看见苏丽走路时摆动的样子,她也会看见我端坐着喝茶的样子,我就举起茶杯朝她晃一晃。接下来,她会问我这一天都干了些什么,现在又在干什么。我就把白天的事情大致说一遍,再把手机摄像头反转过去,对着喝茶的每个人扫一圈,于是她也就知道了我正和谁在一起、正在干什么。这个过程大概持续三四分钟,然后苏丽就会挂断,等半个小时之后再打过来——那个时候她将会再一次走在返回小区的那条土路上,而我也将会坐在载我返回租住处的出租车后座上。

他们——也就是良明、艾先、张羞和小林——会在苏丽挂完电话之后笑一笑,诡秘地说,又在查你的岗呢?!都老夫老妻了还有什么好查的,主要是她怕天黑,也不安全,我一般都会这么说。接着,我们就再喝一泡茶,聊一会儿约翰·凯奇(我喜欢的)、杜尚(也是我喜欢的)、达利、布考斯基、兰波或者谁的一首诗,然后差不多就该散场了。小林会把我们送到楼下,甚至会陪我们走到巷子口把我们送上出租车,然后他再回到楼上,去收拾一番他那张被我们用茶梗和烟蒂弄得一片狼藉的宽大橡木桌。

在车上接完苏丽的第二个视频电话,差不多到了楼下。我上去收拾一下,洗个澡,就到了十二点半——距离我真正睡觉还有两个小时。在这一段时间里,我会泡上一杯茶,打开电脑写上一段文字、一两首诗或者翻翻书,然后在房间里来回走走、发发呆,折腾出一点有想象力的东西来打发时间。再次在电脑前坐下来时,很多时候我会注意到桌角上的那筐苹果。它们来自山东烟台,个头很大，也很红，但是表皮上已经泛起几道深深的褶皱。这是一个多月前我给迎萍买的——不是让她吃的，是摆起来让她画的。

那时候，远在北京的迎萍已经睡了，估计苏丽也睡了，我离真正睡觉还有一个小时。已经是深夜了，我会意识到其实我并不缺少时间，只是不知道该干什么。而且那些需要我干的事情什么时候需要我干也并不取决于我，就像什么时候期末考试并不取决于我，什么时候开庭也并不取决于我。以前，我总觉得拥有大把大把的时间是件好事，不过现在看起来，很可能只是一种幻觉，一个泡影。譬如睡觉前这一会儿，再譬如明天下班之后到睡觉前的八九个小时里，我拥有的只是一段什么也干不了也什么都不想干的时间。所以那不算时间。

苏丽走后的这些天，我一次也没去找过季雪，甚至也没想过去找她，连电话也没打过几次。我也不知道为什么，这还挺奇怪的，苏丽在的时候我还老想着去找她——也确实去找过她，苏丽一走反而就一点儿也不想找她了。我想，这跟道德没关系，跟需要不需要也没关系，跟什么有关系呢？我也不知道。不过躺在床上的时候，偶尔我也会想一想季雪，想一想她躺在我身边应该有的样子。她的眼睛，她的锁骨，她的一双到处游走的手，很风情甚至很风骚——相比于苏丽，也很让人受用。

想一会儿,差不多就困了,我会像平时那样身子往右边侧过去,左手和左脚都搭在苏丽的那床丝绒被子上——跟搭在她身上的感觉很不一样,右手和右脚从被子下穿过去——跟从她背后穿过去的感觉也很不一样。苏丽已经去了北京好些天了,但是只有在这个时候,只有在我侧过去碰不到她身子的那一瞬间,才感觉到她真正离开了,产生一种怅然若失的感觉。不过,等到第二天天光一亮,她好像就又回来了。

2

到北京之后,苏丽拉了一个微信群,取名为"艺考一家"——成员只有她、我和迎萍。平时有什么事,她就在群里说一下。苏丽说,这几天降温了,零下七度,迎萍那个白色的羽绒服忘了带,你给她快递过来。于是我就翻出来快递过去;苏丽说,我妈和我姐下午去武汉买糖尿病的药,你去车站接她们一下,于是我就去车站接她们一下,然后带她们去药店——当然也顺便付了药费;苏丽说,你老家房子外面罩空调的那几个百叶窗不散热,等有空了回去拆掉换成新的,于是我就抽空回去一趟。

迎萍很少在群里说话,她也没时间说话。吃饭睡觉之外,从早上七点到晚上十点半她都要待在学校里。除了再次培训她在家时就已经学过的色彩、素描和速写,她还有一大堆作业要做,还有十几个艺考名师的加强课要上。迎萍的底子不算差,省内艺术联考的成绩也不错,但是为了试试那几个大牌美术院校,她不得不一天到晚待在学校里,抱着和她一样想法的很多同龄男孩女孩也都是这样。

有天晚上,迎萍在群里说,老爸,老师要我们找一些画素描的照片,你能不能找一些?我说好,我有个朋友正好是搞摄影的——我想起了小林。我马上让小林发来几十张,又按原片模式一一传到了群里。迎萍看了看说,老爸,这些是挺好的,但就是太艺术化了,我要那种能反映日常生活的照片,书桌啊、厨房啊、报刊亭啊、街头啊什么的。当时我们正在小林家喝茶,就把喝茶的那张桌子收拾了一下,找了几摞书摆上去,他拍了十几张,我又到小林的厨房、客厅和卧室里拍了一通,把那些照片也都给她发了过去。迎萍说,这些还可以,但是还不够,得要上千张照片。我说,怎么会需要那么多呢,你们又不是开影展。

第二天中午,把下午的课托付给同事之后我就回来了。我打算去一趟戈甲营,去那儿给迎萍拍一些她想要的那种能反映"日常生活"的照片。除了戈甲营,我想不到还有什么地方比那儿更"日常生活"了。戈甲营是一大片非常富有年代感的老居民区,这么说吧,如果你有已经去世十几二十年的亲戚以前住在那儿,当你走到那儿时,没准还以为在那儿会迎面碰见他。在那些很窄的街巷两旁,栽了很多树,房前屋后有小菜园,头顶上到处是缠缠绕绕的电线和晾晒的衣服,很多墙壁上也都写着大大的红色的"拆"字——但是一直也没见拆。

对戈甲营我已经非常熟悉了。从前年七月到今年九月,也就是迎萍在实验中学读高一高二的那两年和读高三的前几个月,我们一直租住在那儿附近的中医学院一栋家属楼上。那是一间两居室,非常破旧,客厅很小,家具也不齐全,与它每月二千五百元的租金很不成比例,但是对陪孩子读书的夫妻来说也已经足够了。

那是起早贪黑的两年。每天下午,无论有事没事,我都会在学校里捱磨到五点半才回去。不为别的,仅仅因为我们没有停车位。如果我在六点之前赶回来,就得像很多人那样把车停在路边,那么我也得跟他们一样冒着被交警贴条子的风险——一张条子两百元。同样的,尽管早上八点半才上课,但是我每天早上七点之前就得出门,因为你不知道在床上多磨蹭的那一分钟是不是意味着交警比你快了一分钟。而且即便我严格遵守了早七点晚六点这不成文的规矩,在那两年里我还是被贴了十几张罚单。

高三上学期时——也就是半年前,迎萍的文化课停了,为了准备年底的省内艺术联考,她每天晚上都要去

"枫林晚"美术学校培训。也就是那几个月,让我真正体会到了作为一个老师的易而作为一个家长的难。学院的杂事和打官司的事先不说,单就迎萍艺考而言,就够我手忙脚乱的了。每天晚上六点钟,我要准时送她去学校培训——出发之前还得给她先削好铅笔、填满色盒,到了晚上十一点半,我还要再去把她接回来——回来之后还得再给她做一顿消夜。吃完之后,如果她还要画会儿,那么我也就再陪着她画会儿。

那时候,迎萍的素描一直跟不上去,为了让她练习,我和苏丽还轮流给她当过一段时间模特。一开始是苏丽,因为客厅很小,苏丽就坐在角落里的一张小凳子上,把右腿跷在左腿上,双手搭在膝盖的位置。迎萍则在客厅另一角和苏丽呈对角线的位置坐下来,支起画架,拿起铅笔。这样的姿势,苏丽要一动不动地保持上一两个小时,说实话还挺难的——尝试过一次你就知道了,不过她也都能坚持下来。有时候光线不足,我就把客厅的灯全部打开,把苏丽和我手机里的手电筒也都打开。怕光线的变化会影响到迎萍,我就一边一动不动地在旁边举着两只手机为苏丽补光,一边扭着脑袋看迎萍在画布上来回游移的笔尖。

每次都是这样,在迎萍放下铅笔、收起画架前,我们三个没有人会讲一句话。那间不到十平米的客厅里非常安静,安静到只有迎萍的铅笔尖在画布上移动时轻微的沙沙声和我缓慢沉滞的呼吸声。当然了,我这么说也不无夸张的成分,事实上外面也会时不时传来一阵咳嗽声、猫叫春的声音或者街上汽车的鸣笛声,但是我们听不见,也不想听见。再后来,模特就换成了我,我才知道,要在一两个小时里保持一动不动有多难。说起来虽然很简单,但是事实上根本控制不了你的身体,控制不了它的微小摆动和你的每一个表情。

那时候,我记得有一次迎萍还让我和苏丽坐在一起,说要给我们画一张素描。画完之后,她说,看,像不像你们俩的结婚照?确实还挺像的,进步非常快,我说。苏丽看了看,也说非常像。后来那张素描就被她裱了起来,从我们当时租住的房子卧室里一直挂到了后来租住的房子卧室里。现在,每天我一躺上床就能看到那张"结婚照",早上一睁眼也能看到。

那些日子,我和苏丽的所有重心都在迎萍身上——当然现在也是。尽管我还要写东西,还要应付两个班的课程以及准备打官司的各种材料,苏丽也还要上课、出差以及准备她的课题,但无论我、苏丽还是迎萍——每个人不管在哪里在干什么,我们行动起来就像是变成了同一个人,我们同吃一顿饭,同用一双眼睛,同时进入同一种沉默,同时产生同一种期待和同一种焦虑,只是偶尔才会意识到自己。在那段时间里,我甚至完全忘了季雪。只有很少很少的几次,在把迎萍送去艺校培训回来的路上等红灯时，在我的车前灯照亮斑马线上那些年轻女性的绰约身段时，我才会想到她，才会想到两年之前我们那个不该开始的开始。

到了戈甲营，在路过我们租住了两年多的那栋楼时，我上去拍了几张。走道里还是停放着那辆破自行车，自行车筐里还是塞着几张积满灰尘的广告传单，自行车旁边还是那把椅子，椅子上方的水泥走廊一侧还是那几盆仙人掌、忍冬和绿萝，那里还是原来的样子。不同的是，只有我们住过的那套房子朝外的窗户内侧，现在已经被换成了橘黄色的窗帘——我们住在那儿时苏丽装的是天蓝色的，说明那里已经有了新的住户。

一整个下午，我从戈甲营拍到昙华林，又从昙华林拍到胭脂路，从胭脂路拍到候补街，从候补街拍到粮道街，接着穿过古楼洞来到阅马场，在阅马场拍了红楼，最后又沿着彭刘杨路一直拍到后长街——也就是小林家楼下。树荫下的石凳，头顶上的衣衫，社区里的流浪猫，街头的小吃店，巷子里的拐角，我想这就是"日常生活"了，我拍的也就是这些"日常生活"，大概拍了七八百张，拍完几张我就发到群里。最后，迎萍发了一张笑脸的表情过来，接着又说，辛苦老爸了！我问，这些能用吗？她说当然了，非常棒！

接着，我就去了小林那儿。他刚做好羊肉火锅，弄了蒜苗、平菇、鲜银耳和金针菇等一桌子配菜。我们喝了点儿酒，聊了聊下午给迎萍拍的照片、我的那些札记、官司的事还有张羞的诗。我们都很喜欢张羞，他半年前从北京回来武汉陪读，他在北京有房子但是没有户口，所以不得不带着儿子回来读书。他住在汉阳，他岳父家里，老婆还在北京上着班，他平时靠给北京一家影视公司做策划编剧挣点钱，也写一种绝大多数人都不会读也读不懂的诗和小说。我们都觉得他挺孤独的，起码比我们要孤独。

后来，我们又喝了会儿茶。天很冷，我和小林一边烤着小太阳一边喝茶。天很冷，小太阳很暖和，我们喝了一泡又一泡，烟也抽了一根又一根，直到过了零点。最后，我问小林最近在忙什么。他说在写小说，写一篇名字叫《过年》的小说。我说，马上就过年了，应景。他说，这个小说写的就是你，就是你们一家三口去北京过年的事。我说是吗？我等着拜读！接着我就回去了，小林把我送到楼下，又送到巷口打车的地方。我觉得他也挺孤独的。

3

接下来的两周，主要是忙院里的事。学生期末考试完放假之后，院里又开了个教职工年会。跟往年一样，年会还是在小礼堂办的。节目还是唱歌、跳舞、讲话，也跟往年一样。不一样的是今年取消了抽奖和聚餐，一千块的红包也不发了，改成了每人一桶菜籽油和一袋泰国精米。即使这样，大家也还是挺高兴的，作揖抱拳，脸上洋溢着一年到头了的幸福。让他们感到幸福的，应该不是那点儿东西，而是马上就放假了，接下来他们就能带着老婆孩子到处玩玩或者互相走动一下，能过上他们的"日常生活"了。

我谈不上高兴，也谈不上不高兴。勉强说，我是觉得终于有点儿时间，可以好好准备年后的开庭了。几天前吴律师跟我说，这个案子比较麻烦，现在对方又托了关系，这对我们很不利，你说对方是承揽关系，对方却说是雇佣关系，这就要看法院怎么认定了，虽然你有给他开工钱的收据，收据上也有"承揽工程款"的字样，但是那也不能说明什么；另外，你还得准备一下，除了你和你二哥，现在对方还把你母亲也列为起诉对象，如果他们出不了庭，那你就得提前回去一趟，让他们在委托你出庭的委托书上签字、按手印。

说起来，陪迎萍备考还算不上什么，这个官司才是这一年半来最让我焦头烂额的。事情是这样的，前年年底，我就跟苏丽商量着把老家的旧房子拆了，重新建一栋两层小楼。我跟她说，等新房子建起来后，我妈就可以从二哥家搬过去住了，周末和寒暑假我们也可以回去住了——将来我们养老也能有个去处，开车回去也就一个小时,我们那里有山有水有树,空气也很好,我们家在山上有地,还能种茶种菜。苏丽罕见地表示了赞同,所以她同意我拿出来四十万建房子——准确地说,是苏丽同意了自己拿出来四十万建房子。

建房子这个事,我妈、我大哥、我二哥、我三哥也都很赞成,只有我岳母和苏丽的姐姐一直不赞成。她们说,你们在乡下修个房子有什么用?一年到头也住不了几次,还不是空着,白花那么多钱干什么?她们说的也对。但是我心里很清楚,她们反对,倒不一定是反对我们建房子本身,而是反对我们建房子的钱没有花在她们家。而且我还知道,其实无论我干什么她们都会反对,她们对我有成见。她们对我的成见是二十年前苏丽在跟我谈恋爱时就形成了的,因为苏丽是城里的而我是乡下的。不过,好在苏丽并没有听她们的。

我们出钱,我二哥出力,他还请了几个邻居当帮工——也就是我父亲当年那样的泥瓦匠。建房子的那半年里,前后出了几档子事儿,先是一个邻居被拖车上甩出来的钢筋戳伤了脚,接着是另一个邻居挖线槽时从椅子上跌下来摔伤了胳膊,最后是第三个邻居从脚手架上掉下来弄断了腿,真是一波未平又来一波。前两个邻居,我们赔了医药费,又多付了一倍的工钱,也就算是了了。事情就出在第三个邻居身上,除了医药费和该给的工钱之外,他还要我再赔三十万。我二哥和我妈都说,本叔——按村里的辈分我们该这么喊他——肯定是觉得你有钱,一下子就拿出来四十万盖房子,他还不多讹你一点儿是一点儿?当时我还不那么想,但是很快就不由得我不那么想了——半个月之后,我收到了本叔起诉我的法院传票。

这个官司是去年四月份立的案,已经开过了三次庭,但是一直拖到现在也没有宣判。在这个过程中,本叔托了很多关系找了很多人——既有医院的人也有法院的人,我也托了很多关系找了很多人,双方一直僵持不下,调解了几次也都没有调解成。本叔一口咬定最低要赔二十万,但是我只想出十万。上一次调解时,我跟本叔说,本叔,我们要重新进行一下伤残鉴定,不能你说八级伤残就是八级伤残,而且我手里确实还有你"承揽工程款"的收据。本叔说,好小子,那你就等着吧,你想要什么鉴定我就给你什么鉴定,法庭上见!

前天中午二哥来了,给我送来了他和母亲的出庭委托书。他是从老家来的,从工地上先赶回老家——他在宜昌承包了一个小工程,又从老家赶来的,下午他还要再赶回工地。午饭后,我送他去火车站,他买的是两个小时后的票,我就陪他去肯德基坐了坐。我们说了说官司的事,也说了说以前的事——我们在农村一起度过的日子,还有我们已经去世很多年的泥瓦匠父亲。临走的时候,二哥面露难色地问我能不能凑点钱。我问多少?

他说，二三十万吧！我说，怎么那么多？他支支吾吾的，最后才说了儿子赌博借高利贷的事情。我没说凑，也没说不凑。我说这个事我得问苏丽，我的钱都在她手里。我知道苏丽不会凑。

当天晚上散步时，苏丽又打来电话，我跟她说了说官司的进展情况——我没敢说给二哥凑钱的事。要挂电话时，苏丽问我哪天去北京，要不要帮我订机票或者高铁票。我说不用，我开车去，开车去的话，到时候在北京去哪里也都方便一些。我是这么计划的，从武汉到北京有将近一千三百公里，按最短的路线开——沿着大广高速一直北上，大概需要十五个小时。如果二月一日一大早出发，我可以在路上预留两天时间，白天开六七个小时，晚上就住一晚，顺利的话到达北京那天是大年二十九，正好能赶上吃年夜饭。

4

正如天气预报上所说的那样，二月一日是个晴天。起来后，下楼吃了碗热干面我就匆匆上路了。先出南湖，然后沿着珞狮路往欢乐大道方向开，接着上三环。按照导航路线指示，我要在过了天兴洲大桥之后上 S3 高速，再从 G42 高速上 G45 高速，然后沿着 G45 高速一直往北开就可以了。我还没去过北方，更没去过北京，但是我

○ 想只需要一直开，两天之后，那些我不熟悉的北方冬天的风景、我还从没去过的北京平谷区就将会出现在车窗之外了。

过了天兴洲大桥拐上高速，窗外就是一片开阔的田野了，那些繁华的城市气象也逐渐开始被两边的山野景色所取代。我的心情也一下子轻松起来，那件搅扰了我一年半、还将在年后继续搅扰我不知道到什么时候的官司，好像也一下子被我甩在了车后，越来越远了。天非常蓝，整个冬天都难得一见的阳光从前窗玻璃外撒进来，照在那只来回旋转的转经筒上，使之明亮醒目，就像喻示着一个很好的崭新的开始。高速路上车很少，我加快了速度，并打开了车载音响。紧接着，约翰·凯奇的那首曲子——Bacchanale——就响了起来。

他是个作曲家，美国人，已经死去二十七年了。他的那些不像音乐的音乐还在——代替他继续存在着，他那本黑色封皮的名为《沉默》的书也在，此刻就躺在我的副驾座位上，明亮的阳光透过枯干的树枝落下来，时不时撒在上面，那是我这趟所带的两本书之一。另一本是《杜尚访谈录》，它正躺在后座上那只黑色背包的内夹层里。他们俩是朋友，凯奇和杜尚，他们都没来过中国——尽管他们都曾经深受某些中国元素的影响，但是现在他们就一前一后地坐在我的车上，在接下来的两天时间里，我将载着他们穿越大半个中国前往北京。

一曲 Bacchanale 之后，接着是 Dream、Souvenir、One8、In a landscape。这些都是我听了很多年的曲子，只要第一个音符出来，我马上就能想到曲名。嗯，现在播放的是那首著名的《四分三十三秒》，就像什么也没有播放一样。如果了解，你应该知道，这也是凯奇一生中最石破天惊也最具争议的音乐——一段除了杂音和最后的掌声你什么听不到的音乐。这首曲子一共三个乐章，但是在乐谱上却没有任何音符，凯奇唯一标明的要求就是"沉默"。

几年前，我看过那场演出的纪录片。那是一九五二年的一场静寂无声的演出，凯奇走上指挥台，拿起指挥棒，然后就像木头一样停在那里，这让台下的观众都觉得很莫名其妙；过了一会儿，他装模作样地把乐谱翻过一页，掏出手帕擦擦汗，他看见下面有人笑了笑；接下来，他还是像之前一样，翻乐谱，掏出手帕擦擦汗，直至最后结束，他才绅士般地向大家致一下意，然后全场爆发出经久不息的掌声。有点好笑，有点无厘头，但又好像发生了什么重大事件。这是什么音乐？是要请观众聆听寂静，聆听安静中由偶然带来的一切声音吗？

或者说，这能算音乐吗？在教过凯奇两年的、认为他缺乏作曲家必需的对和声的感觉进而劝他放弃作曲的勋伯格看来，这应该不算音乐，不知道在凯奇成为一代著名实验音乐作曲家之后，勋伯格改变了最初的看法没有。但是我知道我改变了,现在我很喜欢这样的音乐,而最开始听到时我是不喜欢的。杜尚也喜欢这样的音乐。可以说,杜尚在根本上喜欢的只是自己——一个比凯奇年长二十五岁的凯奇或者说一个比杜尚年轻二十五岁的杜尚。在某种意义上说,他们是一个人;但是在某些时候,他们也会是坐在一副棋盘两端的两个人。

那是周二,一九六八年三月五日。一场名为《重聚》的演出在加拿大多伦多瑞尔森剧院举行。棋盘左边坐着杜尚,右边坐着凯奇,他们在进行一场跟声音有关的国际象棋比赛。棋盘之下有很多传输线,只要棋子一走动,都会生成随机音乐,经过四位作曲人处理之后,这些音乐就通过八组扬声器传播开来,观众需要不停观看和聆听才能体会其中奥妙。凯奇的水平,自然和杜尚不在一个水平线上。杜尚是出了名的高手,而凯奇却是个菜鸟。演出刚开始,杜尚就在让掉一名骑士的情况下迅速赢得比赛。接下来,蒂尼——杜尚的妻子——接替他和凯奇下棋,那盘棋打到凌晨一点多都没结果,最后因为杜尚实在太困而被喊停。

在那次演出之后,杜尚就在大众视野里消失了,直到去世。那次的音乐会,他们到底是想表达什么呢?生活高于艺术还是低于或者等于?他们的那场棋局,是把生活延伸到了艺术领域还是刚好相反之处?老实说,我也不知道。我只知道凯奇把我的大脑变成了一件乐器,我看到的通过神经信号转化成了旋律，于是我的眼睛就成了耳朵，我看到了音乐。

他们相识于上世纪四十年代，他邀请他为他执导的一个短片段配乐。二十年后，他的健康每况愈下，于是他决定去找他。他知道，他一向痴迷于国际象棋，而这也成了他去找他的恰当借口，他请教他下棋。在他死前的那三年里，他们每周碰一次面，见面就是下棋。他对他的作曲才华虽然欣赏，但对他的棋艺却不满意，他常常恼怒地问他，你到底想不想赢？他说，我为什么非要想赢呢？那是他的把戏，他最想赢的是跟他一起共度的时光。我当然不需要这样的把戏，现在他们俩都和我在一起，我们将用两天两夜的时间一起穿越一千三百公里。

5

正如所希望的那样，这两天路上都非常顺利。我白天开六七个小时的车，晚上就在服务区的小旅馆凑合一晚。第一天晚上住在开封，第二天晚上住在衡水。当然，凯奇和杜尚也跟着我在这两个地方各住了一晚——事实上，他们就睡在我的床头柜上。我想我应该承认，这两个已经离开这个世界的人，他们有些时候代替着苏丽，而另一些时候又代替着季雪。

如果明天也那么顺利，估计中午我就能到达平谷了，头一天晚上,我在电话里这么跟苏丽说。但是,说完之后麻烦就来了,第三天,也就是二月三日——那天早上,从衡水一上高速就下起了雪,而且越下越大。上高速跑了没多久,我注意到前面的车子开始慢了下来,同时我也不得不慢下来——只有凯奇还在按照他自己的节奏不慌不忙地演奏着。

我给苏丽打电话说,下雪了,下得很大,估计要下午或晚上才能到了。她说,没事,你慢点开,千万注意安全。她挂完电话不久,我前面的车子就彻底停了下来,我也彻底停了下来。两个小时之后,车流才开始缓缓移动,我也再次发动车子。等开到前方几公里位置的时候,我在护栏边上看见了一些零碎的塑料外壳。继续再往前开,我又在一辆拖车上看见了那些塑料外壳来自的地方——一辆被轧变形的白色朗逸。

一路上就这么走走停停,开到廊坊时已经傍晚六点多了。导航显示,距离平谷还有一百一十多公里,并不算远。当时我又困又饿,于是就拐到一个服务区里吃了晚饭,又开了个钟点房。我想先休息会儿,然后一鼓作气开到平谷。

我是在快睡着时被季雪的电话吵醒的。她说,你在干嘛?我说,在睡觉。她说,在哪里睡觉?我说,在服务区的钟点房里,等会儿还要赶路!她说,你要去哪?我说,去北京。她说,你要去北京?我说,是啊。她说,你跑得倒挺快的，为什么一直不联系我？我说，没有啊，最近很忙，装修，院里一堆事，还有年后的开庭什么的。她说，你什么时候忙忙我的事？我说，你？你怎么了？她说，恭喜你，你有儿子了！听她这么一说，我马上就把电话挂断了。这个想让我快点离婚跟她结婚的把戏，她已经玩过不知道多少次了。

季雪的第二个电话，是在我经过采育镇时打来的。她说，路伟，你真以为我又跟你玩游戏呢？我说，难道不是吗？你能不能玩点新花样出来？她说，好，你等着，我发给你个东西，你好看看！我一边开车一边点开微信，点开她发过来的那张图——那是一张怀孕检单，单子上有一张图——一个胎儿弓着小身子躺在子宫里。季雪说，看到了吗？这算是新花样吗？啊？你倒是说话啊？接着我就听不见她的声音了，我听见了剧烈的"嘭"的一声。

我没事，我被安全气囊裹住脑袋，弹到了车座上。凯奇也没事，他还在冷静地演奏着。出事的是我那辆逍客，它撞上了高速路右侧的护栏，把整个引擎盖都撞得翻了起来。

我前前后后找了好几遍，最后，终于在车后座底下找到了手机。我给当地的交警打了个电话。很快交警就来了，路政也来了，交警用拖车拖走了我的逍客，路政的人则拖走了我去处理赔偿事宜。整个下午，我一边忙着在保险公司和路政之间交涉,一边不断接到季雪的电话,直到九点多才交完赔款、领到去交警队提车的单子。提完车,我又花钱请拖车司机拖着我的逍客去找修车厂,但是找了很久也没有找到,不是下班了就是回家过年去了。

转了几圈,最后我们又不得不回到交警队旁边的一家修车点。一个胖胖的师傅操着一口当地方言问,什么情况?我说,撞了高速护栏,应该不严重,能不能尽快修好?他里里外外看了看拍了拍,然后说,车灯碎了,变速箱也撞坏了,修好怎么着也得明天中午以后了。

6

第二天是大年三十了——雪还在下,我是下午四点才拿到的车。但是我知道,无论下多大的雪,今天我都要赶到平谷去。开上首都环线高速之后,开了还不到二十公里,前面的车又停了下来,我也不得不再一次停下来——凯奇还在继续演奏着。我看见前面有几个男的打开车门站在护栏边抽烟,我还看见他们中间的一个在抽烟时狠狠地踢了护栏一脚。

一个小时后,前面的车流松动了,我看见那几个抽烟的人都上了车,我也上了车。我又累又困,昨天晚上我一夜没睡好:先是给苏丽打电话,打完后又给季雪打,给季雪打完之后又给苏丽打，给苏丽打完之后又给季雪打——折腾到两三点我也没能说服她。到了最后，我和季雪的对话变得越来越简单，我只是不停地重复着说，你打算怎么办？她也只是不停地重复着说，你等着吧！我们都很清楚，我们都在期待着对方怎么做而对方根本不会那么做。

不过，现在我没时间也不能去想这些，我需要把季雪和孕检单上的那个婴儿暂时忘记一会儿，让脑子松弛下来。只有这样，我才能早一点儿到达平谷，才能赶上我们一家三口的那顿年夜饭。我把两边的车窗都下到一半的位置，好让裹卷着雪花的冷风吹进来一些，我需要像凯奇那样不知疲倦——他已经演奏了一千三百公里。窗外，时不时传来爆竹声和烟花燃烧时的那种哔哔剥剥声，道路两侧的夜空中也不断闪现出此起彼伏的五颜六色。在我的老家，只有下饺子才会放烟花爆竹，我不知道这些地方是不是也这样。

找到乐西园小区四号楼时，已经八点半了。开到楼下，我一眼就看见了车前灯光柱中的迎萍，我看见她正在那儿等我，她不停地跺着脚，哈出一股股袅袅上升的热气，我还注意到她头上的雪花和她身上那件我之前寄过来的白色羽绒服。我把车子停进那些空停车位中的一个，然后招呼迎萍和我一起把后备厢里的那两个纸箱搬上去，里面装的是母亲为我们准备的土鸡蛋、腊肠、风干鸡、干茄片、熏鱼、豆糕,等等。这些东西,我不知道到迎萍考完试的时候能不能吃完,但是我知道,只有到了那个时候我们才能再次回到阔别已久的家中。

进门时,苏丽正在下饺子。我注意到餐桌上已经摆好了三副碗筷,它们交错摆在韭黄炒鸡蛋、香菜拌牛肉、清炒菜心、红烧鲤鱼那几样我喜欢吃的菜之间,最中间是一盆正咕嘟咕嘟冒着热气的火锅,热气不断地消散在客厅上空。苏丽旁边的灶台上放着一只不锈钢盆,里面有小半盆饺子馅儿,铺着一层面粉的案板上还有一摞擀好了但还没包完的饺子皮儿。我和迎萍把那两只箱子抬到客厅一角,放在那儿。这时候,苏丽扭过头来看了我一眼,她只是那么看了我一眼,什么都没有说。我本来还想冲她笑一笑的,这时候却突然感到鼻子一酸。

吃完饭,苏丽和我去她每天都去的操场上散步。她问迎萍要不要和我们一起去,迎萍说不去,还要画画。雪不知道什么时候已经停了,路面上积了厚厚的一层,踩上去咯吱咯吱地响。这时候,我才注意到小区旁边有一大片非常荒凉的空地,有几个人影正在那里,其中的一个正弯腰用打火机点燃雪地上的什么东西,很快就跑开了。接下来,火光一闪,一簇簇烟花就呼啸着升了空,在夜幕中绽放出绚丽的一朵朵来,很快又都一一湮灭了。雪后的空气干爽清冽,夹杂着一丝丝从远处飘散过来的很好闻的硫黄味——那还是很多年前农村过年时的味道。

在操场上，苏丽说，你怎么把车撞了？我说下雪嘛，刹都刹不及，一打滑就撞到护栏上去了，这个鬼天气啊！苏丽说，要是你今天赶不过来，我们两个人年都过不好。我说，这不好好的嘛，好好的，一家人终于团圆了！就在这句话说出口时，我感觉到手机在左边裤兜里震动起来，我有点儿紧张，但是又悄悄把手伸进去摁断了——肯定是季雪打来的。

走了几圈之后，苏丽说，你也累了，回去守岁吧！于是我们就往回走。因为积雪的缘故，那条土路看起来也亮堂堂的，在夜晚的旷野中，它就像一条通往高处的明亮的梯子。

走到一半时，迎面走过来一男一女。走近了，我发现男的穿着黑大衣，女的戴着白围巾和皮手套。那个女的右手从那个男的左臂弯里穿过去拐着他——跟苏丽和我正好相反，他们的年纪，看上去跟我们也差不多。土路很窄，在我们即将从他们身边擦过去的时候，那个男的主动侧了侧身子。我冲他说了一声"谢谢"，他看了看我。从土路拐到小区前那条马路上时，那个男人又扭过头来看了我们一眼。我不知道他在看什么，他能看出来什么呢，能看出来我是几个小时前才刚刚到达这里的吗？能看出来我是一个准备艺考的女儿的父亲吗？能看出来我是一个有情人的丈夫吗？能看出来我是一个他差一点儿就成为了的那样的男人吗？

04 / 有人将至

孙 政

你的上一个女朋友被你忘记是迟早的事,这是本能,男人的本能;你的上一个女朋友被下一个女朋友发现也是迟早的事,这也是本能,女人的本能。——是这样,几个月前我开始追我们公司的一个女生,在我的软磨硬泡下,后来她就成了我的女朋友,成了女朋友的一个标志就是她经常翻我的手机。有一天,她举着手机跑过来说,孙政,你不老实!我说,怎么啦?她划拉着我手机上的QQ聊天记录说,这么长,聊得这么热乎,这个周芸是谁?我想了半天说,周芸?哪个周芸?她说你就装吧,你还有几个周芸?你就装吧,装!接着装!接过来手机瞟了几眼我才明白,原来她说的是她。

怎么说呢,周芸,周芸也不算我前女友。虽然我们确实也网恋过一段,大半年吧。我还去武汉见过她一次,在一起待了不到十二个小时。发生的也就是男女朋友之间的那些事,拥抱、接吻什么的。没发生关系,她不让。不过在我回来的当天晚上,就再也联系不上她了。这件事,说起来还挺奇怪的。

一年多前,也就是在我去见过周芸一周后,那边的警察来找过我一次。那天是周五,本来已经下班了,领导又喊我回去一趟,我挺不耐烦的但还是去了。一进他办公室,我就看见两个坐在沙发上的警察,见我进来他们腾一下就站了起来。其中一个自称叫吴为,他说你就是孙政?我点了点头。他说你认识周芸吧?我也点了点头。他就问了问我的情况以及我和周芸见面时的一些情况,另一个警察做笔录。我都一一回答了,没半点隐瞒,也没什么好隐瞒的。如果你想听,我还可以再说一遍。

我叫孙政,今年二十五岁,四年前毕业于南京的一所邮电学校,学的物流管理。毕业后我北漂过两年,在一家房产中介做销售。后来我觉得也没意思,形单影只的,主要还是待遇太低了,房、车都买不起,恋爱也谈不起,就回来了。那时候很多人都回来了,不是"逃离北上广"嘛。回来好点儿,毕竟我父母在盐城还有房子,吃住也不花什么钱。回来后就在这家物流公司做仓管员,一直到现在。

我是回来半年后认识周芸的,网上认识的。那时候我经常泡在网上,上班也泡在网上。有一天我看到一个讨论网恋的帖子，很多人留言。有一个叫"冰冰夏"的说，网恋靠不靠谱并不在于什么网不网的，而在于人，人不靠谱通过什么认识的都不靠谱，人靠谱通过什么认识的都靠谱。说得挺在理，那个网名也挺让人心生遐想，我就发了封私信过去。后来对方也回了。这个冰冰夏就是周芸。

周芸跟我同一年，小我几个月，在一家钢厂下面的锅炉公司做出纳。她父亲也是钢厂的，之前好像下岗了，摆了个小吃摊做生意什么的。周芸上头有个哥哥，比她大五岁，是个管道修理工，也在她们锅炉公司。不过周芸说她哥哥不是亲生的，是她继母带来的。我们聊了有大半年，什么都聊，也老公老婆地喊得非常起劲。那年刚过完春节，我跟周芸说找个时间去看她。电话里她笑着说，说好了啊，只是来看看。我说，真的就是看看。另一层意思我没说，说了怕她觉得我目的性太强。

从盐城到武汉没有直达的车，我是到徐州转的，前后将近十四个小时。到武汉都下午了，周芸来接的站。她本人比照片好看一些，身材很不错，我还挺满意的。她对我也挺满意，没有见光死。所以在出租车上我很自然地就握住了她的手，她也很自然地就让我握住了。我在她家附近的一个小旅馆开了房。我们先聊天，后来就拥抱接吻了，这些都是自愿的。那天她穿了一件白色高领针织毛衣，毛衣很紧，衬得她本来就不小的胸部更大了。后来我歪着身子凑过去，把脸贴在了她胸前。再后来她就让我看了，也让我摸了，不单只是摸了胸。虽然最后一步她始终不肯，不过我已经很知足了。

再后来，等我们都平静下来，就并排躺在床上聊天。我问她以后有什么打算，愿不愿到盐城去，或者愿不愿意我到武汉来。她说她还没想过这个问题，我们才刚刚见面，后面的事还不急。我也就没说什么。说真的，我确实挺想跟她交往下去的，毕竟像我这样的找个既能让我满意对方也满意我的女朋友也不容易，何况周芸各方面也都过得去。晚上我们去吃了火锅，吃的是当地很有名的藕豆什锦火锅，藕是粉的，很好吃。吃完后我买了一大兜水果、蜂蜜和保健品，说要去她家看看。周芸也答应了，她说长这么大还从来没往家里带过男生。她能这么认可我，我当然也很高兴。

那天她哥不在家，好像值夜班去了。周芸她爸和她继母显出一副很热情的样子，他爸还主动给我点了烟。坐了一会儿，喝了会儿茶，周芸父母问了我一些情况，但并没有问东问西的——这一点让我觉得她父母还挺通情达理的。在她家待了不到一小时，我和周芸就出来了，她带我去附近的江边看了看。天气很冷，长江堤坝上还有没化完的残雪，一小堆一小堆的。在一个旁边是码头的平台上，我和周芸接了很长时间的吻。十点多我把她送回了家，我也回了旅馆。路上，两边有那种冒着热气的大排档，稀落的几桌人坐在那里吃喝。我觉得他们挺幸福的，因为我自己当时就挺幸福的。

第二天上午，周芸带我去了一个叫落雁岛的地方。我们逛了一上午，也腻歪了一上午，然后我就去了火车站，因为周一还上班。在车站外，我和周芸又腻歪了半天。她还挺不舍的，我也是。那两天，周芸也一直都表现得很正常，没有任何反常迹象。不过到了晚上八点多我就联系不上她了，短信不回，电话关机，QQ离线。第二天也是这样，第三天第四天也是这样。我也想不通为什么，是她不满意我？还是她家人不满意我？或者她只是想跟我玩玩——以前我也不是没这样对待过别人。

如果不是警察来找我，我也不知道周芸失踪了。说实话，周芸失踪后我还等过一段，还跟吴警官联系过几次，不过也一直都没什么消息。本来我还想，等周芸被找到之后，看看我们是不是还能继续下去，既然一直没什么结果，后来这事也就一天天淡了，我也就不再抱指望了，就追了现在的这个女朋友。周芸虽然失踪了，但是我的日子还得继续下去不是？我也不能在一棵树上吊死不是？

周广生

哎，作为一个父亲，你可以想象一下自己的女儿失踪了你的日子该怎么过。你还可以想象一下，你的女儿失踪一年多了也没任何消息你的日子又该怎么过。周芸是我的女儿，她失踪一年多了。这一年多来，我也不知道是怎么过来的。我怎么过来的一点也不要紧，要紧的是周芸现在怎么样了。

周芸失踪那天是2008年3月16日，我家的台历到现在还保留在那天。那天一大早周芸就出去了，说去找孙政。孙政是她在网上认识的男朋友，前一天跑过来见她，那天晚上还来过我们家。中午周芸回来说，把孙政送上了火车。吃饭时姜红就问周芸，你觉得小孙怎么样？姜红是我后来的老婆，也就是周芸的继母，她平时喊她"姜阿姨"。周芸说还挺好！姜红又问，那和蒋启南比呢？蒋启南是一分厂人事处的，跟周芸相过一次亲。周芸说，小孙是小孙，蒋启南是蒋启南！姜红就没再说什么了。

下午我和姜红在家里备料，晚上要出摊。是这样，我原来也在一分厂，1999年下岗后我就跟周芸她妈离了婚，后来做了点小生意，摆摊卖卖卤菜什么的。再后来我跟姜红走到了一起，我带着周芸，她带着儿子吴聪，吴聪对周芸还挺好的，亲兄妹一样。后来，姜红喊周芸过来帮忙，帮忙是借口了，她还是想问问周芸。姜红说，我和你爸也觉得小孙挺好的，你要真不喜欢蒋启南，我们也不勉强你。周芸说，要是真喜欢，我早跟他在一起了嘛！姜红又说，那你和小孙怎么打算的？你过去，还

○ 是他过来?周芸说这还早,以后的事以后再说吧。姜红说,说什么都是再说,你都多大啦!

周芸其实也不大,才刚满二十四,晚几年谈婚论嫁也没什么。关键是她哥哥,吴聪比周芸大五岁,当时连个对象也没着落,这让姜红挺着急的。姜红是盘算着周芸能早点儿结婚,后面我们也好对付她哥哥的事。听姜红那么一说,周芸就有点不高兴了,把围裙往凳子上一丢说,我多大啊?我爸还没想把我泼出去呢,然后她就回房间去了。我对姜红说,先别急,也不要催她了,催也不顶用。姜红用刀背敲了敲案板,瞪了我一眼说,周广生,你说急什么?是不是吴聪不是你亲生儿子你就不急了?

晚饭我们是一起吃的。周芸的脸色不太好,姜红的脸色也不太好。她们俩没说话,各吃各的,我们也没再提她和小孙的事。吃完饭我准备出摊,周芸也一副要出门的样子。我问她去哪,她说去找孙虹,孙虹是她在锅炉公司的同事。我说你晚上回来吧,她说回来。不过当天晚上她没回来,我还想着她住孙虹那儿了。第二天给她打电话,关机。我打到锅炉公司找孙虹,孙虹说周芸头天没找过她,第二天也没来上班。到了下午,周芸的电话还是打不通,短信也没回。我就和吴聪、姜红到处去找,锅炉公司、一分厂、周芸妈妈那儿还有周芸朋友家都找了,都说没见她。我慌了,想着周芸是不是跑去找孙政了,就想连夜去盐城。吴聪说,你去了也找不到孙政，不如明天直接报警吧。

我是3月18日去青化派出所报的警，送去了周芸的照片。我把周芸的基本情况还有孙政来找周芸的情况，都跟吴警官说了，我说一准是孙政这小子把周芸拐走了。吴警官说，我们调查一下，尽快安排人去盐城。当然我们也没闲着，我和周聪天天出去找。后来吴警官他们去了盐城，通过我女儿的聊天记录找到了孙政。吴警官说，我们调查了孙政，周芸确实没去找他，我们再通过其他线索找找。

后来我又去找了吴警官几次，让他们尽快立案。虽然吴警官也很上心，但他也说这个事情很不好办，失踪案也有很多程序，不是说失踪就失踪了，之前也有不少这种情况，说失踪了，后来却发现不是，不是离家出走就是搞传销去了，后来人又回来了。我一听就急了，我说周芸怎么可能离家出走呢？她又不是跟我们有什么深仇大恨，也不是没工作，怎么会去搞传销呢？吴警官让我别急，说肯定会想办法找到周芸，让我们相信他们，好好在家等着，一有什么消息就马上通知我们。

没办法，我们也就只能干等着。至于要等到什么时候，会等来什么结果，我也不知道。周芸失踪这个事，青化派出所一直没有立案。我再去找吴警官，他还是之前的说法，要我们再耐心等等。

后来我分析，周芸估计是出了什么事。因为我们那一带的治安情况一直不太好,经常听说谁的包被抢了,或是哪个女的被强奸了。但是话说回来,如果周芸只是包被抢了,或者被强奸了,那她的人呢?人还是应该会回来的啊!难道是被杀人灭口了?我不敢也不忍心想象这样的情况。如果女儿没了,我也没法想象我们以后该怎么办。相比于这个结果,我宁愿她是被人贩子拐走了或者是被抓到什么黑工厂里去了。那样的话,说明她还在这个世界上活着,只要活着就还有希望回来。

有一段时间,天黑后我就和吴聪到处转转。他腰里别了把匕首,我手里抄着把电棍。我们想看看会不会碰上什么人犯事,如果真碰上了就从对方入手,或许能发现跟周芸有关的线索。一天夜里十点多,我拐进清风巷后看见一个人蹑手蹑脚猫进了一个门洞,我们就在两边躲起来。几分钟后那个人转出来时,我一电棍就打了下去。吴聪打开手机灯照了照,我看见那个人是吴为警官,接着他也认出了我。吴警官说,你们搞什么搞?我正在排查情况,差点就被你打晕了!我把用意跟他说了,吴警官说你们这是胡闹,弄出事了怎么办?跟你说了要相信我们,有了结果肯定会跟你说的。

当然,后来我们也确实再没这么干了。不这么干,又能怎么办呢?也就只能等了。坐着等,站着等,一会坐着一会站着等,一天天等,一秒秒等。如果周芸现在还活着,她也只能这样等。

吴　为

我很理解周广生，不过周广生也应该理解我们不是吗？不是说他姑娘失踪了我们不查，查肯定要查，而且也一直都在查。但是你总不能让我们放着现成的案子不破，天天去找一个失踪的人吧？

这么说，其实也不是推卸责任。一个活生生的人不见了，快两年了也没半点儿影踪，我们肯定也有责任，甚至要承担大部分责任。但我们也一直在寻找各种线索，周广生来报案后，我们就全面摸查了周芸的情况，她的家庭情况和社会关系，也破解了她的手机通讯信息和网络联系人并对他们都做了清查，也没发现什么异常。后来我们还去盐城查了孙政，但根据我们掌握的情况看，周芸没去找过他。我们也请当地警方协助监控过孙政一段时间，也没发现跟周芸有关的线索。她会到哪去呢？

后来我们分析，周芸的失踪应该有几种可能。第一，她确实是自己出走的，目的不详，但是不能完全排除这种可能性；第二，她是被他人拐走的，被人贩子、搞传销的或者搞什么邪教组织的，因为这些年这样的情况也不是没有；第三，她已经遇害或者被藏到了什么地方，目前她是死是活我们虽然并不清楚，不过调查重点不能再是她了，要从别的地方入手。我们分析，最后一种情况的可能性比较大。所以最近我们也在排查其他的案子，想着能不能从别的案子上找找线索合并侦查。

先介绍一下我们片区。徐家岭是个老社区了，最早要说到上世纪五十年代。那时候国家选址在这儿搞钢厂，就是鸿兴钢厂的前身。当时请了苏联专家来指导，又从全国各地调了七八万工人，又拖家又带口的，这差不多就是十几万人了。钢厂的效益一直比较好，很多人都以在钢厂上班为荣。但到了1999年就不景气了，产能过剩，裁员，很多人下岗后自谋出路，这一带的治安情况也就复杂起来。

我自己也是钢厂子弟，一生下来就在这儿，读完警校后又回到这儿，分到青化派出所也十几年了。老实说，2000年前我们这儿的治安还是不错的，基本没出过什么大案要案。2000年之后就不一样了，出过几起大案子，平时盗窃、强奸、诈骗、失踪、打架斗殴什么的案子也不少。尤其最近三四年，加上拆迁、上访什么的，就没怎么消停过。我们也很头疼，申请扩编了几次，但还是忙不过来。

这几年，徐家岭一带发生过好几起强奸案，不过一直都没有侦破。从几位受害者的描述来看，这些案件应该是同一个人所为。案犯带有一部分东北口音，个头不高，但比较强壮，也十分狡猾，具有非常强的反侦查能力。因为他不但在作案时会带着头套，而且还会带着手套、鞋套，没留下任何身份信息。最狡猾的地方是，这个强奸犯竟然每次作案时都会使用安全套，从被害人身上完全提取不到他的精液，所以也就没办法比对DNA。这中间，我们也派人巡逻过一阵子，巡逻时倒没什么事，不过巡逻一过就又发生了强奸案。我们分析，周芸的失踪跟这些强奸案或许会有一定关系。

当时，这些强奸案闹得沸沸扬扬的。一到天黑很多女性就不敢出门，有些地方甚至还刷上了"有强奸犯出没请小心"的标语，弄得我们压力也很大。为了早点破案，我们还想过一个办法，就是"钓鱼"——安排女警员打扮成普通女性，在受害者之前被强奸的地方出没。不过，那个强奸犯好像早已知道我们的计划一样，再也没出现过，所以这一招也没奏效。没办法，我们也只能再转向别的线索。

徐家岭是个老社区，年轻人大多搬走了，住在这里的大多都是上了年纪的。九点过后，很多地方就黑灯瞎火了。二十七层的天心花园是这一片最高的公寓，我有好几次还爬到了楼顶的天台上。那儿能将整个徐家岭尽收眼底，也是我们青化派出所负责的整个辖区。我有一种强烈的直觉，那个至今还没有任何线索的强奸犯，他一定就藏在我视线范围内的某个地方，藏在那些没有被灯火点亮的黑暗之中。而失踪将近两年的周芸，如果她还活着的话，那么她也肯定就被藏在那些黑暗之中。

就在我们一筹莫展的时候，转机出现了。也就是昨天，2009年9月14日。中午我正在外面办案，值班的小郑给我打来电话，说有个情况要我马上回去。回去后，他简单跟我说了一下市局转来的消息，说是汉口的前进四路有个家电维修店师傅在电视机里发现了一张纸条，是关于周芸的。

我们当即赶过去，找到了那个叫邓来德的师傅。邓师傅拍着那台已卸掉后壳的电视机说，这是一个月前我从多福路市场买回来的，也一直没顾上修，上午打开时在机后壳里发现了这张纸条。他从口袋里掏出那张皱巴巴的纸片递给我，那张巴掌大的纸片上，最上面写着"救命"两个字和三个感叹号，下面写的是：我叫周芸，我爸爸叫周广生，我家的电话是5337XXXX，我被曾强保关在地窖里，请好心人给我爸爸打个电话。这句话的旁边有一副手绘地图，标明了周芸现在被关的位置。让我震惊的是，按地图上标的位置来看，这个地窖竟然离我们所非常近，离周广生家也非常近。

对曾强保进行调查之后，我们基本确定了他的嫌疑，就制定了抓捕计划，准备第二天就抓人。但为了不打草惊蛇让他狗急跳墙，我们打算请徐家岭拆迁办出面，让他们在明天上午以发放补偿款的名义把曾强保约过去。我们就安排一部分人守在那里抓捕，而另一部分人则直接去他家地窖救人。

周 芸

从这个地窖沿着那架梯子爬上去,掀开木板和上面的杂草,穿过院子走出大门,顺着那条南北向的土路往北走,走上三百多米再往右拐,第三户人家——屋顶架着一台红色太阳能热水器——就是我家。这条路我走了很多年,两边的树林、农田、红砖房和变电站我都非常熟悉,路上的坑洼我也记得很清楚。闭上眼睛我也能沿这条路摸到家,现在我也可以闭上眼睛,但却不能再摸到家了。

之所以不能再摸回家去,是因为窖口那架梯子被抽走了。当然,即使梯子竖在那儿我也没法爬上去,因为我脚上还拴着铁链子,链子的另一头还深埋在水泥地面之下。这间地窖大概四平方米,我能够得着的范围差不多两平方米。这个范围内有一张床,床底下有一个便盆,还有一只装衣服的编织袋。床头是一张桌子,桌子上放着卷筒纸、卫生巾、遥控板、热得快、火腿肠、方便面和几本杂志,这些就是我在这个世界上能够得着的全部东西了。再远一点的东西,我只能看得到,却根本够不到。

就像你想象的那样,我是被人关在这里的,被一个叫曾强保的男人——现在我喊他"保叔"。我为什么会被保叔拴在这里?只因为我是一个女的、一个年轻的女的,只因为我在他心急火燎地找一个强奸对象那天正好碰上了他。碰上他,我就不再是周芸了,不再是鸿鑫一分厂锅炉公司的出纳了,也不再是我父母的女儿了。在这个地窖里,我只是一个女的,一个活着的女的,一个可以经常供保叔发泄兽欲的女的。除了活下去,在活下去的同时争取找个机会逃出去,我已经没有任何奢求了。

我被关在这里512天了。这个数字其实跟天没关系,因为关进来后我再也没见过天。没见过白天也没见过黑夜,而且这里也没有白天黑夜。或者说,我关上灯就是黑夜,打开灯就是白天。512这个数字,只跟我那只手表有关系——幸亏当时我买的是一只机械表,每当时针在表盘上转过两圈,我就在那个数字上加上一天。你可以进行一个简单的换算,那根时针已经在这里转过了多少圈,那根分针和秒针又在这里转过了多少圈,而绕着那个深埋在地下的铁链子另一头的我又转过了多少圈。

被关到这里之后,准确地说是在那天晚上被保叔拉到树林里强奸的时候,我就开始后悔了。后悔的事情有两件。第一件,就是那天没有答应和孙政发生关系,当时我也很想但还是忍住了,我怕他只是想玩玩,现在想想,应该和他发生的,和他发生了我的第一次就不会是保叔的了,给保叔总不如给孙政吧!第二件,就是那天下午不该跟姜阿姨置气,更不该因为置气而跑出来,本来我想去找孙虹那儿跟她聊聊的,谁能想到半路上会碰见保叔呢？谁又能想到会被他弄到这里来关到现在呢？

我也不知道自己怎么熬过来的。一开始当然害怕了，也不全是怕保叔强奸我打我，最怕的是死。而且我知道，即便我死在这里也很可能没人知道。我才二十四岁，才刚刚工作，才刚刚有喜欢的人，有了喜欢的人但还没经历过爱情。一想到这些我就害怕，所以保叔每次下来，我身体上很听话，嘴上也很听话。得知他叫"曾强保"后，我就亲热地喊他"保叔"，他对这个称呼很满意。保叔经常一边干一边问，周芸，喜欢不喜欢保叔干你？我只能说喜欢，很喜欢！不这么说我还能怎么说呢？

保叔不来时，我的时间是静止的——不是静止的，而是不存在的。一个人没日没夜地看着同一盏灯、同一张床、同一张桌子、同一面墙壁，没日没夜地在一个巴掌大的空间重复吃喝拉撒和坐着、站着、躺着这几个动作，还能看到什么？能感觉到什么？什么也看不到，什么也感觉不到。只有当保叔下来时，只有当他强奸我的时候，时间才会通过他向我隐隐约约传递过来，我才能借助他呼吸的气味判断他吃的是早饭中饭还是晚饭，才能借助他穿的衣服判断外面是春天夏天秋天还是冬天。

当然，我一直期待着有人能来到这里把我救出去。我想过会救我的几个人，第一个是孙政。那天晚上，在回去的火车上联系不上我之后，孙政肯定急坏了，他肯定会像在旅馆里跟我所说的那样——没有我他一天也活不下去,新鲜而刺激的爱情的力量和荷尔蒙的力量会驱使着他到处找我,他肯定会比警察还用心地到处找我。第二个是我爸。不因为别的,只因为他是我爸。虽然他跟我妈离了婚,而且一身病,但他肯定不会再去出摊子也肯定不会再去喝酒摸纸牌了,他肯定第一次意识到了我的重要性——至少比姜红阿姨重要。就像一只与小豹子走散的母豹子一样,我爸会变成一只叫作父亲的动物,会沿着街道和小路搜寻我的气味,有雨水落下来时会加重他的苍老和绝望。

第三个是一个警察。他个头不高,但是肩膀宽阔、鼻梁高挺,锃亮的警徽在他的帽檐下面闪闪发光。他从警校毕业多年,聪明、睿智而且一身正气,是派出所最得力的警员。多年的办案经验,让他想到我应该是被藏到哪里去了。他顺藤摸瓜,从一个案子查到另一个案子,从另一个案子查到另一个案子,终于查到了曾强保。他已经制定了周密的计划,明天早上就会救我出去,我会被他亲自抱在怀里送到地面上。那时朝霞刚刚升起,我睁开眼睛就能看见很久很久没有见到的阳光。

第四个是一个陌生人,一个碰巧发现了这个地窖的陌生人。是保叔的前妻、女儿、邻居,徐家岭的一个村民,或者一个偶然闯到保叔家里行窃的小偷。当保叔不在的时候,他(她)来到这个院子里,偶然走进了地窖上面的这间平房,他的目光不经意地落在角落的杂草上,他把杂草踢开，轻轻掀开那块木板，就像夏天的雨后揭开蝉虫洞口那层轻薄的泥土一样，他一伸手就把我够了出去。

我一直在等着他们到来，但他们中的任何一个都没来。后来，我绝望了，对他们中的任何一个都不再期待了，我知道那不现实。现实的是保叔，在这个世界上只有他知道我在这里，也只有他会来这里。我甚至期待保叔能多来几次，他可以干他想干的任何事，我也可以配合他干他想干的任何事。对我来说，我只是想看到一个活生生的人，保叔也是一个活生生的人——我可以看到的只是一个人而不是保叔。保叔可以干我，也可以不干——只是说几句无足轻重的话，或者坐在那里沉默地抽根烟，只要让我看到他，只要让我看到他的动作，只要让我看到除我之外的另一个人，那就够了。

就在我差不多快对保叔产生依赖的时候，有人来到了这里。一个女的，一个跟我一样的女的。

那是我被关到这里的第273天，那天夜里十一点多，保叔把她带了下来。她看起来比我还小，一直在哭。不用说，她也一定遭遇了我此前的经历。而且我知道，她还将要在这里继续遭遇我此前273天的经历。不过比我幸运的是，她一进来就能遇到我这样的同伴，而不必像我那样一个人承受此前的一切。她叫尚丽丽，二十一岁，是附近一家商场的营业员。两个小时前，在看完电

○ 影骑着电瓶车回家的土路上,她被保叔故意撞倒了。然后,她就被保叔拖到一个桥洞下强奸了,现在又关到了这里。

尚丽丽

刚被关到地窖的那几天,那个畜生每天都会跑下来强奸我一次。我不顺着他的意思来,他就打我。他下手很重,我胳膊上、腿上还有腰上被他打得青一块紫一块的。他打我时我就哭,不打我时我也哭,基本上每天都以泪洗面。后来芸姐跟我说,光哭有什么用呢?哭他就不打你了?哭他就会放你出去了?我想也是的,如果哭能解决问题,那我在桥底下被他强奸时只需要哭几声就可以了。

后来我就不哭了,情绪稍微平缓了下来,该吃饭吃饭,该睡觉睡觉。地窖里只有一张小床,我睡在里面,芸姐睡在外面,虽然挤是挤了点儿,但也没有办法。挤不挤的倒还好,关键是那个畜生跟我发生关系的时候,芸姐就坐在床沿儿上;他跟芸姐发生关系的时候,我也就坐在床沿儿上。这么变态的场景,我做梦也没有梦到过,所以我总是会背过身去或者闭上眼睛。我不知道芸姐是怎么做到的,她不但不背过身去而且也不闭上眼睛,甚至那个畜生叫她怎么样她就怎么样,非常听话。

我当然不会那么听话。那个畜生叫我喊我也不喊,叫我在上面我也不在上面。我肯定不愿意配合，只是像死人一样躺在那里，他要怎么搞就随他怎么搞。可能是觉得在我这儿讨不到什么刺激吧，后来他就不怎么碰我了，就让我烧烧水、倒倒便桶、打扫打扫垃圾什么的，我也乐得这样。只是这样一来，他强奸芸姐的次数就更多了，三天两头就会跑下来一趟，在她身上拼命地发泄一通。

当保叔不下来时——现在我也跟芸姐一样喊他保叔，我和芸姐就算是解放了。虽然我们每个人脚上都被拴了一条铁链子，但是好歹还能凑一起聊聊天什么的。芸姐比我大几岁，是钢厂一分厂锅炉公司的，上班的地方距离我们商场没多远，她还曾经去我们那儿买过化妆品。芸姐说，你们商城的化妆品确实还挺好的，只不过就是太贵了点儿。我说，芸姐，以后你再去的话直接找我，我可以用贵宾卡给你打七五折。她勉强笑了笑，指了指我脚上的铁链子说，被拴成这样了你还想出去？

地窖里非常阴暗潮湿，空气也不好，墙壁上到处长满了斑斑点点的霉斑。尤其是我和芸姐大小便都解在便桶里，更是让这么点儿大的空间里到处弥漫着一股股尿的骚臭味。有时候保叔两三天也不下来一趟，地窖里的气味就会积攒得非常浓烈，我完全没有一点吃东西的胃口，泡好的方便面就在那里丢着，直到馊了也不想吃。保叔下来的时候看到了，经常骂我不知道好歹。他说，周芸能吃你为什么就不能吃？为此他饿过我几天，但等他上去后芸姐就会把她藏起来的肉肠拿给我。

说实话，如果不是跟芸姐在一起，我可能一天都活不下去。有时候我甚至想，反正早死是死晚死也是死，与其被保叔关在这里当性奴，还不如自杀算了。但真到了要自杀那一步时，我又没那个勇气了。芸姐发现我想自杀时说，死了你可就再也出不去了，活着你还有希望，即使它非常渺茫。

每天无聊的时候，芸姐就教我翻花绳。没有花绳，她就拔一根头发下来——我第一次注意到她的头发竟然那么长，她把两头系住打个结，再用两只手叉开撑起来，就和我轮流翻来翻去。在床头那盏昏黄的小灯泡下，她教会了我双十字、花手绢、面条、牛槽、酒盅、媳妇开门等等很多翻法。我想说的是，在某些时刻我甚至完全忘记了我的脚上还拴着铁链子、忘记了我还被关在地窖里——不知道芸姐是不是也会这样，但在站起来想要活动一下时我又马上意识到了自己的真实处境。

为了逃出去，我们想过很多办法。比如保叔来时，我假装顺从他，骑上去跟他发生关系，芸姐趁他不防备时用被子蒙上去，我们合力把他闷死；比如芸姐骑在保叔身上时，我把开水从他脸上浇下去，浇瞎他的眼睛，浇伤他的脸，最后用我们的铁链子把他勒死；再比如把他上次没带走的那只啤酒瓶砸破，用碎玻璃挟持他，逼着他交出来手机,有了手机就好办了。芸姐说,前两个估计不行,真把他搞死了我们也出不去,到时饭也吃不上水也喝不上只能等死,第三个办法倒可以试试。

那天芸姐捡了一块碎玻璃藏在手里。保叔下来后,我主动凑了上去。我说,保叔,今天我陪你吧!他笑了笑说,太阳打西边出来了?我说我想通了,我也想享受享受。保叔说好,那就让你享受享受,屁股撅起来!我说我想在上面。保叔脱了裤子躺到床上,我给他戴好套子并骑了上去。这时候,芸姐把碎玻璃架在了保叔脖子上。芸姐说,保叔,把手机拿出来!保叔镇定地说,手机就在裤兜里,你拿嘛!芸姐没动,我起身去找手机,还真就在他裤兜里找到了,不过屏幕上了锁。我说密码!保叔说4321!我输进去显示错误。到底多少?我问!保叔说4421,我记错了!我又输了一遍还是错误。芸姐急了,问保叔,到底多少?这时候保叔猛一下坐了起来,将芸姐的手臂反拧了过去。

后来,我和芸姐被保叔狠揍了一顿。芸姐腮帮子都被打肿了,我被保叔按着头一直往墙上磕,头也磕破了。打完后,保叔就把我关进了另一间地窖——隔壁竟然还有一间地窖。这一间很小,没床也没桌子,只有一盏小灯,我就睡在墙角的草席上。我被关在这里好几个月了,每隔几天保叔叔会给我丢下来一些吃的喝的,不过他很少下来。他肯定下到芸姐那里去了,但是我听不见那边的动静,芸姐应该也听不见我这边的动静。再说了,现在我连说话的力气都没有了,还能有什么动静。

曾强保

一旦有人顺藤摸瓜找到这里,或者是不小心让她们跑出去了,那我肯定就会被抓到,被抓到我肯定就要判死刑。对于这一点,我心里非常清楚。我研究过刑法,就我所犯的这些事来说,至少构成了强奸罪、非法拘禁罪、抢劫罪和抢夺罪。数罪并罚,你想想,到时候我会有什么好果子吃?

当然,为了不吃到那个好果子,我想了不少办法,也尽量不在现场留下任何对他们有用的蛛丝马迹。所以头套、手套、鞋套这些当然是必备的,光这些还不够,还得有一套,那就是安全套。跟那些只图一时爽快却会留下罪证的强奸犯相比,我虽然每次都不会那么快活,但是却会比他们中的任何一个都能多快活几次,甚至能一直快活下去。这些年我强奸过几个?我都不记得了,起码有七八个吧,但一次也没抓到过。说到底还不是我措施做得好?小心驶得万年船,绝不能逞一时之快。

尤其像我这种有案底的人,更得小心。十几年前我因为打架被判过三年刑,出来后我就想明白了,一个人要坏绝不能坏在表面,也不能坏得没智商,那早晚会栽跟头。这一点我自信做得还不错，无论在一炼厂、炉窑公司还是下岗后，这么多年来周围没人怀疑过我。就是我妈、我前妻、我闺女、我岳父岳母，他们也从不觉得我是个坏人。不过，虽然没人怀疑过我，我也自信没留下过什么把柄，但我却总会想到最后的下场。你说，万一哪天我被抓了怎么办？自认倒霉地吃个枪子儿？

我不敢想。一想到这里，我就会到楼顶的平台上去抽根烟。那里开阔，视野好，远处的树林、农田、小路和那些破旧的红砖房都能尽收眼底，看着它们我才能暂时平缓一下对将来的焦虑。这栋楼是我 2005 年离婚后盖的，当时还算气派，现在看起来就有点寒酸了。尤其是那些爬山虎，让它显得更加破败老旧，就像我脚下这一层左边最里面房间里，常年瘫痪在床上的我妈。瘫痪后，她就一直住在二楼，吃喝拉撒都靠我。我住一楼，每天我都上上下下跑七八趟。我不愿住二楼，当然也不方便。

紧挨着这栋楼房的是一间平房，那是 2007 年秋天我为了能多分点拆迁补偿款建的。但是，建起来之后拆迁办又说暂缓拆迁，一缓就缓到了现在。不过也好，不拆迁就永远没人会知道平房下面的秘密。那里有两个我精心设计的地窖，都建得非常扎实。先是铺一层预制板，接着在上面盖一层土，再铺上一层泡沫，泡沫上又盖一层土，最后再用水泥封起。这样设计，主要是为了隔音。我相信，别说周围的邻居们了，就是我自己站在院子里、站在那间平房里,也不会听到地窖里的任何声音。

当初在挖这两个地窖时,我就预想好了将来的用途——关女人。但是之前一直都没成功,强奸完后不是被她们溜掉了,就是我动了不该动的恻隐之心,归根结底还是不够狠!不过,好在后来终于派上了用场。现在这里关了两个女人,两个年轻女人。一个叫周芸,一个叫尚丽丽。周芸好看一些,身材挺丰满,而且比较懂事,听话;尚丽丽一般,瘦,没那么好看,也不太听话,不过比周芸要嫩那么一点。我找尚丽丽少,主要是找周芸了,她还是比较配合我的。

一般来说,男人的欲望是走下坡路的,尤其是四十岁以后。但是很奇怪,我的欲望却像在走上坡路。原来上班的时候,我还没有过那么强的欲望,十天半月不碰女人也不会想,现在不行了,两天不碰就想得慌,一周不碰就想得发疯。当然,也可能是因为那时我还没离婚,干的又是那么重的活。

在一炼厂时,我是轧钢工,整天守在出钢炉前。钢块在熔炉中被加热得红彤彤的,钩子一拉就滑落在地,用长夹钳捡起来塞进轧钢机,顿时就火星四溅。它慢慢变细变长,直至成为一根根弯曲扭动的红色彩条。上千度的熔炉和钢块映红了我和工友们的脸庞,挥汗如雨的我们说着下流的笑话,那时很快活。一炼厂改制后我分到了炉窑公司做炉前工,干的也是又脏又累的活。那时候我们三班倒，每班八个小时，要出六炉铁，炉情顺利时还算好，炉情不顺时就累得要死。但是那时也很快活。

快活是现在想起来的，当时并不觉得。说起来，我倒很怀念那种生活。那时候我有的是力气，我只要使出浑身的力气就行了，旱涝保收，见月领一份工资，什么都不用想。我只是几百个环节中的一小环、几百个大齿轮中的一个小齿轮，我没有也不需要有自己，连这样的想法也不需要有。

再后来我就下岗了。下岗也正常，也不是只有我一个人下岗。下岗后老婆跟我离了婚——当时是我出轨，女儿判给了她。我没找工作，也不急，厂里买断工龄的钱还够我开销几年，我就每天到处晃晃、打几圈牌。那时候我就开始感觉到欲望特别强烈，一天比一天强烈。我知道这不好，不过欲望就是欲望，跟好不好没有关系。我经常自慰，天天到处去找黄碟、租录像带看。到后来，在街上看到那些年轻女人时，我心里就会有一种莫名的兴奋，抑制不住地想尾随她们，想冲上去强奸她们。

我准备了很久，但第一次没成功。那天我在焦化村路口等到半夜，等来一个女的。我用刀把她逼到菜地里说要强奸，她好像不怕。我说我刚从牢里出来，也不怕再进去。她说，你还能好好改造嘛！你亲戚朋友要是遇到这种事，你会怎么想？你让我怎么做……后来她在夺刀时划破了手，我怕出事就把她放了。她一走我就后悔了,每个女的都像她这样,那我怎么办?我什么都没有了,工作、家庭、生活还有梦想都没有了。我只剩下这点东西,只剩下这点东西还能让我像个人,像个活生生的人、活生生的动物。我必须满足它,必须用我的方式满足它。当然,后来的几次我成功了。

关女人是我后来的想法。那时候派出所查得严,一到晚上就巡逻,很多地方还架了摄像头,我有很长一段时间没出门。风头过后,我想老打野食也不行,也不保证就能打到,还不如劫一两个回来,一劳永逸。周芸和尚丽丽就是这么弄回来的,隔几天我就给她们送点吃的用的下去,清理一下屎尿和垃圾,顺便也干一下她们。你别看我每天在院子村子里这儿跑跑那儿站站的,其实我的魂儿不在上面,只有下到地窖,只有骑在她们身上的时候,我才能找到我的魂儿,我才能感觉到我的魂儿。

虽然离婚七年多了,但我还是经常到前妻家里去,偶尔也住那儿。村里人都说我是"离婚不离家"。那当然,我确实希望他们这样觉得,只有这样我才能名正言顺地给地窖里那两个女的买些方便面、肉肠、卷筒纸和卫生巾什么的。当然,我给她们买的也不止这些。尚丽丽要虱子粉、创可贴我给她买了,周芸想看书报杂志我给她买了,周芸想看电视我也给她买了。除了自由,她们要什么我都尽量满足。她们应该明白,我对她们够好的了;她们也应该明白,她们要怎么样才对得起我的好。

周　芸

　　我爸怎么样了？我妈怎么样了？我哥怎么样了？孙政又怎么样了？他们是不是还在找我？孙政，孙政是不是还在等我？那个警察，那个警察办案办得怎么样了？有没有什么线索？那个陌生人是不是还没到保叔家的院子里来过？外面的事情，我一点也不知道。同样的，我也不知道还会在这里被关多久、还能不能等到出去。再过半年多，我被关在这里就有两年了，我已经快等不及了！

　　上次的计划失败后，尚丽丽就被保叔弄走了，弄哪里去了我也不知道。我问过保叔，保叔说，她是你妈还是你妹？你还操她的心？先操心操心你自己吧！我说，保叔，以后我就老老实实待在这，哪里也不去了，出去了又能怎样呢？都快两年了他们也不来找我，早把我忘了，那我也忘了他们。保叔说这就对了，实话跟你说，我把尚丽丽弄死后沉到湖里去了，如果还不老实，你的下场也一样！

　　尚丽丽死了，她竟然死了！但我没心思为她伤心，我不得不面对我的处境。你要知道，如果你一直都是一个人待着，久而久之你就习惯了，但是如果来过一个人，来过一个人又被弄走了弄死了，那么你怎么办？你不得不接受一个事实：这个由几十亿人组成的地球上只有你一个人，没有曾强保，没有尚丽丽，没有周广生，没有孙政，也没有姜红和吴聪，只有你一个人。如果这个世界忘记了你的存在，你就得证明你的存在，无论是在地窖昏黄的灯光下还是在地面上刺眼的阳光下。如果你不去证明，如果你不去早一点证明，你就会成为第二个尚丽丽，成为一个0，湖底深处的一个0。

　　我要怎么证明？我还有证明的机会吗？现在我身体很差，一天只吃一顿饭。最要命的是，我虽然一天天瘦了下去，但是我的肚子却一天天鼓了起来。一次比一次强烈的呕吐，让我意识到自己怀孕了。一个怀孕的被用铁链子拴着的女人，她能怎么证明呢？她没法证明，只有她一呼一吸之间的那口气能证明，只有她肚子里那个正在长大的生命能证明。但如果她不在了，它们又怎么证明呢？

　　当然，我之所以肯定自己怀孕了，还有个原因。那就是从几个月前开始，保叔在跟我发生关系时就不再用避孕套了。之前他一直都是用的，因为在刚被关下来时，我说服了他用比不用的好处。

　　刚把我关进来时，他确实不想用。他说，我在外面用是怕警察查我，到这里了还用那玩意儿干嘛？隔靴搔痒？脱了裤子放屁？我说，保叔，我是为您考虑。他说怎么呢？怎么是为我考虑呢？你有病？我说不是，您想想，如果您不戴套我怀孕了怎么办？怀孕了您不得把我送出去？那您不就暴露了？我还能在这里生产吗？万一我死了怎么办？您还真想我死在这里？我不怀孕您才最划算呀，您想怎么干就怎么干，想干多久干多久，您说呢？保叔没有说什么，但是我知道那番话起了作用。

几个月前，也就是在我们逼他交手机失败后，那天他喝多了。下来后，保叔二话不说就要跟我发生关系。我说好嘛，您把套子戴上嘛！保叔一个耳光就扇过来了。他说，你个婊子养的，还敢用玻璃碴子威胁老子，敢威胁老子老子就不用套子，怀孕了就怀孕了，发现了就发现了，要死一起死！那一次他没戴套，等他上去后，我一直用水冲下面，冲了很久，不过估计没什么用。我不知道是不是那次怀上的，不过是不是也没关系了，因为后来保叔跟我发生关系时就再也没用过避孕套了。

我的肚子一天天鼓起来，这一点保叔也发现了。有一次，在他又要跟我发生关系时，我说保叔，您都有儿子了，我也不想出去了，以后您好好地对儿子就行。保叔笑着说，好嘛！好嘛！我又说，您找的这些书、杂志我都翻完了，翻很多遍了。保叔说你想怎样？想看电影？想我给你买个影碟机？我说不不不，我没那么想，能有台电视我就知足了，小一点、二手的也行，能出人影就行。他说，你不会是又想着砸了电视机要挟我交手机吧？我说，怎么会呢，您看我一直都没想跑吧，我早就死心了，上次都是尚丽丽的主意。保叔说，我就知道，

○ 那个贱女人肚子里坏水多,死了不亏!

这一年多来,不知道保叔强奸了我多少次。我从抗拒到配合,从配合到伪装,从伪装到习惯性地伪装,可以说只有那一次是我真正投入地跟他发生关系的——而不是他强奸我。我不停地呻吟,不停地扭动身体,不停地迎合他的每一个动作,我把身体下面的保叔当成了孙政——不不不,他就是孙政。最后,作为女人我达到了人生中的第一次高潮。我知道,一个人要想让另一个人真正地觉得自己是在主动投入而不是被动迎合,仅仅靠伪装是伪装不出来的。所以我只能这样,只有这样保叔才会真正相信我。最后保叔要上去时我说,保叔,别忘了电视机。他笑了一下,说我考虑考虑。

几天后,保叔搬下来一台十二寸的电视机,熊猫牌的。我知道,最后的机会来了!我的计划是先用指甲——你可以想想我的指甲有多长——拧开梅花螺丝,把机后壳卸下来,把里面的线弄断几根,把那张写着救命信息的纸条用口水粘上去,把机后壳装好,最后再把不出像也不出声的电视机指给保叔看,让他找人修或者当成废品卖出去。我不知道这个法子行不行,我也不知道电视机会不会送出去,会不会被拆开以及又会在什么时候什么地方被拆开,但这是我能想到的唯一办法了。

过程比我想象的要顺利。我把那张纸条粘在了最显眼的位置,我得确保那个打开电视机后壳的人第一眼就能发现它——只要他打开。但我没想到的是，装机后壳时无论怎么都装不上去了，不是这里对不上就是那里卡不住。主要是四个螺丝孔对不准，这个对准了那个就对不准，那个对准了这个就对不准，四个螺丝最多只能拧进去两个。我急得满头大汗，生怕在装上去之前保叔先下来了。我屏住呼吸，一遍一遍校准，一毫米一毫米较准，全世界最精密的仪器在我手中，我生怕错过了最细微的偏差。最后，我终于听到机后壳嵌进机身时的"咔啪"一声。我敢肯定，那是世界上最动听的声音。如果尚丽丽听到了，她也一定会在湖底鼓掌叫好，还会在湖面上为我冒出一个轻盈的水泡来。

05 / 飞旋海豚

1

迎面
而来

二〇〇二年冬天的一个下午,我先是找到了万红西街旁边的铜钱胡同,又在胡同尽头找到了那栋五层高的红砖楼。楼前的空地上,一个冒着鼻涕泡儿的小女孩正在玩挑竹签,两只手背上的冻疮黑红黑红的,很吓人。我在她旁边蹲下来,可能是看我蹲下来,她的右手抖动了一下,碰到了另一根竹签。这个游戏的难度就在这里,挑的过程中不能碰动别的竹签,碰动了就要换对方挑,两个人比赛,看谁挑得多。玩心挺大啊,我说,小姑娘,哪个门洞是三单元?她抬起头,握着那把竹签怯生生地看着我,没吭声,也没点头或者摇头。哪个门洞是三单元?我又问,她还是一声不吭。

走进最里侧的那个单元门,我就看见了墙上挂着的一小块蓝色铝皮牌子,那上面刻着一个小小的白色的数字 3。我为自己的智商或者说运气得意了一下。走上四楼，我敲了敲 402 房间的门。里边传出来一阵咳嗽声，接着一个声音沙哑的男人说，门儿没锁。我推开进去时，看见一个脑袋硕大的男人正从厨房走出来，端着一只不断冒白气的砂锅，房间里一股很浓的中药味儿。是你家租房子吧，我问。他说是是是，就把我迎了进去。他把砂锅放下来，两只手在身上胡乱擦了擦，朝我伸过来。

只那么一握，我就知道他手劲儿非常大。我注意到他的指关节很突出，且皮色黝黑，紧握时就像戴了一串菩提念珠。除了这一点，以及脑袋硕大之外，我将来的这位房东也说不上有什么特征，他个头不高，相貌平庸，衣着普通，你在街头所碰见的那些贫困潦倒的中年男人都跟他十分相像。

揉着有点儿生疼的右手，我随他进入到厨房边的那个小间。他说，都收拾干净了，拎包就能入住，随时搬来。我四下看了看，最后把目光停在床头里侧的 SHE 三姐妹身上。他说，哦，以前那个女孩子贴的，要是不喜欢，我给你扯下来！我说，不用不用，多少钱一个月？他说，八百五，都是这个价，以前也是。我问，还能少吗？他说，你长租短租？我说，合适了就长租，不合适就短租。

转了几圈，我又问，真不能少了？他说，真不能了！我说，连暖气也没装，再少点儿。他有点儿急了，说,少一百,最多少一百,你买个小太阳也用不到一百,不能再少了!我说,行吧,要不要签个合同?他说,随你。我说,还是签个吧!我吃过没签合同的亏,年初时我租过一个房子,我记得明明是先交钱后住房的,女房东却非说是先住房后交钱的,退房时硬是多收了我一个月房租。

没有现成的合同,我拿出纸笔简单写了几条,主要是约定价格和交钱日期。写完后又抄一份,两份都签了名递给他,他又签了名返一份给我。我接过来念道,赵——思——村。我说,名字取得不错,思村,思念乡村啊!他咧嘴笑笑说,那个,我叫赵恩材,周恩来的恩,材料的材。我仔细看了看,那三个字写得歪歪扭扭的,确实很像赵思村。我说,见笑见笑!他说,没关系,我字写得丑,不怪你!说完他就站在茶几边上,不说话也不走开,来回搓着手。于是我连忙把租金掏给他。

收了钱,赵恩材就叮铃哐啷地到处去找杯子、刷杯子,要给我泡茶。他说,才毕业的?我说,才毕业的!他又说,哪里上班?我说,就前面一点儿,万红西街过去几步。他定了定说,四分厂?我说,对!他说,我一猜就是,在这一带租房的基本上都是四分厂的。他把杯子放到我面前,续上水,然后又往我这边推了推。我注意到那是一只很久没用过的杯子,内壁上还残留着一小块黑色污垢。我俯下去,假装对着杯口的热气吹了几下,接下来就再也没去碰那杯茶了。几分钟之后,我找了个借口说厂里晚上还要聚餐,得回去了。赵恩材说好好好,你随时搬进来,反正钥匙都给你了。

下楼时,在四楼的楼梯拐角处,我看见那个刚才在楼下玩竹签的小女孩正噔噔噔地跑上来。快经过我面前时,我注意到她鼻子下面的那个泡泡一吸一鼓的,好像比刚才更大了一些,十分显眼。

她穿了一件深蓝色羽绒服,估计洗过很多次了,深蓝色已经洗成了天蓝色。羽绒服松松垮垮的,下摆落到膝盖的位置,就好像在身上套了个气球,一看就知道不是她的。我说,小姑娘,原来你也住在三单元啊?她停下来,紧握着那把竹签抬头看了看我,一脸怯生生的样子,但还是没有吭声。她从我身边慢慢走过去,刚走过去,就又开始跑动起来。最后一闪,进了赵恩材家的门。

2

从赵恩材家出来,天好像一下子就黑了下来。四降的暮色中,时不时传来一阵阵嗞嗞啦啦的炒菜声。我能清晰地辨认出浮游在空气里的那些菜香,鱼香茄子,醋熘白菜,应该还有土豆烧牛肉。我缓缓地走着,就像一个无所事事的人那样缓缓地走着,并不急于将眼前的铜钱胡同走完,因为我很清楚,在它的尽头并不存在一顿我刚才所说的厂里的聚餐。穿过这条胡同后,我将不得不拐到万红西街上去,汇入到匆忙的人流和车辆中间,貌似很有目的地走上一段,然后回到那家小旅馆里。

我已经在那儿住了一周。之前,在到处投简历找工作的这几个月里,经过几轮激烈的笔试和面试,我终于成功地把自己弄进四分厂——全称是阳新机械总厂第四分厂,在工会底下的宣传科当上了一名通讯员。是的,虽然这个岗位并不是我的首选,但不幸中的万幸是,在我看中的那些不错的单位的那些不错的岗位中最后只有它接受了我,于是我也不得不说服自己接受了它。原因也简单,一是因为这个岗位距离我的文学梦想会更近一些,二来也因为它与我的汉语言文学专业还算对口。

算上科长李德生,宣传科一共四个人,有两个宣传干事,以及刚进去的我。我干的虽然也是宣传干事的活,不过岗位却是通讯员。道理很简单,有编制的才是宣传干事,合同工只能是通讯员。

报完到那天下午,跟所有新进厂的员工一样,我也从后勤科领到了一套日用品——搪瓷脸盆、搪瓷茶缸、一床被褥、两套灰布工装,一套夏装,一套冬装,两套工装的后背上都印着"阳新机械厂第四分厂"几个大字。

穿上去后,我就在镜子中看到了另外一个自己,那身灰布工装一下子就把我变成了五十元面值旧版人民币上最右边的那个形象。看着镜子中的自己,我感觉到右手边好像还缺了点什么。后来我才意识到,是缺了与我并肩而立的一位戴白头巾的年轻女农民和一位穿西装、打领带、戴眼镜的老年知识分子。这幅工人老大哥的形象,在某个瞬间让我觉得既光荣又卑微。

四分厂是个老厂,最早创建于"二五计划"期间,迄今为止已经走过了四十多年的光辉历史,工人技术过硬,产品声名远播,不但用在三门峡和小浪底等重大水利工程上,还一度出口到突尼斯和孟加拉等众多亚非拉国家。不过对我来说,最重要的并不是这些,而是宣传科那份名为《机械文艺》的杂志。跟四分厂的历史一样,这个刊物也是个老刊,扎根工业题材,开拓工业文学,在全国机械系统里曾经颇为知名,还曾培养出过赵轻翼、蒋登云、林尚海等好几位在当地颇有名气的作家。

宣传科所在的行政楼位于厂区东侧,环境幽雅,白杨四立,门前的花坛里一年四季都盛开着颜色缤纷的各种假花。在行政楼和厂区西侧那几排布满爬山虎的厂房之间,是一条开阔的柏油路,两边的影壁上刷着两条十分醒目的红色标语,一条是"厂兴我兴,厂衰我耻",另一条是"只要精神不滑坡,办法总比困难多"。上班的第一天,当我穿着工装,随着上班的人流走上这条柏油路、

○ 看到这两条标语时,我由衷地感觉到了自己身上那种要大干一场的雄心壮志。我想说的是,在此后的很多年里,无论是我在四分厂的那两年,还是后来我在学校当老师的那些年,我从很多刚刚参加工作的那些年轻人身上也曾看到过此时此刻正洋溢在我身上的那种准备要大施一番拳脚的表情和神色。

但我没想到的是,当我穿着这身工装推开宣传科的那扇铁门时,他们都不约而同地笑了起来。

笑得最不露声色的是吴海,他比我进四分厂早几年,当时正准备给李德生的茶缸里倒水,见我进来,他偷偷笑了一下。笑得最肆无忌惮的,是另一个宣传干事赵燕华,这个已经年过四十的半老徐娘看起来比实际年龄要年轻一些,且颇有一番姿色,她的性别、相貌和当时我并不知道的她背后的那层关系赋予了她这么笑的权力,她指着我哈哈大笑起来,上气不接下气儿地说,你们看,你们看。我们的科长李德生也笑起来,一边用茶缸敲着办公桌上的玻璃一边说,小杨,怎么这身打扮啊?

我有点儿糊涂地说,这不是后勤科发的衣服嘛,上班时不用穿吗?!于是,他们就笑得更厉害了。我当时完全不知道他们究竟在笑什么,我更不知道的是,在我将来的记忆中,这会是我第一次穿工装,事实上也是唯一一次。换句话说,这也是我唯一一次以工人形象出现在这个世界上。

3

搬到赵恩材家那天是个下午,很冷。帮我拉箱子的三轮车师傅,穿着军大衣,戴着棉手套,嘴里不停地哈出一团团白气。我提着箱子上来时,赵恩材正在撅着屁股生炉子,楼道里烟雾缭绕的。我喊了一声,赵师傅!他朝这边瞅了瞅问,谁啊?我说,我!直到在他面前停下来,他才认出来是我,慌忙要把箱子接过去。我说,楼下还有一个呢!于是他就风一样下了楼。再上来时,肩上那口大箱子把他压得直喘气。他说,金银财宝啊这么沉?我说,金银财宝我还住你家啊,书,都是书!

在SHE三姐妹的注视下,我收拾了一下午,衣服入柜,鸡零狗碎的入箱。至于那些书,没有书架,干脆就先在床底下堆起来。陪伴了我四年的那些书,那些伟大作品,现在一本一本填满了床底,鲁迅挨着海明威,海明威挨着毛姆,毛姆挨着杜甫,杜甫挨着川端康成,川端康成又挨着曹雪芹,一个接一个排过去全是大师。现在,它们和他们都在这里暂时找到了自己的位置。

收拾完,我发现这个不足十五平方米的房间里还是显得十分空旷。剩下的这种空旷,接下的日子里也许只有靠我的气息才能一点点填满了。相比于那些具体实在的东西,它们才更占空间。

我躺在床上,看着一下午的成果,十分满意。躺下来,我才闻到房间里漂浮着一股味道,那是一种只有女孩子住久了才会有的味道,若隐若现的,十分好闻。这让我不禁想到,在我正躺着的这张小床上,在我正躺着的这个位置,曾经也躺过一个女生,——不知道她做什么的,也不知道她长什么模样、年方几何、来自何处、又归于何方,只知道她是个女的,她的偶像是 SHE。尽管我们素不相识,但是此刻我却又感觉到和她无限贴近。就在这样的无限贴近里,我慢慢地睡着了。

醒来的时候,外面已经黑透了。我醒了,但是却不想起来,看着窗外的几盏灯火迟迟发呆。我正想着下楼找家馆子吃点儿东西,这时候有人敲门说,在里边儿吧?我听出来是赵恩材,我说,在呢!赵恩材把门分开一条缝,却不进来,他把脑袋伸进来说,那么早就睡了?起来,起来喝点儿!

酒菜已经摆好了,一碟盐水花生,一碟蚕豆,一碟红烧豆腐,一碟猪头肉,两只空碗一左一右地摆在两边。赵恩材搓着手说,真冷,鸡巴都冻缩了!我看了看四周,坐下来说,你姑娘呢?赵恩材说,吃过啦,床上去了。他晃了晃酒瓶说,苞谷烧,有劲儿,咱俩把这点儿整完。我说,你喝你喝,我不会呢!他说,喝酒哪有什么会不会的,喝就是了,跟喝水一样!像做示范似的,他端起自己那杯一仰脖儿先干了，嘴里发出清脆的吱扭儿声，然后又小心翼翼地斟满，不让酒撒出来一滴。

几杯酒下肚之后，赵恩材快活起来，话也多了起来，脸上浮出一层清洌的光。他摸索出一盒白沙，抽出来一根递给我，我摆了摆手，他就自己点上了。他狠狠地吸了一大口，又长长地吐出来。

赵恩材说，去哪个车间了？我说，没下车间，在宣传科呢。他说，噢，对对对，笔杆子，笔杆子！我笑了笑。他说，厂里最近怎么样？我说，还行吧，我还不太熟悉。他叹了口气说，你怎么会想到来四分厂呢？我说，怎么啦？赵恩材说，产品卖不出去啊，卖出去也收不回钱，去年已经分流过一批人了，买断工龄，自谋出路！我说，听你口气，对四分厂挺熟啊？他点点头说，简直熟透啦，我十九岁进的厂，铣工，去年分流时才下来的。我说，现在做什么？他说，还能干什么，闲着！

赵恩材端起酒杯，往我的酒杯上碰了碰说，你别多想，你们坐办公室的肯定没事，笔杆子嘛，怎么着都少不了一碗饭吃，不比我们呵。我说，也不能这么讲，你虽说是下岗了，不是还有安置费嘛，有房，还有个宝贝女儿，比上不足比下有余了。他把筷子一摆说，安置费？毛都没见着呢，还比下有余，跟谁比？我说，跟我呗！赵恩材摆摆手，指了指卧室的方向说，你也想有个这样的闺女？我笑着说，我倒想，问题是谁给我生啊？

赵恩材说，思语五岁半了，从生下来就没说过一句话，先天性聋哑，你也想要一个？听他这么一说，我不由收住了笑容，怪不得那天问什么她都不吭声呢。

喝到晕乎的时候，我说我先睡了，明天还上班。赵恩材还在继续喝，瓶子里的酒还有二指高。

没有暖气，房间里很冷，床上也冷，我穿着衣服暖了很久被窝还是凉的。窗户上一块玻璃缺了角，不断地有风过进来。床头的SHE三姐妹，也完全不能让我感受到一丝暖意。后来总算有了点儿热乎气，但我还是睡不死，刚睡着一会儿紧接着又醒了过来，就这么反反复复了好几次。中间半睡半醒的时候，我注意到外面客厅里的灯还在亮着，时不时地传来打火机啪啪打火的声音。

4

宣传科的事情比较杂，除了给领导写讲话稿和各种汇报材料，同时还要负责《机械文艺》的组稿和编辑。我来了之后才知道，李德生虽挂名主编，实际上却不参与编辑，他主要给领导写讲话稿，杂志主要由赵燕华在编，吴海负责写材料。李德生让我什么都跟着做一点儿。一开始我把这理解成是领导的厚爱，后来才明白，实际情况并非如此，因为接下来他们三个每个人都会不时把自己的活分给我一些。尤其赵燕华，把采访报道统统都交给了我。我又是采又是写的，几乎闲不下来。

不过，我倒没觉得这是一件坏事，相反还可能是一件好事。因为只有这样，我才能尽快上道，才能接近杂志中我感兴趣的部分，进而成为文学的一部分，就像那几位前辈作家一样。

杂志每个月出一期，每期一百二十四页，小说、散文、诗词、模范人物、历史回顾、行业动态等等，应有尽有。八个栏目中，赵燕华负责六个，我负责两个。表面上看，她的事情比我多，但是当你知道她的栏目都是约稿和自由来稿、而我的栏目都要自己写自己编时，你就再也不会这样认为了。更何况，我手上还有李德生和吴海不断塞来的活，完全闲不下来，很多时候其他人——也就是他们三位——早已抱着他们的枕边人或被他们的枕边人抱着进入梦乡了，我还不得不在办公室里挑灯夜战。

这是一个必要的过程，我经常这么跟自己说。有时候忙完手上的事情，我甚至还会把赵燕华的栏目也看一遍，看看那些与我一样怀揣文学梦想的作者的小说、散文和诗歌。尽管良莠不齐，处处流露着乡土气息和拙劣的文艺腔，甚至还不如我的练笔，然而它们还是会让我感到非常亲切。

加班的另一个好处是，我还有免费的网络可以用，以及干净的桶装水和热烘烘的暖气，它们暂时都属于我

○ 一个人。随着夜色渐深，白天的嘈杂和轰鸣都被带走了，整个厂区显得十分空旷安静。从紧挨着我办公桌的那扇窗户望出去，就是那条非常宽阔的柏油路，两侧种满了高大的白杨树。现在它们的叶子都掉光了，只剩下一条条白色的枝干，在寒风凛冽的夜空中弥漫出种种神秘的动荡和寂静。很多个夜晚，在我埋头写材料时无数的抬头的间隙，这种动荡和寂静总会让我感到十分满足。

办公室里的暖气很足，甚至一度接近三十度，与我租住的房间形成了鲜明对比。以至于有时候我不得不把窗子打开，让外面的冷风持续不断地吹进来。站在那股冷风中，让人感觉到十分清爽。

各部门的创收任务是在三个月后下达的。厂长亲自召开了中层干部会，给每个科室制定了创收任务，我们宣传科的任务是每年二十万。这个数目，跟其他科室相比并不算高，但却足以让李德生头疼了。一开始，他想了个用杂志收取版面和广告费的办法，广告分为软硬两种，软的就是软文，我们包写包发，一个版面一千五；硬的就是硬广，从封一到封四，外带插页，价格从两万到五千不等。这个计划实行了一段，赵燕华、吴海和我到处去跑业务，但是收效甚微，收到的钱还不够报销我们差旅费的。

后来，李德生又想了个办法，就是把杂志租出去经营，每年收取管理费。

对于这一想法，赵燕华十分乐意，吴海不置可否，只有我闷闷不乐。李德生说，要创收嘛，这也是没办法的办法，杂志是我们四分厂的品牌，也是阳新机械总厂的骄傲，更是整个机械系统的标杆，我也舍不得，但新形势下要有新办法，将来还可以收回来，反正刊号还是我们的，到时小杨可以好好发挥一下文学特长。说到最后一句，李德生还特意看了我一眼，我明白他的意思。最后他拍板说，就这样搞，我已经跟谢厂长汇报过了，你们也不用累死累活啦，每年还有十几万的刊号费！

杂志租出去了，然而我们的工作量却并没减少，尤其是我的。能交给我的，现在李德生全都交给我了；而他所做的，只不过是把写好的讲话稿从我手里拿过去，亲自交到领导手里。对于这一点，我很理解，因为他最大的理想就是再升个一级半级的，爬到工会主席、副主席的岗位上，或者更高。

平心而论，作为一个杂志主编，李德生完全算不上尽职尽责——或许他也从来志不在此，但是作为一个宣传科长，他倒还真是有两把刷子。因为接下来没过多久，我就见识到了他的那番能力。

有天下午上班时，李德生接了一个电话，接完后就骂骂咧咧的，喊我们三个跟他下去一趟。

李德生冲在前面，我们三个跟在后面。出了行政楼，我就看见花坛边分列着两队穿工装的工人，排头的两个家伙拉着一条横幅，上面写着：安置款一天不发放，四分厂就一天不太平。横幅的后面站着赵恩材,他正举着喇叭,一声接一声地高喊着"谢忠发"和"王红卫"这两个名字——谢忠发是我们四分厂的厂长,王红卫是车间主任。他喊一声,其他人也跟着喊一声,此起彼伏,煞是壮观。

李德生说,老赵,你搞什么搞?赵恩材说,李二毛,没你的事,让谢忠发和王红卫出来!李德生说,谢厂长去市里开会了,王主任在出差。赵恩材说,糊弄鬼呢你,我们就在这里等,我就不信等不到他们!他又举起喇叭喊起来,其他人也跟着喊起来,谢忠发和王红卫这两个名字再一次响彻四分厂上空。这时候,李德生缓了缓脸色,走过去把赵恩材拉到一边,趴在他耳边低语了几句,并在他后背上拍了几下。我看见赵恩材身子一撒说,你说真的?李德生说,当然了!我不知道李德生跟赵恩材说了些什么,反正最后的结果是,赵恩材收起了喇叭和横幅,带着人鸣金收兵了。

5

闹过一次,赵恩材就再也没来闹了,我还以为他的安置款到手了。后来才明白,李德生只不过是想稳住他,至于安置款,根本就是没影的事儿。这个情况,我不知道赵恩材后来怎么知道了,他知道了,但是那一段却也没有再来闹,也不知道赵恩材干什么去了。晚上我回去的时候,发现他总是不在家,我估摸着,他一准儿是躲着我到什么地方跟与他同命相连的那帮人合计什么法子去了。

天气越来越冷,已经到了最冷的阶段。有一次,我回来时电视还开着,音量巨大,正在播放动物世界,湛蓝色的海面上,一群大鱼不断跃出水面,杂技演员般旋转数次,然后又再次入水再次跃起,随着旁边的船只一起逐浪前行。赵忠祥正用充满磁性的声音解说道:飞旋海豚的快速旋转并非为了玩耍和吸引观众,而是要甩掉附在它们身上吃剩饭的其他鱼类……思语仰躺在沙发上已经睡着了,胸脯一上一下地起伏着,倒是她旁边那只胖猫正目不转睛地盯着屏幕。我把音量调到最小,拍醒思语问她,你爸呢?刚开口我就后悔了,我才意识到她根本听不见,问也白问。

我找赵恩材,倒不是担心他带着人再去厂里闹,我就是想跟他聊聊,劝他冷静一点儿,不要弄出什么乱子。不过后来的情况是,见不到赵恩材的人,我也一天比一天忙,就把这个事情给忘了。

接下来,就到了清明节。那天,我加完班回来时已经十点了。刚一拐进胡同,我就远远看见有人正在尽头烧纸,火光照得旁边一大一小两张脸红彤彤的。等走近了,才发现原来是赵恩材和他女儿。天很冷,思语伸开

飞旋海豚

○ 两只小手在火上来回烤着，手指间冒着热气，通红通红的，就像是变成了透明的一般。火快熄了，赵恩材用一根枯枝拢了拢纸灰，我注意到外面划着一个白圈儿。这时候我才想起来，在赵恩材家住了那么久，从来没见过他老婆，这让我对他们父女又多了一层同情。

转过身来时，赵恩材发现了身后的我。他扔掉那根枯枝，十分夸张地说，狗日的，怎么不吭不哈的，我还以为见鬼了呢，吓了老子一大跳！我说，才下班呢，刚刚走到这儿，没想到是你们俩。

上楼后，把女儿安顿好，赵恩材就凑到我门口来了。他说，昨天晚上没回来吧？我说，是啊，你心操得还挺多！他笑着说，老实讲，哪里去了？我说，能去哪儿，加班晚了，在办公室睡的。他说，真的？我说，这还有假？！他说，我还以为你到哪儿找女人去了！我说，忙都忙死了，哪有工夫想女人。他说，嘿，天底下就没有不想这个事儿的男人。我说，那是你，你想思语她妈妈了吧？他愣了一下说，我想她个屁！我说，这话说得太假了吧，刚才，刚才你们不是还在楼下给她烧纸的吗？他摆了摆手说，给她？我给她烧个鬼，不知道死哪个男人床上去了，我给我老头儿老娘烧的！

赵恩材径直走进来，把声音压到最低说，真没有想女人？我不耐烦地说，不想！他又说，年轻人火力壮，不能总憋着，得泻泻火，这样对身体好，什么时候想了跟我说,我带你去,一次五十!

他又凑过来,两只手曲起来搭在我耳边说,都是四分厂的下岗女工,干净!我说,有这种事?他振了振肩膀,眼睛里放着光说,怎么没有?只要你需要就有!我说,算啦,忙得脚不连地,哪有心思想这个。他往后撤了一步说,怎么能不想?读书人就是脸皮儿薄!我笑笑说,可能还没到时候,我毛儿都没长齐呢!赵恩材以为我耍他,悻悻地走开了。

几个月后的一天晚上,我加班回来时发现赵恩材待在家里,竟然破天荒地没出去。他一边抽烟,一边在客厅里来来回回地踱步,怀揣着我当时并不知道的心事,桌上的烟灰缸里摁满了烟蒂。

那一段厂里要申请一笔政府补助款,我忙着做各种材料,每天回来后几乎倒头就睡了。但是那天晚上,我却被赵恩材弄得一直睡不着。躺下去很久,还能听见他在外面啪啪打火和走来走去的声音,就好像找不到个坐的地方似的。我出来,问他怎么那么晚了还不睡。然后他就来劲了,紧拍着藤椅的扶手,叫我坐下说。这时候我才明白过来,他走来走去,就是为了等着我主动开口问他。

我坐下来,赵恩材又点上一根烟说,你说,什么叫组织卖淫啊?我说,问这个干什么?他说,你先说说,什么叫组织卖淫?我说,就是字面意思啊,组织女的卖淫。他说,那组织男的算不算?

我吓了一跳说,老赵,你牛逼啊,你还组织男的卖淫?他说,不是不是,前几天我带两个男的去胡同里找女人,刚一进去,裤子还没脱完呢,警察就闯进来了,说是扫黄打非,要把我们带到局子里去。我说,然后呢?赵恩材说,当然没带走啦,带走了你还能见着我吗?从他断断续续的叙述中,我终于知道了,原来在过去的这几个月里,赵恩材每天晚上都会带一些人去胡同里找女人,每带过去一个,他就能拿到十块钱的提成。前几天他又带人去时,被警察抓了个现场,罚了五千块。

一整个晚上,赵恩材都在翻来覆去地说这件事,我都已经哈欠连天了他还在滔滔不绝,就好像此刻的谈论能够改变已经发生的事实一样。到了最后我才明白过来,这件事对他来说固然非常重要——毕竟他被罚了五千块,但更重要的是他已经憋了好几天了,憋不住了,需要找个人聊聊。

6

这个事情让赵恩材老实了一段。自那之后,他基本上每天都在家里待着,收拾家务,喂猫,给女儿做饭、洗衣服、熬中药。我哪天回来早点儿,还能看见他和思语在走廊里玩挑竹签,或者他正从楼下收取晾晒了一天的衣服和被子,夕阳打在他们的脸上身上,洋溢出一种久违的温馨气息。赵恩材的这些举动,让我产生了这样一种错觉,好像他从来都不是一个父亲,直到现在才当上父亲。

没过多久,赵恩材就去上班了。他托关系去了一家水泥公司,做库管员。工资开得不低,扣掉该扣的,每个月净落两千五,快赶上我的了。这次,他表现得非常敬业,每天一大早出门,直到天黑透才灰头土脸地骑着自行车吭哧吭哧赶回来,给女儿做饭洗衣服熬中药,再安顿她睡下。就像一把真正的锁一样,赵恩材发挥着他库管员的职责——事实上,很少有人知道库管员也是锁的一种。

不过,还没做满一个月,赵恩材就被辞退了。他后来从朋友那里所了解到的原因竟然是,挡了别人的财路——因为他的兢兢业业,另一个库管员不能再监守自盗了。赵恩材倒霉透了,路就躺在那里,一直通到他家的门口,大大小小的霉运但凡经过,都不会找不到门的。他的倒霉,经常让我想起杜甫的一句诗——"屋漏偏逢连夜雨",哦,那可并不仅仅是一句诗那么简单。

接下来,他又打起了盗版光盘的主意。也不知道他是从哪里弄的货,在客厅里堆了满满几口大箱子。这些封套十分香艳裸露的光盘,也不知道他都是在哪里卖掉的，都卖给了谁，反正每天晚上给思语一做完饭，他就驮着满满一箱出门了，直到凌晨才回来。我不止一次地劝他，别好了伤疤忘了疼，被抓住了，少不了又得出血。赵恩材不耐烦地说，这个也违法那个也违法，哪个不违法呢？

趁他不在家，我偷偷翻过那些光盘，还挑了两盘看起来很有料的在办公室里偷偷播放过。不得不承认，它们让我明白了一个道理，也就是赵恩材说的那个道理，天底下就没有不想那个事儿的男人。

非常及时的是，我很快就拥有了一个对象，也就是我后来的女朋友吴虹英。她是本地人，比我大两岁，在百货商场的香水柜台做导购员。我们是在一个网上聊天室认识的，聊没多久就开了小窗，热火朝天地私聊了两周，后来在我的强烈要求下见了面。她比我想象中高一些，也更漂亮一些，除了学历低点儿和身上那股浓厚的廉价香水味儿，没什么配不上我的。

她的底子本来就不错，再加上又很会穿衣服化妆，所以完全能释放出与其二十四岁的年龄和社会经验都非常匹配的女性魅力。这一点，让刚看过赵恩材那些光盘的我很难再有招架之功。也正因为如此，在带她吃过几顿饭看过两次电影之后，我就盘算着怎么把她往我住的地方领。吴虹英很警惕地说，怎么老是要我去你那儿，动什么歪脑筋呢？我说，哪儿能呢，不是想让你全面了解我嘛!

吴虹英终于答应了,我挑了个赵恩材不在家的日子带她来我这儿。她刚一进来,就注意到了窝在沙发上看动画片儿的思语。吴虹英看了看她,又看了看我,然后又看了看她。我说,怎么啦?她笑了笑说,挺像啊!我说,你别误会,这是房东的闺女,她爸不在家!吴虹英说,看把你紧张的。

我关上门,又悄悄地把暗锁摁了下去,准备在房间里一步步地展开谋划了很久的行动。

出乎意料的是,吴虹英并没有想象中那么不配合,她只是轻描淡写地挣扎了几下就不再挣扎了。她的动作告诉我,她的经验肯定比我丰富,那些我反复揣摩的套路她或许早已轻车熟路。吴虹英很投入地享受着,想叫又不敢叫。我说,想叫你就叫。她说,外面不是有人吗?我说,没事,她又聋又哑的,根本听不见,你想怎么叫就怎么叫,吴虹英这才放开了。

吴虹英喜欢打游戏,魔兽、冒险岛、热血江湖、跑跑卡丁车,各种都玩。也不知道她怎么有那么大的瘾,有一段几乎天天都拉我去网吧,或者让我加完班到网吧去找她。她打游戏,我就逛论坛、打斗地主、看网络小说,或者随便加个人聊一通。我发现,网络具有一种神奇的魅力,既能把天边的东西带到身边,也能把身边的东西带到天边。在某种程度上说,它的这种特质与文学

○ 特别相像。

吴虹英还有一个与她的职业很不相称的爱好，滑冰。她喜欢滑而且滑得不错，还曾经代表她们商场参加过区里的比赛，获过一个什么二等奖。到了周六轮班时，她就来找我一趟。一般是中午来，我们总是会先心急火燎地欢爱一番，然后吃点东西，再去滑冰场，那样可以滑整整一个下午。

有一次我们还带上了思语。长这么大，她还从没滑过冰，甚至她很有可能也不知道这个世界上还有滑冰这回事。就像我，如果那天不是在电视上看到，我也根本不知道还有飞旋海豚这种动物。

那是一个露天滑冰场，人少，又很便宜，吴虹英总喜欢去那里。说是滑冰场，其实就是一片野湖，只不过有人围了起来收钱而已。那天很冷，几乎没什么人。思语很兴奋，我和吴虹英就一左一右牵着她，在开阔的冰面上缓缓地滑过去，一圈一圈又一圈。如果有人碰巧看见了这一幕，肯定会以为这是一个幸福的三口之家，在我们前方的冰面上仿佛有整整一生的时间在等待着我们去通过。

滑累了，我到边上休息，她们俩还在滑。思语的平衡感差，转弯时老是摔倒，吴虹英就紧靠在她身后滑，在她快摔下去时凑过去扶一把。看着这一幕，当时我意识到了却不能准确形容的一种感觉，后来我在一本书上读到过：一个人长大的标志，也就是当他身后空无一人但又必须成为别人的依靠。看得出来，吴虹英很喜欢思语，或者说，她也幻想着将来能拥有一个像思语这样的女儿。

7

那一段，我一直很担心赵恩材会出事。被捉到局子里，打得鼻青脸肿的，没收掉光盘，罚款，之类的，这样的场面我想象过很多次。我甚至还想到了，赵恩材被关进去之后他的女儿该怎么办，难道要我来养活吗？不过谢天谢地，现实证明，我一直担心的事情并没有发生。有时候我甚至觉得，这很有可能是上帝对他的格外开恩，上帝的磨盘尽管磨得很细，但也并非没有磨不到的时候。

几个月后的一天，我刚一进门，赵恩材就垂头丧气地跟了进来。他说，小杨，帮我分析分析。我说，又有啥事？他说，前两个月生意还那么好，怎么一下子就不行了？那些鸡巴人不喜欢看毛片儿了？我说，你也不看看形势，现在都什么时代了，网上随便下载，谁还稀罕你那破玩意儿，何况还都打了马赛克。他说，真的？当时我刚刚配了一台电脑，就打开一个网站演示给他看。当看到那些光溜溜的男女没有任何遮盖也没有任何局部处理时，他瞪大了眼睛说，我的乖乖，怪不得呢！

赵恩材去买了一辆二手三轮，又叮叮咣咣地用雨棚在车厢上搭了个敞篷，然后就开起了麻木。

他也不跑远，主要就在家和四分厂一带活动，拉在附近往来上班的人。好几次早上去上班时，我都能在万红西街上碰到他。见了我，赵恩材总是会大老远地喊一声，小杨，上车撒！我说，那么近一点儿路，坐什么车，你拉客人去！赵恩材说，一个是拉，两个也是拉，上车吧！我几乎从没坐过他的车，我说，不了不了，这就到了。他看我态度很坚决，也就骑走了。因为个头不高，赵恩材在上坡时几乎站在踏板上，垂直用力，我很担心那副链条被他一下子蹬断，没想到竟然也过去了。

我只在快迟到时坐过一次他的车。下来时，我像其他客人一样塞给他两块钱，他死活不肯收。

这中间，赵恩材又到厂子里闹过一回。具体的时间点，是在他的第一辆三轮车被没收之后和准备借钱买第二辆三轮车之前。因为没上牌照，也没有打点任何关系，他的车只跑了两个月就被没收了。那次他是一个人来的，既没有带横幅，也没有放冲天炮，更没有敲锣打鼓的。这一点很重要，因为只有这样，赵恩材才能轻而易举地就摸到谢忠发的厂长办公室，并"嗵"地一脚把他的门踹开。

据当时正坐在谢厂长对面的李德生说，他一回头看见是赵恩材，腾一下就冲过去，连拉带拽地挡住了后者，为谢厂长逃走赢得了充分的时间。然后呢？我旁边的赵燕华支着下巴问。然后？李德生说，然后我就跟赵恩材说，赵恩材，你知不知道，厂里正向市里申请一笔补助款，钱一到，就什么问题都解决了，安置费也有着落了，但你这么一闹影响就大了，这笔钱就被你闹飞了，到时大家也都会怪你坏了事。赵燕华说，再然后呢？李德生说，还有什么再然后，再然后赵恩材就走了啊！

这时候吴海插话说，科长，那笔补助款不是没批下来嘛？李德生瞪他一眼说，我要是说没批，赵恩材会走？猪脑子，人活着要靠希望，那点儿希望都没有了，他还不得跟你拼命？你们啊，学着点儿，这都是经验。他又指着桌角的一本书对我说，小杨，你翻到叠角那页，把划线那句话念念。

我不明白李德生什么意思，但还是拿起了书。那是一本泛黄的老书，封皮上写着《管理学大全》。我找到那句话念道：或劳心，或劳力，劳心者治人，劳力者治于人；治于人者食人，治人者食于人，天下之通义也。念完，我把书又放回到原处。李德生点点头，问我，明白什么意思不？我说，我们学过，这是孟子说的，意思是有的人从事脑力劳动，有的人从事体力劳动，脑力劳动者统治人，体力劳动者被人统治，被统治者养活别人，统治者靠别人养活，这些是天下通行的原则。李德生满意地说，不愧是中文系的，是这个意思，我们要做的就是治人的人，而不是做治于人的人。

最后，在宣传科的这个小会结束之前，李德生给我们布置了一项任务，也就是要严密防守赵恩材再来闹事，如果在四分厂看到了他或者其他可疑的人，要马上向他报告，由他来采取对付措施。

是这样，赵恩材来找谢厂长那天，我正在车间采访王红卫主任，听他唾沫横飞地描述四分厂的辉煌历史和光明前景，所以我无从得见赵恩材踹门的英姿。而他，也压根儿没跟我提过这件事，更没跟我打听过那笔补助款。但是，那笔根本就没有下来的补助款和李德生布置给我们的任务，却总让我很难面对赵恩材。有好几次，晚上他在走廊里背对着我抽烟的时候，我很想朝着他和他身后的黑暗喊上一句什么，但是张了张嘴，却始终没有喊出来。

8

我把过节发的油、米和带鱼分成两份，一份让吴虹英带回家，作为我没能登门拜访的一点孝心；另一份给了赵恩材。我还跟李德生提过一次，问他能不能跟领导反映反映，给赵恩材解决一下。李德生说，狗日的，胳膊肘净往外拐，你和他啥关系？我说，没关系，没关系，我只不过在他家租房子，了解点儿情况。李德生弹掉一截长长的烟灰说，喔，怪不得，原来你们一个屋檐下的。

过了一会儿，他说，这个口子还是不能开，给了他，别人给不给？都来走后门，怎么得了！

尽管事情并没有解决，但是跟李德生反映过之后，我再见到赵恩材时就感到有些释然了。为了让自己更释然一些，我还请他去馆子里喝过一次酒，整杯整杯地喝，直到最后我也喝得酩酊大醉。

过了几天，赵恩材也做了几个菜，准备了酒，一直等到我加班回来。我还以为他是回请我，没想到喝到一半时，他嗫嚅着说想借钱再买辆三轮车。我说，多少？赵恩材说，一千吧，整数，好记好还。然后我就不说话了，一杯杯地喝酒。我哪有钱，再说了，即使有，我不也得准备着给吴虹英买件儿衣服，请她看个电影或者撮一顿什么的？那天晚上，赵恩材并没能从我这里借到钱，我也不知道后来他有没有跟别人借以及有没有借到，我只知道最后的结果是，他没有买成第二辆三轮车。

赵恩材又一次闲了下来，收拾家务，喂猫，给女儿做饭、洗衣服、熬中药。我有时想，这也未必不是一件好事，起码对思语来说如此。她可以再次拥有一个父亲，一个像一个父亲那样的父亲。

但是赵恩材闲不住，没过多久又忙了起来。有一段，他不知道从哪里弄来了很多花花绿绿的纸，一天到晚又是剪又是扎、又是缝又是糊的。过了几天我才知道，原来他是在扎花圈、灵车、纸人，把好好一个客厅弄得像灵堂一样。我说，老赵，你这又是搞什么？太瘆人了！赵恩材说，不搞什么啊。我说，你这是要改行啦，进军殡葬行业？他翻了翻眼皮说，改什么行啊？我说，不改行你整天扎这些给死人用的东西干什么。他忿忿地说，死人哪里用得着，我这是给活人扎的！

无论如何，我也没想到事情会这样。两周后的一天，我从车间出来正要回办公室，突然看见一队人吹吹打打地朝行政楼这边来了。我想看看怎么回事，就在花坛边等他们一点点靠近。等队伍走近了，我才发现原来是在出殡，我正纳闷怎么会到厂子里出殡，接着就看见了走在最前头的赵恩材。

赵恩材举着幡子，披麻戴孝的。在他身后，有人抬着纸车，有人举着花圈，有人提着录音机奏着哀乐，还有人挎着篮子正一把一把地向空中抛撒着冥币。一阵风吹过，那些花花绿绿的纸钱就像雪花一样，在厂子上空漫天飞舞，又纷纷扬扬地落下。我看见赵恩材举的幡子上，歪歪扭扭地写着六个大字：为四分厂送葬！这时候我才明白过来，他每天在家扎啊剪啊的，就是为了干这个。

这时候，李德生从我身后冲出来，大喝一声说，狗日的赵恩材，你家里死了人，怎么跑到厂子里来出殡？

赵恩材说，你家里才死了人，老子这是在给四分厂送葬，给谢忠发和王红卫送葬，也给你李二毛送葬！李德生说，无法无天了你。他大手一挥，冲旁边的两个保安说，还愣着干什么，上啊，把他们都抓起来！保安扬了扬手里的电棍，做出一副要往前冲的姿势。赵恩材转过身，从灵车里抽出来一把铁锹说，来啊，我看谁敢动手？我看见那两个年轻瘦小的保安下意识地撤了撤身子。

当时正值下班高峰，围观的人越来越多。我正担心这样下去会出事，这时候，人群里自动闪避出一条小道，接着谢忠发厂长就走了过来。谢厂长投降似的摇晃着两只膀子说，住手！都住手！站定之后，他扶了扶眼镜，又捋了捋被风吹乱的唯一一缕头发说，干什么？打架能解决问题吗？安置款的事情，厂里正在解决。赵恩材说，这都解决多少天了？谢厂长说，这一次一定说到做到，一个月内保证全部发放。赵恩材说，你说的啊，别不认账。谢厂长缓和了下脸色说，我说的！我说的！

赵恩材他们离开之后，围观的人群也都慢慢散了。我回到办公室，惊魂未定地坐下来，想到刚才的事，只有用不停地喝水来平息情绪。我透过窗户看到，在那条柏油路上，有几个穿制服的清洁工人正提着扫帚和撮斗赶来，轻轻舞动着，将满地的纸钱和落叶清扫在一起，拢起一个锥形的小堆，用一把火点燃。风很大，火势熊熊，火星也随之漫天飞舞起来，接着又逐一在半空中熄灭。最后，地面上的灰烬也被全部吹散，只留下一片圆形的黑色印痕，等待着一场连绵的大雪将之完全覆盖。

9

一个月的期限很快就到了，就像我料想的那样，安置费还是没下来。事实上，不但安置费没下来，就连我们的工资也发不出来了。这带来的一个不可避免的结果是，没过几天，厂里的那几根烟囱也就不再冒烟儿了，最后一台机器也随之停了下来。不过李德生还是每天照常上班，同时他还要求我们都照常上班。他信誓旦旦地说，工人虽然不上班了，但领导还来上班啊，领导来，我们就得来，要坚守好自己的岗位，我相信四分厂一定会起死回生的，到时候我们的刊物也要重新办起来。

李德生说这番话时，声嘶力竭，言辞非常诚恳，宽阔的额头上冒出了一层细密的汗珠。我不知道他究竟出于表演还是被自己打动了，但我并没有被打动，而且我相信赵燕华和吴海也没有。

最先不来上班的是赵燕华。搞笑的是，这个半老徐娘竟然休起了产假，她写了个假条，从李德生的抽屉搜出公章给自己盖了章。不过两个星期后，我和吴虹英就在茶叶城见到了她，当时她正用一台精巧的电子秤给人称茶。接下来离开的是吴海，他找关系调到总厂又做起了宣传干事，只不过是领导换成了总厂的宣传处处长。最后离开的是我。

我去了钢厂的一个子弟中学，当语文老师，中学的副校长是吴虹英的亲戚。学校在吴虹英上班的百货商场附近，从万红西街过去路上并不算远，只是拐七拐八地要换乘好几趟车。为了往来方便，吴虹英就在那边给我重新租了个房子。那是钢厂家属区的一套两居室，房子比较老旧了，好在便宜。租下来之后，吴虹英里里外外彻底打扫一通，收拾得干干净净的，她去买了窗帘和壁纸，贴了整整三面墙，又置办了一套布艺沙发和全副炊具，弄得像个新房似的。布置停当，她自己先搬了过去，要我也尽快搬过去。对于我还没想好的未来，她已经迫不及待地做出了自己的规划。

从赵恩材家搬走那天是个周末，阴天，气温很低，跟我搬来他家的时候一样冷。这样的天气激活了我的记忆，它让我意识到这样一个事实：我在这栋五层高的红砖楼里已经住了差不多两年了。

那天我一大早就过去了。杂七杂八的收拾完，竟然装了好几个大箱子。我才意识到，在过去的日子里自己竟然造了那么多东西。赵恩材喊了一辆面包车，又帮我把几口箱子搬下楼。他一边装车一边说，当老师也不错，育人子弟，旱涝保收，风吹不着雨淋不着的，多安逸啊!装好车,赵恩材又嘟囔着把我送出来。在胡同口,他抽出一根烟递给我说,抽根儿!抽根儿!我本来不抽烟,但却破例陪他抽了一根——我也不知道为什么,算是对没有帮他要到安置费的一种补偿么?我不知道。

赵恩材说,有空了再来玩啊,随时回来!我说,一定一定,下次我找个时间跟吴虹英一起来。

一根烟快抽完时,我远远地看见思语从胡同尽头跑了出来。她一边跑一边朝我们招手。赵恩材笑着说,她懒死了,才起床,就这还算起得早的呢!思语气喘吁吁地跑过来,站定,冲着赵恩材比划起来,赵恩材也比划着回复她。我不知道他们究竟在比划什么,那是我不明白的一种语言。思语急了,用一只手扯住我,另一只手又指了指她家那栋楼。我注意到她手背上的冻疮痂已经脱落了,残留着一块浅红色的印痕。赵恩材看了看我说,小杨,你是不是有什么东西落下了?我说,不会啊,都收拾完了,那盆多肉是留给你们的!他说,你还是上去看看,行李先搁这儿,我给你看着。

一路上,思语牵着我的手,她的手冰凉冰凉的。我们走过洒满早晨的阳光的铜钱胡同,然后上楼。

房间里空空荡荡的,就像我最早租下来时的那个样子。除了窗台上的那盆多肉,我想我应该没有什么东西还留在这里,如果有,那恐怕就是记忆了。这时候,思语走到床边把床单轻轻撩开。我才突然想起来,她的意思是我的书忘记带了。我看见,当初被我码得齐齐整整的那堆书不知道什么时候塌了下来,上面已经积了一层灰尘,结了几张蛛网。在来到四分厂之后,这些被我从大学校园里寄过来的鲁迅、海明威、毛姆、杜甫、川端康成、曹雪芹,就一次也没有被我拿出来过。此时此刻,它们已经卷了边儿,落了灰,就像一堆真正的破烂那样堆在那里,在室光的衬照下散发出微微的光。我不知道我是否还需要它们,更不知道我和吴虹英即将展开的生活是否还需要它们。

飞旋海豚

06 / 归无计

1

七点一过我就醒了,是被一阵接一阵的刮擦声吵醒的。醒来之后,我还清晰地记得刚才那个只做了一半的梦,那是一个春梦。尽管非常困,也很想再睡一会儿——同时把那个春梦也续下去,但无论我怎么努力,就是再也睡不着了。我斜躺着,一动不动地盯着透进来的那几缕阳光,以及阳光中那个春梦已经被做出来的部分。就像一阵烟气一样,我看见它逐渐飘散开来,又一点点飞逝而去。

沉浸在美梦做到一半的那种心情中,我很沮丧,同时也很想发一通火,不过却没发出来。之所以没发出来,是因为我知道这些刮擦声来自我的阳台,准确地说,是来自阳台上的我的父亲。

他一准是又闲不住了。从来到我这儿的第一天起,他就这样。往常,他都是八点左右起来,洗漱、烧水、泡茶,拧开收音机听新闻和天气预报,一边听一边拖地,拖完地就做早饭,做好后也不吃,而是等我起来一起吃。等我的这一段时间他也不闲着,敲敲这个,又鼓捣鼓捣那个。不知道今天他怎么起那么早,也不知道起来后又在忙活些什么——他总能找到忙活的事情。对他这种忙活了一辈子的人来说,忙活什么不重要,重要的是忙活,只有忙活着才能让他感觉到不是在浪费生命。

睡不着了,但又不想起来,于是就玩手机。未读微信中有三条是陈姿伶发来的,都是昨天夜里两点半发来的——那时候我已经睡过去半个小时了。第一条是:凯里?第二条是:腾冲?第三条是:怎么没声了?猪也没你睡得快啊!我揉了揉眼睛,回复她:去什么地方你定就行,哪儿都行!

是这样,端午节就到了,有三天假,陈姿伶又多请了两天。她想叫我陪她去哪儿待一周,把她手里那个剧本按对方的意见修改完。不修改完,她也就拿不到十五万尾款;拿不到十五万尾款,她也就凑不够那套两居室的首付;凑不够首付——名义上这笔钱是由我出的,她也就不能说服她的父母继续跟我在一起。换句话说,这个剧本的修改关系到我们的爱情,以及我们爱情的走向和结局。

那个剧本我看过,陈姿伶是这样设计的:某省会城市的一家三口，父亲，母亲，女儿；女儿三十出头，女强人，在一家都市报做深度调查记者；父亲是个退休教师，退休之后又被返聘了，平时住校；母亲是个家庭主妇，劳碌了一辈子，老了老了终于解放了，就享受一下生活，搓搓麻将之类的；在棋牌室，母亲认识了张姐，对方忽悠她买保健品，买了再卖，也就是传销那种玩意儿，母亲陷了进去；女儿急了，她从张姐入手，和下线上线斗智斗勇，终于揪出了金字塔尖上的那位王总。

在母亲那个角色上，陈姿伶加了不少戏，突出了很多中老年妇女的真实境况，她觉得这样写贴近现实，我也觉得如此，确实该为那些脑壳昏沉却又一天到晚想挣大钱的大妈们敲敲警钟。但是出资方不这么觉得，他们说，母亲那儿要淡化一下，反而是女记者和王总的戏要加强一些，最好让他们俩发生点情感纠葛什么的，制造点悬念和神秘。事情就卡在这儿了，陈姿伶想不通为什么要让他们俩发生点儿情感，他们俩又能有什么情感好发生的？按照这个意见，她也构思了一些情节，不过最后又都推翻了，写不下去了。所以她想让我跟她一起去哪儿待上几天，给她出出主意什么的。

当然，我也想出去转转，这几个月来一直闷着头写，憋坏了。不过，我还没答应她——虽然我也知道最后肯定会答应她，主要是眼下我手里也一摊子事儿。

最急的是一个短篇和一个中篇,马上都到了交稿期限。短篇快收尾了,中篇才写了一半。去了外地我就算废了,一个字儿也写不出来,除了工作室,在哪儿我都写不出来,在家也不行,有第二个人在场就不行,即使是我爸也不行。我爸肯定不知道——知道了也肯定无法理解,作为一个父亲,他对自己的儿子还会具有这样的破坏力。

2

去卫生间的时候,我注意到客厅的茶几上摆着两根油条和一碗热干面,那碗热干面上反扣着一个瓷碗,旁边还有一个吃剩的空纸碗。看样子我爸老早就起来了,肯定中间出去过一趟又回来了。

"你吃过了?"我冲着阳台的方向问。

"吃了,你快吃吧,还没凉呢!"他说。

洗漱完,我端着那碗面来到阳台上。我爸正在刮削一竿毛竹,那把藏刀在他手里上上下下舞动着,一根根毛刺落下来,同时发出刚才把我吵醒的那种刺刺啦啦的刮擦声,这让我又想起那个春梦来。他刮得快,刮完一竿,就从脚边又抽出一竿,那些晶亮晶亮的露珠不时被抖落在地面上。

"闲得没事干了?"我踢了踢那捆竹子说,"刮它干啥?"

"不做什么!"

"不做什么那你刮它干啥?"

"——这不天热了嘛,编两床竹席!"

"还用得着你编?"

"那你编?"

"买两床不就得了,市场里到处都有,又不贵!"

"说得倒轻巧,什么都买,钱呢,银行是你开的还是我开的?!"

"那跟你一样是吧,什么都不舍得买,现在又攒了几个亿?"

他不吭声了,继续刮手里的那竿竹子。虽然我嘴上这么说,不过倒也不全那么想,他既然要编那就编吧,反正闲着也是闲着,有个事儿干,也就不会再东跑西跑地到处去捡那些破烂玩意儿了。

"——这把刀不赖,你哪里买的?"他晃了晃那把藏刀说。

"那当然,卡卓刀嘛,削铁如泥,切铁就像切葱一样,朋友从西藏捎回来的。"

"刀是好刀,就是没开刃!"他刮掉一圈凸起的竹节说。

"什么,开什么刃?"

"刀没开刃你不知道啊?"他停下来,用指肚触了触刀刃。于是我才想起来这把刀确实没开过刃,自从朋友送我之后，它就被挂在墙上充当了一个具有藏地风情的摆设，直到我爸把它取下来。

"刚才我磨开了，厕所瓷砖上磨的。"他说。

"不过还是赶不上我那把篾刀，把儿太短了，使不上劲儿！"他又说。

这时候手机接连叮了两声，我摸出来划开，是陈姿伶。你怎么起那么早？她说。问你呢，去安顺还是腾冲？这是第二条。哪儿都行，我回复她，腾冲吧，还没去过腾冲。那你去不去？她问，要订票了。先订你的吧，我等写完了再说，争取这几天搞完，我回。她发过来一连串儿抓狂的表情。

"我出去了，"我把碗筷一丢，又回头冲我爸说，"中午不回来，晚饭也别给我留了！"

"饭都不回来吃了啊？"他停住刀问。

"不啦，要赶个东西！"

他已经刮完了那捆竹子，正在破篾。一手捏着刀柄，一手捏着刀尖儿，只明亮地一转，刀刃就嵌进了竹肉里，用力一划，就有一根又长又细的篾条剖下来，又是一划，又是一根。这是个精细活儿，竹肉厚，结又多，要破成厚薄均匀的篾条并不容易。而且破完之后还要匀，匀完之后还要刮，刮完之后还要蒸，相当麻烦。很多年前，有一段我爸天天在家里干这些。那时候我哥和我都还在上学，为了让我们俩将来能不再像他那样从土里刨食吃，他想到了他当时能够想到的所有挣钱的法子,其中之一就是编一些箩筐、晒垫、背篓、菜篮和凉席拿到集市上或拉着板车游村串巷地卖。

二十多年过去了,我爸当年的愿望早已经实现,他的大儿子成了一位让他脸上有光的语文老师,小儿子也成了一位让他脸上有光的作家,没想到他在后者出租房的阳台上却重新操起了旧业。

3

我爸是两个月前从老家来到我这儿的。两个月前,我哥打来电话说:"让爸去你那里住一阵子吧?"说实话,当时我还挺不情愿的——那时候陈姿伶和我才刚好上没多久,我还没有充分享受到一个拥有女朋友的大龄男青年的快乐,我有点儿不乐意地说:"怎么啦?不是在你那住得好好的吗?"

"哎,就让他去你那住一阵子吧,换换环境!换换环境!"他说。

"哦?——是你老婆又欠收拾了吧?"我问。我哥没吭声,没吭声就代表承认了。

"你又不是不知道她的德行,她就那样!"最后,我哥这么说。他那副口气,听上去就像是他老婆一生下来就长了一副母夜叉的嘴脸,而碰上她的每个人都应该忍气吞声地接受她的那副嘴脸一样。

是的,我当然知道我嫂子什么德行,但我更知道我哥的。他是个软蛋,一直都是,跟我嫂子结婚后就更软了。结了婚,他就彻底被她捏住了。尤其我妈去世后,他更是被捏得死死的,大事小事都听她的,半点儿家也当不了。我妈在的时候还好一些,她性子强,我嫂子怕她,多少还收敛些,对我哥还算客气,对我爸也说得过去。去年我妈一走,她就变成另一副模样了,经常对我哥呼来喝去的,对我爸也横挑鼻子竖挑眼。我骂过她一次,老实了几天,等我一回来,她就又成了老样子。

我随我妈,我哥随我爸。我爸受了气也不声张,更何况我妈一走,他连个能声张的人也没了,这让他看上去比实际年龄要衰老很多。我理解,几十年的夫妻说走就走了,搁谁身上都难受。不过这也没什么,生老病死,再正常不过了。更何况,当时我家里还有七八亩地,春耕秋收的也要忙活个不停,在情感上也能冲淡他一点儿。问题在于,我妈走了之后没多久我家的房子和地也被征了。

我们那儿是郊区,本来轮不上的,不过这几年县城一直在往南扩,这一扩就把我们那儿扩进去了。房子和地,政府补了些钱,小几十万吧,据说还有一套安置房。具体补了多少钱,我也不知道,我爸和我哥也不知道,都是我嫂子经手的。她用这笔钱在县城买了一座带院子的二层小洋楼,我爸就跟着他们一起住,跟他们一起住,

□ 但是各过各的,自己做饭自己吃。按说这也不错,忙活了一辈子,他终于能闲下来了,正好含饴弄孙一番。不过到后来,我嫂子连孙子也不让他带了。

于是我爸就只好闲着,每天到我家原来的那几亩地前遛达遛达,看看那些推土机是怎么样把那些绿油油的田垄变成工地的。换句话说,他开始一天天熬日子了——不,是日子一天天在熬他了。

我住的这套房子,是个带两间小厅的一居室,连阳台、卫生间和开放式厨房算在一起,也不过六十平方米。当然,这套房子并不属于我,租的,租三年多了。我爸来了之后,一开始我还想着把卧室腾出来让他住,我睡沙发。但是他很不习惯这样的优待,自己在客厅的角落里支了一张小床。

刚来的那些天,我爸很不适应,每天都睡得很晚起得很早。起来之后,他就在客厅里东坐坐西坐坐,收拾一番这个又收拾一番那个,完全闲不下来。实在没什么可干的时候,就在房间里枯坐着,或者从客厅到阳台上又从阳台到客厅里来回转转。怕他闷得慌,我带他去附近的景点转悠过几次,江滩,长江一桥,红楼,蛇山,黄鹤楼,归元寺,长春观,紫阳湖公园。事实上,他一直没怎么出过远门,在此前那些漫长的年月里,他终日从早到晚地奔波于我家那七八亩地之间,哪儿也没去过。

如果他没有这么一个儿子,他的儿子不在这里工作,那么可以想象得到，他一辈子也不可能会光顾上述这些地方。有时这么一想我也就释然了，觉得他能拥有一个我这样的儿子还是挺不错的。

4

把附近摸熟了，我爸也经常自己出去转转，捡一堆破烂儿回来。阳台上，客厅里，还有床底下，一度堆得满满当当的。我扔过一些，但还有一些他死活都不让扔的：一杆秤，两扇窗棂，一只皮绳儿朽断了但又被他用布条儿编好了的小马扎，还有一台整点儿铛铛铛响几声的老式座钟。

后来，为了不让我爸把我这里变成真正的垃圾场，我就不再让他出去了。我给他下载了很多电视剧——就是我觉得他可能喜欢的"乡村爱情"和抗战神剧，还给他买了一台收音机——我知道他喜欢听戏曲和评书。那一阵子，他确实很少出去了，但是家里却一天比一天热闹起来，充斥在我耳边的不是赵四和刘能的东北腔，就是震耳欲聋、此起彼伏的枪炮声，或者敲锣打鼓、咿咿呀呀的唱戏声。

当然，这么一来我也就没法写东西了，事实上我爸一来我就没法儿写了。所以，他来后我就在外面租了一间房子。白天，我基本上都在那儿，有时候晚上也去，

○ 有时候不看书不写东西也去。

之前,跟我好上之后,陈姿伶隔三差五地会来我这儿住几天。不过我爸来了之后,她也就很少再来了,只是在路过时上来拿过一次东西。那天是这样,我并没有跟我爸说陈姿伶就是我的女朋友(我只是在电话里跟他说过交了一个女朋友)——我想他即使再笨,也还不至于看不出来这一点。

"爸,这是陈姿伶!嗯,姿伶,这是我爸!"

"伯父你好!"

"小陈你好!"

陈姿伶说普通话,我爸说方言,我则一句方言接一句普通话,在他们之间来回忆着翻译。说着说着,先是我爸摸出一根烟,接着陈姿伶也摸出一根。接下来的十几分钟内,我爸一连抽了四根,陈姿伶也是的,我一根都没有抽。再后来,为了不让陈姿伶在我爸面前迅速丧失掉一个准儿媳应该有的形象,也为了不让我爸盘问出来她的真实年龄,在她又想摸烟时我及时找个理由把她送走了。

"这个小陈是你女朋友?"果不其然,等我一上楼,我爸就开始了他的盘问。

"是吧,算是!"

"什么叫算是,你该不会和她结婚吧?"

"嗯?什么意思?"

"你不能跟她结婚!"

"为什么?"

"不为什么!"

"不为什么是为什么?"

"——她一个女孩子家,怎么还抽烟呐?"

"她怎么就不能抽了?你不也抽了?"

"那不一样,我是我,她是她!"

"抽烟怎么啦,都什么年代了?"

"怎么啦?你不看看抽烟的都是什么女人,婊子、特务、小三儿,电视里不是都演了?"

没想到他在这儿猫着我呢!我说:"想多了你,小陈是做编剧的,在电视台上班,正经人!"

"——编剧?编剧是干什么的?"

"就是写剧本的,电影电视剧的剧本,说了你也不懂,就别东打听西打听了。"

"我怎么就不懂啦,编剧,编剧那不就是编故事嘛,那我也会!"

我笑了笑。

"笑什么?你别不信,以前在生产队里,我可是讲故事的一把好手,上工时他们谁不喜欢跟我一起搭帮干活?就连队长,不也照样会跑过来听我讲故事嘛!"我爸又说,"哦,那时候还没你呢!"

"这不是一码事!"我懒得跟他解释了,也解释不清楚。

"这个小陈你降不住,抽烟的女人,"他点上一根烟说,"你根本就降不住的!"

"嗯?"

"你福奶奶,你福奶奶你还记得吧?"他说,"跟咱们斜对门那家,就是守寡的那个!"

这时候,我仿佛看见一个瘦高的老太从门缝儿里钻进来,迈着碎步,走到我们对面坐下。接下来,她从袖筒里抽出一根烟杆,捏一撮烟丝装上,点着,嘬上几口。于是,一阵淡蓝色的烟雾在我和我爸对面升腾起来。隔着烟雾望过去,她的眼睛越发显得细小,好像是在盯着一个完全不属于她的世界。抽完之后,她拿起烟杆,在鞋底上敲了敲,然后袖起来,接着起身,又迈着碎步从门缝儿里挤了出去。——这就是福奶奶留给我的唯一印象,她抽烟,全村那么多女人里也只有她抽烟。

"哦,她得有八十多了吧?"我说。

"去年死的,正好八十四,七十三八十四,到底没过去!"

"那也算高寿啦,抽烟抽了一辈子!"

"高寿有啥用?克夫,一辈子没儿没女的,——跟你说,你趁早跟这个小陈断了!"

"你就别瞎操心了,我挑人家,人家还不一定看得上我呢!"

"看上了也不行,"我爸瞪了我一眼说,"难道,难道你还想成为你哥啊?"

5

到了工作室,跟我一起合租的那几个女生才起床。她们一个个睡眼惺忪的,眼角挂着眼屎,脚上趿拉着拖鞋,不停地往返于各自的闺房和卫生间之间。见我进来,她们都用一副很不解的眼神看了看我,那意思就像是说,这个男的到底是干什么的?为什么每天到这儿来,却又从不在这儿住?

但是,我并没有工夫也没有义务为她们解释这个并不容易解释的问题,我还有我的事要做。

我的这间隔断在最里面,紧挨着卫生间。因为是隔断,所以那边的情况我能听得一清二楚。烧好水泡上茶,我一边喝茶一边听着隔壁的动静。我能清楚地听见她们上厕所的声音、洗脸的声音、牙刷摩擦牙齿的声音,甚至是不停往脸上扑粉的声音。半个小时之后,等她们收拾到可以见人了,才一个个鱼贯而出。至此,这套房子终于安静了下来,我也才终于能够动笔写那个小说的结尾了。

我的同行,一个叫弗兰纳里·奥康纳的女作家说,任何活过童年的人都拥有了充分的写作素材,足以让他在今后的写作中取之不尽。我觉得她说得不对,因为今年我已经三十六岁了,可还是经常觉得没什么可写的,

○ 我就那么点儿经历和阅历，值得一写再写吗？但是作为一个一心想靠文字吃饭的人我又不得不写，于是就只好一点点儿往外挤或者编，——是的，我那些小说就是这么写成的。

老实说，这一直让我很苦恼。这种苦恼，在某种程度上说，跟我爸当年的那种苦恼差不多。那时候，我和我哥都在上学，他隔三差五到邻居家去掏农家肥，然后拉到我们家那几亩地里，处心积虑地想让它们多产些粮食和蔬菜——好多卖些钱，但那几亩地很不争气，产量一直上不去。现在，我是说此时此刻正写这个短篇的结尾的时候，我也面临着我爸当年面临的那个问题。

到了下午两点，当我吭哧吭哧地搞完那个短篇，准备继续搞中篇的时候，陈姿伶来了——她有我这儿的钥匙。"你还没吃饭吧？"一进来，她把两个打包盒往桌子上一丢，顺手就把我的电脑合上了，"写完没，到底去不去腾冲啊你？票我可是都订好了，你的也订好了，明天早上十点的飞机！"

"去去去，肯定去，"我掰开她的手指说，"你先松开！"我重新打开电脑，想把我刚刚想到的那句话记下来。但是当我打开到一半的时候，又被陈姿伶啪的一声合上了，"先吃饭！"她气鼓鼓地说。

陈姿伶今天穿了一件非常短的裙子，这让我吃完饭之后很快就注意到并摸到了她的大腿。我试探性地摸了一下,她没什么反应,同时也没表现出明显的抗拒,于是我就一路摸了下去……接下来,在那张椅子上,我们完成了一周前也是借助于椅子完成的事情。事实上,我们已经习惯了这样的方式——我这儿条件简陋,只有一张桌子一把椅子,其他家具我在租房时就让房东搬走了。

完事之后,陈姿伶点上一根烟,吸了一口,朝着我电脑旁边的那盆绿萝吐了一个烟圈儿说:"真肥,油亮油亮的,养得越来越好了嘛!——你说说,到什么时候,我才能轮得上这样的待遇呀?"

我走过去,环住她的腰说:"你是户主,我是家眷,你养我!你养我!"

"你说,我图你什么呢?就为了那个?"她拍了拍刚才还在吱呀作响的那把椅子的扶手说。

我笑笑说:"那哪儿能呢,软饭可不好吃,吃软饭,那可得靠硬功夫啊!"

"——哎,你爸,你爸怎么还不走?"她从绿萝上揪下来一片叶子。

"我哪知道,他不走,我也不能赶他走啊!"

"那就让他一直住下去?"她走到阳台上,伸手一抛,那片叶子就飘飘悠悠地落了下去。

"怎么会呢,等过一段他待烦了,自然也就回去啦!"

"那,那他要是一直不回去呢?"

"……那我们就去腾冲,在那过一辈子好吧!"我把她两指间的那根烟抽出来,吸了一口说。

6

不知道是不是跟吃饱了也释放了有关,把陈姿伶送走后,我的状态也来了。接下来的这段时间里——也就是晚上九点半之前,我一口气写了八千多字,那个中篇基本成形了,改改就能交差了。

到了晚上九点半,跟我合租的那几个女孩也都陆陆续续地回来了。她们回来后,我们这套房子里就又开始叮叮咣咣个不停了。就像早上刚起来时那样,她们又一次接连不断地往返于各自的房间和卫生间之间,上厕所,洗衣服,刷牙,洗脸,卸妆,把早上涂上去的东西又一层层卸下来,恢复到她们不能轻易示人的本来面目。也就是说,我一天的工作也该结束了,于是我合上电脑下了楼。

街上正热闹,那些大排档前坐满了人,猜拳喝令,人声鼎沸。穿过两边都是大排档的小街,就是我经常买烟的那家超市,我进去买了两条烟,一条黄鹤楼,一条喜梅——我爸只抽老家这个牌子的烟,碰巧也只有那家超市才卖这个牌子的烟。从超市出来,走了几十米,我才想起来忘记换钱了,就又折回去,跟老板娘换了五百块的零票,都是五块十块的那种,面额大了我爸不舍得花。

到家时我爸还没睡,他正在看《乡村爱情11》,我就陪他看了一会儿:大学生杜小双到象牙山村当第一书记,她为村里弄来一车价格很低的化肥,却卖不掉;为了让村民看到效果,刘能做了一个辣椒试验田,一排施肥,一排不施肥,施肥那排他故意多施了些,结果烧死了辣椒秧;刘能急了,去赵四家拉来辣椒秧栽上充数,而这一幕正好被谢广坤拍到并在杜小双和村民面前捅了出来。

"这也太离谱了,刘能一看就是没种过地。"我爸说。我说:"你也太较真儿了,电视剧也能信?"这时陈姿伶发来微信说:把行李收拾好,明天别起晚了,八点去接你!行,我说,又加了个笑脸。

"来两个月了,感觉怎么样?"我问我爸。

"什么怎么样?"

"就是能适应不?"

"适应啊,有什么不适应的?!"

"要是你一个人在这儿住,能适应不?"

"啥意思?"他转过头来,用刚刚瞅完刘能的那种眼神瞅了瞅我。

"噢,是这样,明天我得出趟差,你自己在家行不行?"

"去哪?去几天?"

"云南,一周吧,差不多一周!"

我把那口大行李箱从阳台上拉进来,开始收拾行李。我注意到,那捆竹子已经被我爸破完了,现在变成了几百根又细又长的篾条,它们惨白惨白的,在客厅灯光的映照下反射出一层细碎晶莹的流光。

"你自己去?"我爸起身关了电视,在我对面坐下来说。

"跟别人一起,好几个呢,都是写东西的!"

"该不会是跟小陈一起吧?"他点上一根烟。

"不是,她得上班呢!"

"——不上班也不行啊,跟你说,趁早和她断了!"

"你说一,我绝对不说二,行了吧?断了,绝对断了!"

"那行,断了就行!"他放心了,起身打开电视,又回到那张小床上非常舒展地躺下来,完全不知道自己多年以前摸索出来的那一套对付我这个次子的行之有效的办法,如今已经完全不管用了。

"你就别想着她了,"我把箱子一扣说,"先管好你自己,你自己在家行不行?别再出去捡那些破烂玩意儿了啊,这房子都快变成垃圾场了,对啦,出门你一定带上手机,有什么事儿给我打电话!"

"我知道!我知道!"他摆了摆手说。

我掏出来那沓零票,递给他:"五百够不够?不够了就去取点儿,别舍不得,该花就得花!"

他接过去说:"够了够了,我又不像你!"

"跟你说,我出去这几天,有几条你要注意,一是破烂,千万不要再到处去捡了;二是煤气,做完饭一定关好阀门,洗澡时记得打开窗户,中毒了就麻烦了;三是钥匙,出门时不要忘带了,忘了我可送不回来;四是骗子,有陌生人敲门一定不要开,现在骗子太多了……"我又嘱咐我爸。

7

在腾冲这一周,我们一直住在"悦来",这是火山地质公园旁边的一家温泉酒店,陈姿伶订的。酒店周围的风景很好,绿树红花的,可能跟火山灰形成的肥沃土壤有关系,植被非常茂盛。从阳台上望过去,远处那一座座峰顶凹陷下去的火山以及覆盖其上的那一片片花草树木也异常壮美秀丽。

选择住在那儿,是因为陈姿伶以前去剧组探班时在那儿住过,酒店和她现在写剧本的那家影视公司有协议价,可以打六折。而且干净,安静,有免费的温泉可以泡。最主要的原因是非常偏僻,距离城区远,周围也没什么可以玩的逛的,她好把自己和我牢牢地拴在房间里一门心思地改剧本。

○　剧本要修改的地方，也就是让女记者和王总产生点儿什么情感的部分，陈姿伶花了一天时间设计了两个自己很满意的方案。不过非常不幸的是，发过去两个小时之后，这两个方案就被否决了。否决了，但是又没提出什么具体的建设性意见，对方只是在邮件里说，不能在一出场时就把那个王总写得很坏，要让他温文尔雅、谦谦君子一点儿，这样才能勾连起和那个女记者的情感纠葛，他们之间的攻防才会精彩，对方要陈姿伶琢磨琢磨，再做个方案。这让她非常抓狂，第二天就来了例假。

你不知道，陈姿伶来例假时会变得非常神经质，情绪暴躁。她一暴躁起来，我也就得跟着遭殃。陈姿伶说："你来吧，我实在是想不出什么招儿了！"她把打印好的剧本草稿往我这边推了推。

我说："我出出主意还行，但你让我写方案我哪会啊，影视圈的门我都不知道朝哪开呢！"

无论我怎么说，陈姿伶横竖只有一句话："我不管，反正你得给我写个方案！"没办法，我只有硬着头皮去写。通读完剧本，我用写小说的那种胡编乱造对情节进行了这样的调整：在还不知道王总就是传销头目时，女记者就认识了他，并和他有了一些交集，滋生了情愫；而随着调查的深入，在各种矛头都指向王总时，他也及时知道了调查自己的人就是女记者，她在明处，他在暗处，他开始对她不断调整人设，两个人的情感纠葛和斗法大戏就此展开；到最后，她终于掀开了他的老底。

接下来的事情，不但我没想到，陈姿伶也没想到。我用来搪塞她的这个方案，发过去之后没多久，投资方竟然就同意了！对方说，这个方案很好，修改时一定好把握住这一条，就是要好看，王总和女记者之间的情感纠葛，安排得越狗血越离奇越好，这样才会有市场！这个回复让我糊涂了，我无论如何也想象不出来，像我这样一个三流小说家身上，竟然还潜藏着做一个牛逼编剧的潜质呢？

然而不管怎么样，既然对方同意了，那接下来就好办了。胡编乱造这样的事陈姿伶不擅长，但添油加醋这样的事儿，她倒是比谁都在行。事实也是如此，接下来那几天，我和她都进展得非常顺利，她每天去咖啡馆改剧本，我就在房间改小说，不写东西时我们就去吃喝玩泡，非常愉快，此处不表。

从腾冲回来那天是下午了。从机场出来，我打了个车，想着把陈姿伶先送回家，然后我再去工作室改一会儿，把那个中篇搞完发过去。但是进了市区之后，陈姿伶却指挥着司机上了二桥。我说："你这路线不对啊，回你家不走这儿啊？"她说："不回家，什么时候说回家了？"接下来，她又指挥着司机开上徐东大街，拐进中北路，最后沿着双拥路，一直来到一个叫"春明外馆"的酒店门前。

下车后，我有点儿摸不着头脑地说："啥意思，今天不回家了吗？"陈姿伶凑过来，在我耳边小声说："笨蛋，给你个奖励，我那个来完了！"这时候，我才明白过来，她的意思是例假来完了。

是的，当天晚上，陈姿伶就是以这种方式奖励了我。她使出浑身解数，表现得异常出色，细小的腰肢中充满了无穷无尽的动力，甚至差点儿让我对她的职业产生了怀疑。折腾了一晚上，第二天一大早她就走了，说是去一趟影视公司。我理解她一直惦记着她那十五万尾款的心情。我没有起那么早，折腾了一晚上让我又困又累，一直睡到中午才起来。起来后，我点了份外卖，吃完发了会儿呆，我才意识到确实该回去了——我想起了我爸，还有他可能已经编好的那两张竹席。

8

我爸不在家，我想象中的他已经编好的那两张竹席也不在家——阳台上，那几百根篾条也都不见了踪影。一开始，我也没觉得这有什么不对劲的地方，毕竟之前他自己也经常出去转转，附近这一带他都摸得很熟了。而且他的被褥和衣服都还在，收音机也还在，总不至于会离家出走吧？

正好，趁他不在的这段时间，我还可以把写好的那个中篇再改一改。不过，等我改了两个小时之后，我爸还是没回来。——他到底干什么去了？难道，难道会是把编好的竹席拿到哪儿卖去了？

我给我爸打了个电话，接通了。接通后，一阵巨大的铃声和不断闪亮的屏幕提醒我，他的老人手机正躺在墙角的那块插板上充电。我又打他的手表电话，也接通了，床头又响起来一阵小女生的嗲叫声——"爸爸来电话了。"这种小天才电话手表（也就是很多家长买给小学生的那种）是我在我爸刚来时怕他走丢了买给他的，但他并不怎么戴——不是他没有戴的习惯，而是他从来没有过手表。

接下来，我又给陈姿伶打了个电话："这下好了，终于如你所愿啦！"

"怎么啦，有什么好事？"

"我爸不见了！"

"他不是一直在你那儿吗？"

"是啊，不知道去哪了，到现在也没回来，手机也没带！"

"手机没带就跑不远，可能是找相好的去了吧！"陈姿伶在那边笑出了声儿。

"滚，你爸才找相好的去了！"

"——那去哪了？走丢了？或者被骗出去搞传销了？现在搞传销的那么多！"

"入戏太深了吧你,陈姿伶,怎么不能是你爸出去搞传销呢?"

"你看你,又不是真的,我只不过合理想象一下嘛!"

挂了电话,我开始翻我爸的手机通话记录。拨出栏是空的,已接来电里只有一个号码,我哥的,通话记录显示是三天前。我拨了过去,接通后那边背景音很嘈杂,大概是此起彼伏的读书声。

"爸,"我哥说,"我正上课呢,等会儿再打吧!"

"是我,哥,是我,"我说,"爸是不是回去了?"

"没有啊,爸不是在你那儿吗?怎么了?"

"我出差刚回来,爸没在家,我看你三天前给他打了个电话,就问问你。"

"哦,那时候他还在你那里呢,说你出差了,他跑哪去了?"

"不知道,我再找找,可能出门遛达去了吧,我再找找!"

我去了一趟江滩,又从江滩转到一桥,沿着引桥走到红楼,又到紫阳公园转了一圈。这些地方,都是我爸之前经常去的,他之所以经常去这些地方,是因为这些地方不收门票。接下来,我还去了他经常捡破烂的那几个正在拆迁的小区,以及附近的两个农贸市场,但也都一无所获。

最后,我想可能漏掉了最重要的地方——蛇山!直觉告诉我，那才是他最应该去的地方，蛇山上有菜地，还有几片郁郁葱葱的竹林——对了，你还别说，那捆毛竹应该就是他从那儿砍回来的！

爬上蛇山，我沿着那条山顶小路走了几个来回，又去两面山坡的竹林里转了转，没有。就连那些在躺椅上侧着身子睡觉的人和那些打太极拳的人，我也跑过去看了一眼，他们中间也没有我爸。真是见鬼了，能去哪呢？迷路了？找相好的去了？或者真的就像陈姿伶说的那样，被骗出去搞传销了？这也太匪夷所思了！难道，在接下来的日子里我也要像那个女记者一样，跟下线上线斗智斗勇一番，去端掉一个传销组织？从蛇山下来时，就像构思小说一样，我为自己想象中的调查编织了一幕幕离奇的情节，又不断用一个个理由去推翻那些情节，重新建立起另外的情节。

9

到了下午五点，两个小时过去了，我爸还是没回来。在这两个小时里，我一直目不转睛地盯着房门，然而我爸并没有如我所期待的那样突然打开门闯进来。时间一分一秒地过去，这个经常出现在我小说中的句子，直到现在才让我切身体会到了它的真正含义。我想我不能再这么干等下去了。

接下来，我只好去了一趟街道的警务室——这也是最后的办法了，一个胖胖的警察接待了我。

"你好，我来报案！"

"什么情况？"

"我爸，我爸走失了！"

"慢慢说，一项项来，姓名。"

"我吗？谢材骏，材料的材，骏马的——。"

"你爸的！"

"哦，谢国槐，国家的国，槐树的槐。"

"年龄。"

"六十二。"

"职业。"

"无业，不对，农民吧，农民。"

"体貌特征。"

"一米六左右，中等身材，头发花白，黑脸膛，下巴上有颗痣，照片儿要不要？"

"先不用，走失的时候什么穿着打扮？"

"这我不知道，应该是白衬衣、灰裤子、黑布鞋，平时他都是这么穿的。"

"在哪走失的？"

"不知道，我爸是两个月前从老家过来的，一直跟我一起住，我住在彭刘杨路后长街金榜名苑 5 栋 2006 房间，我上周不是出差了嘛，今天才回来，回来就发现他不在家,能找的地方也都找过了。"

"什么时间走失的?"

"具体我也不知道,今天中午我一回到家,就发现他不见了!"

这时候那个干警把笔一撂说:"那你报什么案,从你发现他不见了到现在还不满二十四小时呢,这样吧,你先回去,说不定你爸等会儿就回去了,如果明天还没回去你再来!"说完,他朝我扬了扬手。

"问题是,我发现我爸不见时他可能已经走失很久啦,"我急了,"你们不能帮忙去找找?!"

"那不行,失踪案件有失踪案件的程序,明天中午如果你爸还没回去,到时候你再过来!"

回去的路上,我不停地想象着这一幕:等会儿,在我开门的那一瞬间,将会看见我爸正歪在那张小床上看电视,或者在阳台上破篾条。不过,接下来的事实证明,我一厢情愿幻想的那一幕并没有出现,房间里仍然是我出去时的那个样子,并没有显示出我爸曾经回来过的任何迹象。

这时候,陈姿伶发来微信说:怎么样?你爸回来了没有?我说,没有呢,刚才我去警务室报案了,不过没有立案,说是还不到二十四小时呢!她说:你个笨蛋,小区里不是有监控吗?去看看录像!

听说我要看监控录像找我爸,物业一开始不同意,

○ 说这涉及业主隐私和公共安全什么的，要有公安局的证明才行。我急了，急中生智撒了个谎说："行！要是我爸真出了什么事儿，你们可要承担全部责任，我完全可以告你们不作为，我是市报的记者！"这时候，刚才义正词严地拒绝我的那个领导缓了缓脸色，冲着操作电脑的那个小伙子摆了摆手说："算啦算啦，给他看！给他看！"

快进着看了半天。最后，那个小伙子把画面定格在一个人身上，他说："看看是不是这个？"

他把画面放大到最大，然后我就看见了我爸！录像显示，前天早上八点零四分他提着一只鼓鼓囊囊的袋子进了小区。我说："还有呢？楼道的监控呢？"他愣了一下说："楼道里哪有呀，压根儿没装！"我说："那我爸去哪了？"他又拖着看了几遍说："肯定在小区里，他后来就没出去过！"

既然还在小区里，那就好办了！从监控室出来，我去花坛和树林里找了一圈，没有。我又去停车场、自行车棚、配电房、健身器材广场、棋牌室和那几家美容会所找了找，前前后后都仔细找了一遍，还是没有。这就奇怪了，我们小区就这么大点儿的地方，他能去哪儿呢？是摔倒在哪儿了？跟老头老太们聊得太投入了？还是到什么人家里去了？问题是，除了我，他在这儿谁也不认识啊！

10

想到最近网上到处频发的坠楼新闻,我的脑袋里嗡了一下,不敢往下想了。同时我又很不解的是,我的父亲,一个既不是官员也不是生意人的农村老汉,难道也会坠楼吗?也会有坠楼的资格吗?不过,这个念头还是驱使着我要把我们那栋楼的每一层都找个遍,每一个角落都不能放过!

消防楼梯里非常昏暗,只有转层处的小灯泛着一点绿光。我一层层爬上去,一边爬一边听着每一层的动静——钢琴声、炒菜声、吵架声、装修的打钻声和动画片里小人儿的嗲叫声,还有我的脚步声以及它们巨大而荒凉的回声。爬到二十五楼时,我已经浑身湿透了,瘫坐下来歇了会儿,接着又爬上去。在三十四层,我的腿抽了筋,疼得不行,揉了好一阵儿才缓过来。最后,我一瘸一拐地爬上楼顶,在天台上一拐一瘸地从这头走到那头又从那头走到这头,但还是没找到我爸。

——妈的,到底去哪儿了?望着鳞次栉比的高楼和车水马龙的街道,我真想大喊一声:爸!

但是我已经没力气喊了,暴晒了一天的空气笼罩着我,让我喘不过气来。天台上铺着一层黑色的隔热板,角落里堆满了破铜烂铁和坛坛罐罐的生活垃圾,旁边是几条铁丝扯的晾衣绳。在那几条晾衣绳旁边,我注意到有一条通向右侧的过道,非常窄。沿着那条过道,我来到右侧的天台上。接下来,我就看见了支在天台中央的一顶灰白色蚊帐。帐子下面的四个角,分别用四根细竹竿撑着,外面摆着一双沾满泥巴的布鞋,一把小铁铲,一只蓝色的塑料桶,还有一条皱皱巴巴的鱼鳞袋子。

是的,正如你所想象的那样,它们的主人就是我爸。在撩开帐子之后,我就看见了正四仰八叉地躺在他亲手编织的那张竹席上睡大觉的我爸,光着膀子,弯曲着两截布满鳞片的小腿,鼾声如雷。

"是你啊,回来啦?"被我摇醒之后,我爸揉了揉眼睛说。

"怎么跑这儿来了?找你一天了都!"我带着一丝哭腔说。

"房子里太热啦!"

"不会开空调啊你?!"

"没必要,"他挥了挥手说,"这里有风,不也挺凉快的嘛,还省电!"

我爸一边说一边从帐子里钻出来。我注意到,他的后背和两条胳膊上布满了被竹席硌出来的方格花纹。本来我是准备了一堆话要说道说道他的,到了这时候,才发现竟然完全说不出口了。

他钻出来,披上衣服,望了望天,又把目光落在天台一角。

顺着他的目光看过去,这时候我才发现刚才完全没注意到的天台一角,那儿不知道什么时候竟然多出来一片新鲜而松软的泥土。在几畦田垄之间,一些高高低低的秧苗正迎风摇曳着。

"这些都是你栽的?"我指着那些秧苗说。

"是啊,"他抖了抖肩上的衣服说,"辣椒、黄瓜、茄子、空心菜,该有的都有了,够你吃上一阵子的。"他抖衣服的动作,跟我小时候在地头上见过的动作一模一样,我一直记得这个动作。

"蛇山上摘的苗,楼下花坛里挖的土,忙活了好几天呢!"他又说。

现在他醒彻底了,伸手到裤兜里摸了一阵子,掏出一个皱巴巴的烟盒。他抽出一根,捋直,递给我,又抽出来一根,捋直,点上。一阵阵晚风吹过来,裹卷着从他嘴边的那根烟柱,将之吹得东倒西歪的,又一点点播撒到空中。我注意到那在阵烟雾后面有一大片楼群,在一栋高楼和一栋矮楼之间镶嵌着那枚巨大而通红的夕阳,它正在一点一点地往下掉。现在,一天中最后的光线变得柔和起来,给远近的楼群都打上了一层绯红色,也给天台一角那几畦田垄上的秧苗镀上了一层金质光泽。

我点上烟,走过去,默默地在他身边坐下来。坐下来,就像回到了七八岁的时候,而我爸也仿佛回到了

○ 他的年轻时代。我们并排坐着,谁也没说一句话。就像三十年前那样,在忙完一天的农活之后和暮色彻底降落下来之前,我们坐在田间地头疲乏而幸福地享受着一天中难得的惬意时光。我突然感觉到,千里迢迢地从老家赶过来,在我这儿住了那么久,我爸好像一直在等待的就是这个时刻——在天台托举出来的这块田地边和我坐上那么一会儿;而我所能做的,也只能是陪着他坐上一会儿,尽量多坐上一会儿,直到暮色降临下来把我们全部包围,我们再一前一后地走下去。

迎面而来

07 / 遍地钟声

1

<small>迎面而来</small>

三年前，就在我的大女儿过完四周岁生日之后的那一段时间，具体来说将近有两个月，我、许闻达和韩斯礼在傍晚时分经常出入于一家叫"春见"的酒吧——是那种清吧。我离得最近，步行十几分钟就到了。许闻达从他位于青溢花园的家中打车，过江，需要半个小时到四十分钟的样子，视堵车情况而定。最远的是韩斯礼，当时他还住在郊区的花山镇，得先坐十几分钟公交到清河岗，再坐地铁到中心广场，然后再打一辆出租。这一趟至少要花个把小时，同样的路程我曾反方向走过一次。

几乎每次都是这样，离得最远的韩斯礼先到，次远的许闻达后到，我反而是最晚到的那个。穿过两条昏黄的小街，喧嚣的广场舞队伍，再钻进花园山下那片密林时，我就能看到春见酒吧透出的那一小块橘黄色亮光了。推门进去，左拐，走到楼梯口卡座那个属于我的座位上坐下时，他俩已经各自喝完了一大杯啤酒，些许橙黄色酒液已经压至杯底，杯壁四周悬挂着一串细小的白色浮沫。

那时候我从一家艺术中心已经辞职半年，还没想好接下来去哪。在这半年里，原来男主外女主内的生活在我和于书晓身上颠倒了个个儿，每天一早她去上班，我去送正在读幼儿园中班的大女儿，回来后就收拾收拾家务、打打游戏，中午给自己做顿饭——更多时候是在楼下小店里解决，傍晚再去接女儿放学。这样的日子，对我这种工作了好几年、闯劲已经被磨得差不多的人来说，算不上好也谈不上坏。只是每月还房贷交水电费时，妻子会唠叨几下。我自知理亏，任她说什么就都听着。

应该说，结婚这五年多来，我和于书晓的感情还不错。最早我们在同一所大学的同一个学院同窗三年，我是高一级的师兄，她是低一级的师妹。不过那时候我们还不认识，只是模模糊糊有那么一点印象，彼此知道有对方这么一个人。毕业几年后，记得是在一个毕业聚会的场合，我们才认识。当时男生都带了老婆或女朋友，女生也是拖家带口的，只有我们俩只身前往。后来酒喝多了，他们就起哄，说你们怎么回事？不如搭伙过日子得了。于书晓没搭腔，我也挺不好意思的，就装喝多了打哈哈。临散场时，他们一帮人又怂恿我去留于书晓的电话。我要了，于书晓也给了。

后来，我们就有一搭没一搭地联系起来。喝过几次咖啡，看过几次电影，还去横过长江的那座大桥上散过几次步，都是我主动的，她也没拒绝。在大桥的岗亭一角，她指着江面上往来的船只和两岸的建筑一一给我介绍，在她小的时候哪里是复兴电影院、哪里是当年唯一的旋转餐厅、哪里是毛主席吃过鱼的酒楼，等等。夜色迷离，行人零落，借助于夜色和岗亭墙壁的遮挡，我大胆地凑上去亲吻了她的脸颊。于书晓是本地人，毕业后在实验小学做英语老师，工作稳定，再加上模样还算周正标致，所以可能心气儿比较高，一直到二十七岁了还是单身。但是，不知道为什么她就接受了我。

"年老色衰了呗，要不然谁愿意跟你！"后来真和我谈起了恋爱，于书晓这么说。我知道她是开玩笑，心里一阵偷乐。她家里催得急，我父母催得更急，谈了不到一年我们就结婚了。不过非常惭愧的是，我不但没能力给她置办一个温馨的婚房，甚至也不能给她一个浪漫的婚礼。那时候，虽然我已经工作好几年，但是也没能攒下什么积蓄。而我那在灰尘茫茫的水泥厂做了一辈子工人的父母更是指望不上，他们在用攒了半辈子的钱给大哥买过一套婚房之后，再也拿不出余钱给我们了。

好在于书晓并不特别在意这些，更好在她不但不在意，反而还去做她父母的工作，最后她父母不但没要我一分钱彩礼，还垫了三十万给我们买房作首付。在婚礼上，当我那当了一辈子翻砂厂工人的老岳父牵着女儿的手交到我手上时,我感觉到她那白嫩纤细的五指传递过来一种异常沉重的份量。我不由得暗暗发誓要一辈子对她好,甚至还觉得鼻腔有一股泛酸——我狠狠咬了咬嘴唇才控制下来。

我辞职时于书晓虽然没说什么,不过后来各种鸡零狗碎的花销不但让她的埋怨日益频繁,而且口气也越来越不耐烦。但这也怪不了她。我们这个两居室,每个月要还两千六的房贷,才还没几年,接下来还有十五年漫长的还款之路;而每月的水电物业费,两三百块是跑不掉的;虽然我们没买车也不用养车,但往来打车、女儿上学、一家人的吃喝拉撒以及时不时地随随份子还是花项不少。我拿着一万出头的工资时倒还好说,可是一旦闲在家,单凭于书晓的工资和我那点儿微不足道的积蓄,坐吃山空已是近在眼前了。这半年来我也一直在想着工作的事,但你知道,那并不容易。所以每当许闻达和韩斯礼喊我出来坐坐,我也就出来坐坐,看看有什么机会,也正好躲躲于书晓。

2

我第一次见到韩斯礼就是在"春见",许闻达介绍的。许闻达是我离开那家艺术中心后唯一还联系的前同事,他大我三岁,当时以副总身份负责展览、演出和赞助的外联事项,算半个领导,不过他从没摆过领导架子,至少对我如此。一坐下来,许闻达就对我说:"老胡,猜猜老韩是哪个国家的?"我一下子茫然起来,盯着老韩看了半天说:"黄皮肤,黑头发,难道还是外国人不成?日本人?"韩斯礼笑了,许闻达也笑了:"老韩,韩国朋友!"老韩穿一件格子风衣,灰色羊毛西装,白衬衣。如果只看五官面相,只听他那口流利的普通话和偶尔蹦出来的本地方言,你完全看不出来他与一个当地人有什么分别。

在春见,我们喝得最多的一种啤酒叫海特。韩斯礼说,海特是韩国近二十年来最畅销的啤酒,自推出之始就一举击败众多对手,现在已经占据韩国六成的市场。"才不是金正恩说的韩国啤酒真难喝,"老韩说,"这是用长白山一百五十米下的岩层水精酿的,泡沫很足,入喉有一种独特迷人的酒花香。"后来我确定老韩不是做广告,海特的确是他的最爱。所以,每次我们都来这里。事实上海特也只是这里才有,别的酒吧和超市几乎都没货。这一点,也是我在去过"春见"好几次之后才发现的。

韩斯礼比许闻达大七岁,比我大了差不多十岁。熟了后,我也跟着许闻达称他为"老韩",亲切,也实在。那时他在韩国派驻我们这的经济文化处做专员,许闻达常找他联系海外借展的事。闲聊时得知,老韩也出身农家,老家在韩国东南部海边一个叫"鸟城里"的地方,釜大毕业后他在北京留过几年学,在大使馆做过秘书,之后就被外派了出来。"老韩是个中国通,还娶了个漂亮的湘妹子,胡安你不知道,韩夫人可比他小七八岁呢,老夫少妻,一树梨花压海棠啊。"有一次,许闻达这么说。

最初那次去"春见",是因为许闻达托老韩帮忙联系首尔和釜山的几家美术馆,走官方渠道借展能省下不少钱。而之所以拉上我,是因为我在艺术中心那几年和许闻达配合得还不错,他就喊我来出出主意:"不白忙,到时我会给你开点儿费用。"听他那么一说,我倒也有点动心。如果不上班也能挣笔钱,也算能给于书晓一点儿交代了。后来,偶尔去"春见"聚聚就成了我们的一种习惯。有时是许闻达找老韩协调工作、帮朋友搞一下签证,有时是老韩下了班约我们坐坐。一天到晚闷在家里,我当然愿意出来跑跑,而于书晓想着我或许能挣点外快,也乐得我出来跑跑,虽然我能参与的项目并不多。

等喝到一定程度,他们正事谈完了,我们也吹吹牛。两个中国人,一个韩国人,这就带有了一种国与国交流的性质。有一次,我问老韩对"抗美援朝"的看法:"你们韩国人是不是觉得我们不该出兵?""倒也不是,只是我们夹在中美两个大国之间,能独立自决的事太少。"他谨慎避开了这个不好表达真实观点的话题。我还问过他为什么韩国总统下台后都不得善终。他如数家珍般把李承晚、尹潽善、朴正熙、崔圭夏、全斗焕、卢泰愚、金泳三、金大中、卢武铉、李明博、朴槿惠等讲了一遍,最后说:"之前是因为军政府独裁,之后是因为财阀,政治家本钱小,财阀力量大,金钱政治是免不了的。"

有一次,我们竟然还把话题扯到了韩国农村。韩国是发达国家,曾经的"亚洲四小龙"之一,我们想当然地认为韩国的农村也很发达,一派现代农业的模样。老韩摇摇头:"韩国农村可落后多了,甚至还不如你们的农村,日本人说韩国农村就是一片破烂,他们在电视上还经常嘲讽我们呢。"听他这么一说,我和许闻达倒是很意外。韩斯礼又说:"有机会带你们去我老家看看,我们那就是一个山窝窝,我们兄弟姐妹虽然都出来了,但父母还在那儿,种稻子,全是赤脚下田插秧……"老韩的老家,让我想起来父亲从小长大的华北农村。结婚头一年,我还带于书晓回去过一次,她实在受不了那里的蹲坑旱厕和天天不能洗澡。当然,我现在也是。

3

那年入冬后,因为我原来所在的艺术中心要跨地域经营,谋划着在青岛开一家剧场,许闻达就被老板派去做前期筹备工作。这样一来,我们在"春见"的聚会停了下来,我和韩斯礼也就没怎么联系过了。这怎么说呢,一来他毕竟是许闻达牵线的朋友,二来和我也没什么深入的交集。

这期间，在于书晓整天的唠叨和日益迫近的生计面前，我也出去接触了两份工作机会。一个是去朋友的五号车间负责一间图书馆酒吧，待遇还可以，但就是离家太远，每天路上往返要三个小时，这样一来女儿的接送就成了问题。另一个是老婆介绍的，在她学校电教中心的多媒体教室做兼职管理员。从工作内容而言，这倒是与我在大学所读的专业很对口，但是去了之后才发现完全不是那么回事。我学的那点东西早就过时了不说，何况当年我也学得心不在焉，以至于现在我连给电脑装系统、做个课件、调试一下投影仪和音响功放都捉襟见肘。从机房一出来，我当场就被电教中心主任以"不适任"的理由拒绝签约。于书晓气得不行，回来的路上一直骂我"学的东西都被狗吃了"。

后来，于书晓叫我还是回艺术中心得了。"好歹每月还有工资，一天到晚闲着总不是事，吃软饭？我就那么点儿工资，可没软饭给你吃！"当着女儿的面，她甚至这么说。"不是我不想，我也问过许闻达，策划早有人了，回也回不去啊！"她也不听，气鼓鼓地一把推开正在教女儿弹的电子琴："自己弹去，弹不会不许吃饭！"一转身进了卧室。我只好把温好的剩饭剩菜端上桌子，招呼女儿先吃饭。

吃得差不多了，我就进去喊于书晓，她没理我。她正斜躺在床上蒙着头睡，两只已经开始显得有些粗壮的小腿还露出大半截在外面。我从外面扯了扯被子，她就从里面扯了扯。当我想从她没掩紧的被缝中钻进去时，被她一把推了出来，于书晓带着哭腔骂了一声："滚！"夫妻之间，床头吵架床尾和。那天晚上，为了表示某种示弱，我像谈恋爱时那样哄了她很久。后来在把女儿哄睡安顿好，我钻进于书晓的被窝在她边上躺下来。可能是之前的甜言蜜语起了效果，她也没拒绝。要知道，这半年来虽然我们俩每天都睡在同一张床上，但一直都是两个被窝。她睡她的，我睡我的。

我差不多忘了有多久没和她做爱了，三个月？四个月？反正印象中很久没有了。闻着她脖颈处的肉香，我摸索着搂住她侧过去的身子，将左手从她睡衣领口伸进去，但刚摸到副乳就被她狠狠掐了一下。不甘心，我又用右手从她颈下穿过去拢紧，将退出来的左手向下摸去……但在我把内裤往下拨拉、想把手指深入其中时，于书晓一下坐了起来："算了，没兴致了，睡觉！你什么时候找到工作就什么时候再摸！"

接下来，找工作就成了我的头等大事。那段时间，从江南到江北，从东城到西城，从老师、文宣、企划到销售、编辑等各个领域的各个岗位，我几乎都去尝试过一遍，就像是又回到了大学毕业前夕找工作的那段日子，到处投简历、打电话、去面试。不过，年底很多工作单位都不再招人了，我也就没等来什么通知。所以大多数时间，我还是宅在家里，继续着此前已继续了大半年的生活。

冬至那天，岳父岳母刚吃过午饭就赶到了我们这边，拎来了大包小包的面粉、饺子馅、雪花饼、牛奶和各种水果。跟往年一样，他们来跟我们一起包饺子过节。岳父和面我擀皮儿，岳母和于书晓剁馅包饺子，只有女儿最闲，吃着雪花饼窝在沙发上看动画片儿，有一句没一句地回答着岳母关于成绩的问话。包完饺子，于书晓要我下楼去小店里买点卤菜和白酒，这时我意外接到韩斯礼的电话，他问我有没有空去"春见"坐一下。看着兴冲冲的一大家子人，尤其是于书晓，我很犯难，便跟老韩说："这样吧，老韩，今天是冬至，你来我们家吃饺子吧，一起喝点儿！"老韩答应了。接完电话，我跟于书晓说再包点饺子，等会有个朋友要过来。她没说话，只是在我出门时白了我一眼。

半小时后，我在小区门口接到了韩斯礼。他还是我们初见面时那身行头，格子风衣，羊毛西装，白衬衣，扎了一根蓝色斜条纹领带。我接过他手中的礼物，一屉红酒、一盒红参和一件女性化妆品，迎着他往小区走："老韩，你也太客气了，来就来，还带什么礼物啊！"他连说："应该的，初次登门，也没什么准备，还请见谅。"在电梯里我问他今天怎么来这么快，老韩说："今天我们正常上班，我是下班后直接过来的，比从家里去'春见'要近多了。"我装作恍然大悟的样子将他迎进家门。

晚饭时，我和老韩喝瓦伦丁黑啤，岳父喝毛铺，岳母和于书晓喝红酒,微微喝牛奶。六个人举着黑白红三种颜色庆祝了一番。因为有外人在场,于书晓还算给我面子,一再劝我和岳父、老韩多喝两杯。岳父岳母对老韩也表现出平生第一次和外国人吃饭的热情,除了劝他多吃菜,还不停地向他打听韩国的种种,什么韩国冬天冷不冷啊、朴槿惠怎么样啊、朝鲜话和韩国话有什么区别啊、在中国适应不适应啊、有没有小孩啊之类的。尤其是我那当了一辈子铸造工、却始终不忘关心国家大事的老岳父,后来所关心的话题始终围绕着"抗美援朝"而展开,他用酒杯把桌子敲得山响,并一再大着嗓门说:"美国人胆敢再来,一定让他们有来无回!"老韩有点窘,要么默不作声,要么连连称是。

饭后,为了不让岳父揪住老韩再问什么问题,我便带他去"书房"——卧室的阳台上喝茶。因为和老韩是通过许闻达认识的,我就和他聊了聊跟许闻达一起做的展览、演出和那家艺术中心的情况,他也跟我说了早年在农村插秧割稻、喂牛放羊的经历,我眼前不时浮现出一个韩国少年在山坡上叼着狗尾巴草的画面。这中间韩斯礼去了一趟卫生间,十点时他抬起腕表看了看:"不早了,我还要早点回去,老婆还在家!"他跟我的岳父岳母及妻女一一道别,最后抽出一个信封递给微微,说了些鼓励的话。我从女儿手里夺过来要塞还给他,老韩制止了:"不知道你的女儿已经四岁多了,来之前也没有准备。"他这么一说，我就不禁想象起他在厕所中窸窸窣窣地从钱包抽出一叠钱装进信封的样子。

4

来过一次我家，偶尔来聚一下就成了韩斯礼后来的习惯。而且他每次来都会带礼物，东西虽然也谈不上贵重——一束干花、一只小玩具、一网兜水果什么的，但是从不见他空手。这一度很让我和于书晓很过意不去，尤其是我，还隐隐生出一些对这份交浅言浅的友谊的不踏实感。不瞒你说，后来我还去百度过韩国人的礼节，当得知他们有登门做客常备一些小礼物的传统时，才稍稍安下心来。

老韩喜欢跟我的女儿微微一起玩，微微也喜欢跟他一起玩。他们经常玩一种眼神游戏，也就是轮换着从1报数，谁喊出和对方一样的数字就算输了。女儿赢了老韩就让她刮一下鼻子，老韩赢了女儿则不用受任何惩罚。老韩还懂音乐，他一边弹电子琴一边教微微唱韩文歌曲，唱的是《没有去学校》。"站在校门前我的心情，哎呀妈呀。""老师生气的脸，妈妈可怕的脸。""藤条，我的小腿，真想逃跑啊，逃得远远的。""但我还是鼓起勇气打开了教室门。"这本该是我教给女儿的歌曲在老韩和她之间一句句展开，当时并没让我觉得有什么，而有什么的地方在于到了今天那歌声还像在耳边回荡。

现在想起来，那实在要算我们家最快乐的一段时光。就连于书晓，也一度有了笑脸，那一段她也没再唠叨过我，好像压根儿就没有这回事一样。有时候，看着在电子琴边的老韩和微微以及收拾餐桌、洗刷杯盘的于书晓，甚至竟会让我产生一种错觉，仿佛我才是那个登门而访的客人，置身于一个由父亲韩斯礼、母亲于书晓和女儿微微组成的三口之家。一直等到夜色深下来，等老韩取下大衣要走时，我才会又回过神来——原来他才是客人！而等他一迈出我家，我目送他进入电梯轿厢返身关门之际，那份把整个房间都洋溢得无处不在的快乐和幸福之感，又会一下子消失得无影无踪。

老韩一周来一两次，六七点来，十点左右离开。当然，出于礼貌和对他身份的某种尊重，我从没问过也不好意思问他为什么经常来我家。只是临睡前，我偶尔会问问于书晓："哎，你说说，老韩到底怎么想的，为什么会经常来我们家，他不是有个中国老婆么，不需要他陪吗？没有孩子吗？"于书晓嘟囔着嘴反问我："你问我我问谁去？你们不是朋友吗？连你都不知道我又怎么知道？！"

不过应该承认，中间有几次我的确是对老韩撒了谎。那几次，接到他要来做客的电话时我正在外面，但我跟他说的是我不在家，家里也没人，要他稍晚一会——等我回去了再出发。我的确不在家，但于书晓和微微是在家的，我之所以跟老韩撒谎，那是因为我不想让他在我不在家时登门。想想看，一个韩国男人，在我不在家时带着礼物登门拜访我的妻女，这意味着什么？在那么多韩国电影里这又导致了什么后果？甚至有一次，在老韩到来之前，我还质问了于书晓——是不是她给老韩留了电话号码、老韩有没有约过她之类的。在得到她的否定回答后，我才拨通电话要老韩过来。

在老韩常来我家那一段，尽管于书晓没再唠叨过我，但是我一刻也没敢忘记找工作的事，前后差不多面试了十几家单位。投完简历等面试、面试完又不确定结果的那些日子，我经常陷入一种由焦虑、沮丧和挫败感混杂交织的情绪。事实上，那也是我第一次发现找工作那么难——甚至比毕业前找工作还难，我辞职之前那种身价过万、策划总监的优越感一下子荡然无存，甚至老韩这个从韩国偏远农村走出来的、斯文中又略带点派头的异国来客也让我自惭形秽。老韩当然看不出来这些。他依然照常来，每次都带份礼物，吃饭、喝茶、聊天、跟微微玩游戏或教她唱歌，十点钟离去，在为这个家庭带来几小时的幸福快乐后又在出门时将之随身带走，留下我们一家三口突然置身安静之中。

5

许闻达是在过年前一个月回来的。青岛的筹备工作差不多了,老板又要他赶回来打理这边。我找他问过一次工作的情况:"既然青岛要再开一家,我们这边的人手肯定不够,我还有没有回来的可能?""我当然希望你回来,不过策划总监已经有人了。你再等等,过了年就会招人。"许闻达说。

许闻达回来后,老韩就没再来过我家,我们聚会的地点又转到了"春见",不过也只小聚过几次。有次喝多了,许闻达问老韩:"你的湘妹子最近怎么样,也不带出来给我们见见?"老韩苦笑了一下,将啤酒一饮而尽说:"老样子,白天上班,晚上加班,在家就知道把里里外外打扫来打扫去,擦洗一遍又一遍。""过度洁癖就是一种心理问题,有机会让我老婆开导开导她,总不能一直不走出来吧。"许闻达劝老韩。待我支起耳朵努力想探听一些蛛丝马迹时,老韩就不再说话了,许闻达也不再问了。

还有一次,不知怎么就说到那些。许闻达说很久没搞女人了,接着又说起青岛的韩国小姐和全北红灯区的韩国小姐来:"还是全北的好,服务又周到,青岛的太贵了,服务也就那样吧。"他又问老韩和我,"你们搞老婆多还是搞小姐多?""惭愧,我还没搞过小姐,老婆也不让搞,半年多没搞了。"我说完和许闻达把目光转向老韩,他笑了笑:"小姐我从来没找过,老婆嘛,也有好几年没碰了。医生说最好不要有性生活,怕激素分泌不稳定影响她。"许闻达来了兴致:"老韩,那这几年你是怎么过来的?!"老韩举起左手,高高地对我们晃了晃:"多亏了它,伍姑娘!"他这么一举,倒让我注意到了他无名指上的那枚婚戒,在灯光下正散发出一丝散碎的微光。

　　许闻达说:"花钱能搞定的事干嘛不花钱,回头我带你们去个地方。"我不置可否,老韩也没接话。停了会,老韩说起他们代表处的一个姑娘,比他老婆还小两岁,中国人。"一个屋檐下那么久,这点我还是能看出来的,她对我确实有那个意思,我也挺喜欢她,也想过和她发生点什么,就是迈不过去那个坎。我也很爱我老婆,但是她现在这种情况,也不能做什么,我也不忍心,两难啊。"说实话,如果不是韩斯礼自己说出来,无论我还是许闻达,估计都不会想到他的这层处境。同时,出于礼貌和某种尊重,我们——至少是我,也不会深入到去询问老韩这些隐私情感的地步。

　　那天晚上回到家已近凌晨。女儿已经睡了,因为我推开的那道门缝,她漆黑的小房间里漏进去一些光,犹如我为她带去的一片三角形的光明。卧室里的于书晓也睡了,只剩下那盏调到最暗的橘黄色床头灯。也许是晚上所聊的话题的作用,也许是憋了那么久,我钻进了于书晓的被窝,侧着身子在她背后动作起来……等她有所意识时我已经得逞,便不再管顾她的反抗,直到她停下来,像一具死尸般任我摆布……完事后我听到了她的啜泣,但劳累和酒精的作用还是让我沉沉睡去。

第二天醒来时,天已经大亮。女儿不在,于书晓也不在,客厅一角那只银灰色拉杆箱也不见了,阳台上晾晒的衣服也只剩下我的。给于书晓打电话,没接;给她办公室打电话,接了,但是不是于书晓,同事说她今天没来上班;又往岳父家打电话,一阵漫长的嘟声之后,传来岳母开口前习惯性的清嗓声。我的一声"妈"还没喊出来,岳母的质问就过来了:"胡安,你是要干什么呀,书晓一大早带着微微过来了,问她怎么了也不说……你们吵架了?""妈,都是我不好,我马上过去,马上过去。"知道妻子带女儿回了娘家,我稍稍镇定下来,胡乱刷刷牙、洗了把脸就往江北的岳父家赶去。

道歉没用,哄也没用,于书晓一句话也不说。任凭我说破嘴皮,她还是冷若冰霜地对着我。最后我问她:"到底怎么样你才肯回去?""你说呢?你什么时候找到工作,我就什么时候回去。"她终于开了口。岳父没吭声,在旁边一根接一根抽烟。岳母说:"老这么闲着也确实不是事儿,胡安,你还是去找个工作。"我一边连声答应一边稍稍放下心来,看来于书晓并没有把昨天晚上的事情告诉他们。

6

那个春节,是我有生以来过得最凄惨的一次。外面阳光灿烂,家里冷冷清清。一个人冰锅冷灶的,没有团聚,没有春联,没有年货,我也没有置办这些的心情。我也没回老家,既然于书晓和女儿不回来,我一个人回去也难以交代——真交代了,又担心父母问这问那的。为了对付过去这个年,我趁楼下小店关门之前去买了几包速冻饺子,每天煮两顿,早饭不吃。吃完了就上上网打打游戏,输了再打,打了再输。实在无聊了,我就坐在阳台上晒太阳,对着宽阔而迷茫的蓝天发发呆。

大年初一,我买了一网兜水果和几盒保健品去岳父家。过年嘛,该尽的礼节还是要尽的,再说我们又不是离婚了。但于书晓还是不理我,岳父岳母虽然对我还算客气,但客气中又透着一丝隐隐约约的埋怨和冰冷。只有微微在我身边亲热地蹭来蹭去,待了半天,陪她看了一会儿《小猪佩奇》,等实在受不了空气中到处都浮游着的那种被孤悬的感觉时,我决定回去。正在厨房中忙碌的岳母也没有要留我的意思,这让我更坚定了回去的打算。等走到楼下坐上车,我才长舒了一口气。

在于书晓带女儿住娘家的这段日子,她回来过两次。第一次我不在,等我回来,发现电子琴和梳妆台前那一排化妆品不见了,衣柜里她和女儿的换洗衣服也拿走了。她第二次回来时,我正在做饭,她看见我也不理,拿了开学时要用的课本和教案转身就要走。我一把拉住她说:"饭都做好了,一起吃吧!"她白了我一眼:"不吃,家里弄得跟狗窝一样!这个月的房贷和水电费你自己交啊!"

我知道于书晓这是做好了长期住娘家的打算,也就不再去岳父家那么勤了,想微微时就打个电话。有一次,我打过去时正好是微微接的。一听到她那奶里奶气的声音我就哭了,我在这头用袖子揩了揩眼角说:"微微,想爸爸了没有?""想了,爸爸,你什么时候来接我和妈妈回去啊?""过几天爸爸就去接你们,微微乖,一定要听妈妈的话……"我又嘱咐了微微几句,然后就匆匆挂了电话。

春节后开学大概一个多月,那天很冷,阴沉沉的。我实在忍受不了这么冷清和冰锅冷灶的生活了,就打算去岳母家再次赔礼,把于书晓和微微接回来。他们正在吃饭,岳父把我迎进去,又去厨房拿了一副碗筷给我。我挨着微微坐下,闷头鸡子啄米般吃起来。大家都很沉默,除了微微用勺子把碗碟碰得叮当作响和电视机里的对白外几乎没什么声音,而我也将平时粗鲁的吃饭声尽量地压低。

吃完饭,我主动收了碗筷去洗。没一会儿,岳母进来了,她叹了口气说:"也不是妈说你,老婆孩子住娘家那么久,你倒像个没事人,你这心也太大了吧——对了,你工作怎么样了?""妈,确实是我不好,我以后一定改,工作嘛,过年这一段很多单位都不招人,过几天我就出去找,妈,今天我把书晓和微微接回去吧?!""嗯,都三十多岁的人了,有老婆有孩子的,不挣钱养家怎么行。

我跟你说啊,书晓恐怕怀孕了,你快带她检查一下。"听岳母这么一说,我一下子头大起来,于书晓怀孕了?

把于书晓和微微接回来后,我表现得十分殷勤。把狗窝一样的家里彻底清扫了一遍,把女儿的电子琴也重新安装好。那么久不见,女儿对我倒还好,仍像以前那么亲,于书晓却还是冷若冰霜的,一晚上也没和我说几句话。睡觉时,她还像先前一样,自己叠了个被窝儿钻了进去。"你怀孕了?什么时候的事啊,我怎么不知道?"我轻摇着她的肩膀问。"你自己干的好事你不知道?!"她没好气地说。她这么一说我倒想起来了,一准是那天喝多酒乱来的,对,那次的确没做措施。"周末我带你去一趟医院,嗯——,不管要不要,都先去看看医生。"但话一出口我就意识到了问题,果然,只见于书晓猛地坐起来说:"胡安,你还是不是个男人?!自己的孩子你说要不要,啊?!"

周六上午,我陪于书晓去做孕检,B超结果显示已经两个月了。护士对我说了些恭喜之类的话,并嘱咐了注意事项。肚子还没鼓起来的于书晓,脸上已经流露出了两个孩子的母亲的笑容。但我却无论如何笑不起来。工作的事情没着落且不说,这一家四口的重担眼看着就要砸在肩膀上,我又能拿什么去扛呢?趁于书晓跟护士咨询的空当,我偷偷跑到医院走廊外抽烟。刚抽出一支烟衔嘴上,正翻着裤兜找火,一支点燃的打火机就伸了过来。一抬头，竟然是许久不见的韩斯礼。"咦，老韩，你怎么在这儿呢？"我吃惊地问。"我老婆怀孕了，带她来复查一下，你怎么也在啊？"老韩掐灭烟，脸上透出一股隐也隐不住的喜气。"我？妈的，这也太巧了吧，我老婆也怀孕了啊。"我说。

在走廊里，我第一次见到了韩斯礼的老婆李雅丹。确实年轻，也确实像许闻达所说的那样漂亮。不，比许闻达说的那种漂亮还要漂亮。此刻，李雅丹的年轻漂亮和韩斯礼的斯文并列在一起很容易让人产生某种羡慕甚至嫉妒。李雅丹一身蓝色外套，一条红围巾，及腰的长发如飞瀑倾泻而下，只是脸色有些苍白。老韩介绍完，她冲我和于书晓点了点头算寒暄。"几个月了？男孩还是女孩？"我悄悄问韩斯礼。"两个多月了，医生现在可不透露性别！""好啊，哪天你和雅丹就去我们家吃饭，以后说不定还能结个亲家。"我说。老韩和李雅丹都笑了，说"一定一定。"然后我们就匆匆分了手。

7

接下来的日子，于书晓的脾气跟她的肚子一样，也一天天地大起来。有一天午睡起来后，她先是说窗帘太暗了，要我去换成那种白色透光的。等我换上去之后，她又说太亮了，光线太强会影响睡觉，要我再去换成那种不明不暗的。折腾了半天,她也不满意,嘟嘟囔囔地说我这也做不好那也做不好。到最后,我实在搞不懂她究竟要什么样的窗帘,只好又换上了最初挂着的那一副。

此外,她还不断地要我做这做那。实在没什么可支使的了,她就盘问我以前去酒吧的事:"说是喝酒,谁知道干吗去了,三个男人能去干吗?!"她还言之凿凿地说我上次看李雅丹的眼神不对,说我的眼睛里透露出一种色眯眯的东西:"你,你为什么盯着她那么久?你们这些男人啊,说白了就是公狗,公狗就是见不得漂亮的骚母狗!"如果不是亲耳听到,我怎么也不会想到这样的词语会从一直文文静静、连年被评为"优秀教师"的于书晓嘴里蹦出来。但是我没有跟她计较,我也没法跟她计较。

为了迎接在几个月后到来的第二个孩子,也为了对付日益增加的家庭开支,更为了在于书晓和岳父岳母面前维护我那份残存着的所谓尊严,后来我瞒着父母和大嫂,跟大哥借了三万块钱。当然,我也知道救急不救穷的道理,这点钱只能缓缓眼前的事,工作还是得找。所以我除了照看于书晓,也时刻留意着网上的招聘信息。这期间许闻达约过我几次,说和老韩去坐坐,我都借老婆怀孕和其他借口推掉了。不是不想,也不是走不开,是没心情。也怕于书晓知道了又胡思乱想。

临近立秋的一天上午,我正在阳台上杀一只土乌鸡——那是我早上从街头摊贩买来给于书晓煲汤的。刚放完血正准备褪毛时手机响了,许闻达打来的,要我马上赶到艺术中心找他。我以为工作有了着落,或者帮忙救急什么的,就去了。许闻达正坐在他那辆雷克萨斯上等我,一上车他就说:"出事了,老韩的老婆死了,我们现在去医院。"我一下子呆住了,忙问他怎么回事:"几个月前我还见过她,那时候还好好的呢。""我也是刚知道,去了再说吧。"许闻达估计也被李雅丹的死惊到了,一路上他把车子开得飞快,遇到塞车和转弯时不停地按喇叭。在车上,我们几乎没有说一句话。

韩斯礼正倚在医院花坛的水泥台子前抽烟,他还是穿着那件格子风衣,但里面不是羊毛西装、衬衫和领带,而是一件枣红色毛衣。他没有哭,脸上也没有挂着我们想象中的泪痕。我和许闻达那急切惊慌的心情,在貌似镇定的老韩面前,似乎也一下子安静了下来。老韩看了看我和许闻达,从烟盒里抽出仅剩的两根烟递来:"走了,昨天夜里就走了,今天一大早殡仪馆来拉的遗体。"我和许闻达什么也没问,就那样站在水泥台子旁边,陪着他抽了一会烟,最后各自跟他说了一句"节哀顺变"。

回到家,于书晓和女儿正在午睡,我烧水给那只乌鸡褪毛。阳台上到处都血淋淋的,那只乌鸡已经死透了,但看得出来死前的确扑腾过一阵子。我在想,等会要不要把李雅丹的事告诉于书晓,我也不知道为什么要告诉她。可能觉得不吉利,也可能怕她情绪上起伏,后来我的确没有告诉她。

半个月后,我去找过一次许闻达。"李雅丹的死,到底是怎么回事?"我问。他大概讲了一下,说可能是李雅丹怀孕之后激素失衡引发的:"记得老韩原来说过,医生叮嘱他不能跟老婆行房,行房也要做好措施,不能怀孕,不然就会有麻烦。"许闻达又问我,"你还不知道吧?老韩已经申请调回国内了,也就是最近的事,这几天抽空我们给他践个行吧。"听许闻达这么一说,我的确想起来了,之前在"春见"喝酒时韩斯礼确实提到过,他还说已经有几年没和老婆搞了什么的,原来是这么回事。

接下来,我也无心去找工作,就待在家等着许闻达。不过,在给老韩的那场践行到来之前,老韩却提前来我家辞行了。就在他离开前的那天晚上,也就是他之前经常到我家做客的那个时间。

跟之前一样,老韩也带了一份礼物——一只蓝色的美人鱼,是送给微微的。那天岳母下厨,做了排骨藕汤、剁椒鱼头、蒜蓉空心菜什么的。我和老韩喝了不少酒,岳母、于书晓和微微听说他要回国后也跟他轮番碰杯。吃完饭去阳台上喝茶时,韩斯礼跟我说:"胡安,你还不知道吧,其实我头一个孩子也是女儿,算起来跟微微还是同岁的,只不过生下来不到一天就夭折了,雅丹受了刺激,身体从那时就垮了。"我连忙拿话去安慰他。"你知道吗?雅丹的死其实跟我有关,是我害的。那天喝酒喝多了,回去强行跟她发生了关系,那天你和许闻达也在的。雅丹怀孕后,我们跟医生咨询过,说是可以要孩子,但有危险,雅丹一直想要,但后来……"我一边听一边想起那天夜里强行搞于书晓的情形,头"嗡"的一下。到了这个时候,过去所发生的一切,开始准确无误地在我眼前自动拼装起来。

一切谜底似乎都已揭开。我终于明白韩斯礼那一段为什么经常来我们家做客,又为什么每次都会给微微带来那么多礼物。而与此同时,我也终于知道了,在我强行和于书晓做爱的那天夜里,老韩对李雅丹肯定也采取了同样的行为。然而,同样的行为并没有给我们两个家庭带来同样的结果。现在,我们的孩子正安安静静地待在于书晓的肚子里,正常而健康,等待着足月出生;而韩斯礼的那个孩子,不但没有来到这个世界上,而且还把他/她未曾谋面的母亲带去了另一个世界。这不禁让我暗自感叹,既侥幸于我们得到了命运的庇护,也悲凉于他们与我们同命不同运的人生劫难。

那天夜里,我一直辗转反侧,直到后半夜也没睡着,一闭上眼睛面前就会浮现出见到老韩和李雅丹的那一幕。最后我摇醒于书晓,跟她说了老韩和李雅丹的事……于书晓听完一句话都没说。后来她旋开床头灯,一声不吭地钻出被窝,把她那床被子盖在了我的被子上面,并钻了进来。在一年半之后,我们才得以再次同床共枕,她也再次依偎在我胸前——那甚至让我感到陌生、新奇乃至于无所适从。于书晓用左手穿过我的脖子紧紧搂住,用额头贴在我的脸上。在我感觉到下巴上流淌过她滚烫的泪水时,她又用右手摸索着牵住我的左手,轻轻地放在她于黑暗中高高隆起的肚皮之上……

8

算起来,闹闹刚好出生在老韩离开之后的大半年。而闹闹这小子,正像后来给他取的这个小名一样,日夜闹个不停,不是闹着要吃奶(而于书晓那时又奶水不足)就是经常哭,而且还老是生病,不是咳嗽就是感冒发烧的,经常折腾着我和于书晓不分昼夜地在诊所和家之间来回奔波。那些日子,虽然我还没有去上班,但是时刻环绕在身边的哭闹、尿布、奶粉、暖水瓶、床单、输液、失眠、忙乱以及焦虑,让我感觉到甚至比上班还要更忙。而对于不但同样要承受这些,同时还要忙着备课、写教案和一周上十四节课的于书晓来说,这种忙碌我想肯定更有过之无不及,她也没办法。

虽然我们已经为人父母过一次了,然而这种顾了头顾不了腚的生活,还是把我和于书晓忙得晕头转向的。不得已,我们就好说歹说地把岳母请了过来。岳母来了,

○ 我们之前那种忙得脚不连地的生活才算稍微告一段落,老人毕竟是老人,带孩子的经验和耐心还是比我们强得多。我们的房子小,岳母就只好跟微微挤在小间里睡,我和于书晓则带着闹闹住大间。闹闹一哭,我们就把他送到小间里去让岳母哄哄,等哄睡着了再抱回来。多亏了有岳母的帮忙,我和于书晓才终于缓过来一口气,她才能将更多的精力用在学校里的那摊子事上,而我也才能重新开始把找工作的事情提到日程上来。

在我们那不足七十平米、两室一厅的家中,尽管在大立柜玻璃内侧、藤编的方形茶几、冰箱外壳、沙发以及阳台角落里,还堆放着韩斯礼送的干蔷薇花、陶瓷茶具、几枚精致的冰箱贴、布娃娃、高丽红参包装盒,微微也经常在电子琴上弹唱老韩教给她的那首《没有去学校》,但无论我、于书晓、微微还是岳母,置身其中的纷繁忙乱已经让我们忘记了世间还有一个叫韩斯礼的人,更不会有谁因为看到那些已经成为我们家一部分的礼物而想起他的存在,仿佛他压根儿就没出现过一样。每天一睁眼,我所面对的就是且只能是养儿育女和工作挣钱。而于书晓所要面对的,也不外乎这些。

好在机会赶得好,几个月后艺术中心终于开始招人了。在许闻达的帮忙下,我这个一年前炒了老板鱿鱼的策划总监又被老板重新接纳到麾下负责剧场演出,虽然岗位变了,但是待遇照旧。卷土重来,我和许闻达又做起了上下级和同事,就像之前在艺术中心时那样,我们配合得还挺好,我偶尔帮他救急做做方案,而他路子多资源广,也常会帮我联系一下演出的赞助。但在我们每天低头不见抬头见的相处中,我们谁也没再从对方嘴里听到过"韩斯礼"或"老韩"。同时我和他也没再去过"春见",恐怕也都已忘记了海特啤酒的味道——尽管喝了那么多次,但我一直也没能适应那种味道。

暑假一过完,微微就从幼儿园升读了一年级。为了不输在起跑线上,也为了从小就培养她全面的可能性,于书晓给她安排了跳舞、弹钢琴、电子琴、书法班等等,几乎没有一天是闲着的。孩子不闲着,我和于书晓也就更闲不下来了,我们俩一替一天地接送她去参加各种培训班。几个月下来,微微提高了多少不好说,我和于书晓的各种艺术知识倒是都增加了不少。甚至,于书晓还把她办公室里那个卷了边儿的破地球仪也拿了回来,说是让微微熟悉熟悉地理知识,从小就建立起全球格局。

有一天吃完晚饭后,我正在厨房刷锅洗碗。这时候,微微举着那只地球仪跑了进来,我问她怎么了,微微一边拨弄着地球仪一边说:"爸爸,韩国在哪里啊?"我心想,或许于书晓说的还真对,这孩子还真是走出中国冲向亚洲了。我把那叠碗丢进水槽里,蹲下来用油腻的指尖把地球仪固定住,找到那片橙红色的区域指给她看:"诺,这里不是韩国么?和我们中国之间隔着朝鲜——这些你现在还听不懂,不过慢慢就知道了。""那韩伯伯是不是在韩国?"韩伯伯——这时候我一下子还没反应过来她说的韩伯伯是谁,而等我反应过来之后却又不知道该怎么回答她。

事实上,我已经很久没老韩的消息了。但这么久以来,我竟然从来没意识到这一点,只是女儿现在这么问起,才让我突然觉得他早已经离开我们——而我们也早已经离开了他。我的指尖在韩国东南沿海区域那些密密麻麻的小字上来回游弋,很轻易地就穿越了千山万水。但找了半天,我也没能在那片橙红色之中找到那个叫"鸟城里"的地方……老韩到底是回了老家,还是去了首尔、釜山、大邱或其他国家?我不知道。自从他离开之后,我们已经很久没有联系了,他的朋友圈也一直没有更新,至今仍停留在我最后看到的戛然而止于那个表达安息的画面,他的号码也不知是否还能拨通。

此时此刻,窗外降下来愈来愈暗的暮色,在那片无边无际的暮色中,又升起一盏又一盏迷离而温暖的灯火。楼下的那个小广场上,这时候也不失时机地传来一阵歌声,一个铿锵有力的女声正在唱:"我的爱都是为你准备的,我的情都是被你陶醉的,我的心醉醉梦醉醉,歌唱你的美……"在那一句句划破暮色的歌声中,在随着那一句句划破暮色的歌声而翩翩起舞的大妈的身影中,我仿佛看见了一种我正在努力接近着的被称之为幸福的东西,我知道，那同时也是一种非常普通平凡的东西。

此时此刻，我正在地球仪上找老韩，而老韩他人在哪里？如果我不告诉他，他可能永远也不会知道，他的老婆，他那本应和微微同岁的大女儿，他那本应和闹闹同岁的第二个孩子，以他们的不幸让于书晓和我看到了劫难没降临到自己头上的那一份幸运，而我们之间的破碎也因此得以黏合。恍惚之间，我甚至还产生这样一种错觉——微微和闹闹其实是老韩和李雅丹的孩子，而我和于书晓只不过是这一双儿女的养父养母。但是，我却无法向他们俩道一声"感谢"，而只能把地球仪递给微微，吩咐她去客厅里自己玩，而我还要就这么弓着身子站在水槽边，把那一只只布满油污的碗碟洗刷干净，然后用抹布一遍遍地擦拭，直至它们光洁明净的瓷面上散发出一圈圈炫目的亮光来。

08 / 去跳
广场舞

1

迎面而来

为什么不来接我？非要我也打一辆车，有病啊！姜双丽一见到我就阴着脸说，同时把一个鼓鼓囊囊的行李包扔过来。我连忙接住并及时堆上了准备好的笑脸，嗨，这也生气，这有什么好生气的，这个点你又不是不知道，你家楼下还不得堵死，再说了，那儿又那么多人。姜双丽摘下墨镜，快步走到我前面，大有与我拉开距离的架势。我提着她的包，背着我的双肩包，就像酒店大堂的侍者那样跟着她往国内出发口走去。姜双丽越走越快，我小跑着跟上去，想从侧面拉住她，被她一下子甩开了。净给自己找借口，不想接就不想接，我还不想去呢。到都到啦，还说这种话，打车多少钱我发给你。一千，她头也不转地说。讹人啊，坐飞机也花不了一千块，看我这几天怎么收拾你。

打印自助登机牌前,我转了个两百块的红包给姜双丽。发了,快收。多少?点开看看啊。哼,才两百,小气鬼,她嘀咕道,一边说一边翻出身份证递给了我。这说明她的气已经消了,女人就是这样。排队安检这一路上,姜双丽有说有笑的,甚至还挎起了我的手臂,仿佛刚才的事从没发生过一样,连她嘴角上那颗米粒大的小痣在说话时都一翘一翘的,那么迷人。看来钱确实是个好东西。

在 28 号登机口前那几排稀稀拉拉坐着几个人的椅子上,我们选了最靠边的两个位子坐下来。直到坐下来,姜双丽也没把她的左胳膊从我的右胳膊里抽出来。这跟她在电影院最喜欢的姿势一样,充分显示了她女人味的一面,同时也是柔弱依附的一面。我仰躺在椅子上,借助于扶手歪成一个舒服的姿势,姜双丽斜靠在我胸前,一头染成淡褐色的大波浪卷儿停留在我下巴的位置,一股好闻的洗发水味道源源不断地钻进我的鼻孔。这样的姿势显示我们就像一对夫妻或者恋人,比那对女的正坐在男的大腿上的男女像,也比在候机大厅里往来穿梭的、正在办行李托运或过安检的那些男女像。我之所以说"像"而不是说"是",这便说明了问题所在,如果是,那也就不会有这趟旅行了。

飞机腾空时,大地开始显露出它作为一张蜘蛛网的本质,且这种本质随着高度的攀升越来越清晰地显示出

○ 来。从舷窗口我多次打量过这座城市的这一面，当然我也打量过其他城市的这一面，我发现无论是北上广深还是我们省城这样的二线城市，或者那些偏远小城，只有当你落到地面上之后，置身于它们宽窄不一的街道、河流和楼群之中时，它们才会呈现出自己相对独特、充满肌理纵深的一面，一旦坐上飞机破空而去，你在舷窗边看到的都会是那么一张蛛网密布的样子，那些纵横交错的街道、横七竖八的屋顶、歪歪扭扭的河流、皱巴巴的山峦和地表差不多都成了一个样子，点缀其间的是蚂蚁——不——是蜘蛛般的车辆与人群。你适应着这种感觉的袭来，在适应中调整着座椅靠背，仰躺下来，将双腿伸到前座的下方，与此同时你会觉得逃出来的自己才是人，只有坐在这架飞机上的人才是人，地面上的都是蜘蛛，你会庆幸于自己作为一个人逃离了一张蜘蛛网。

迎面而来

现在我也产生了这种感觉。我，一个所谓的作家，姜双丽，庭岚家居的软装设计师，就是逃离蛛网的两个人。在下面那张面积巨大而网口细密的蛛网上，此刻粘着无数大大小小的蜘蛛，既粘着我们穿行其间却素不相识的陌生人，也粘着我们的朋友、同行、亲戚、邻居，既粘着我的老爸、儿子、老婆，也粘着姜双丽的老妈、女儿、丈夫。他们爬行其间，停停歇歇，一日三餐，不知所为。但现在我和姜双丽分别以采访和出差的名义从这些蜘蛛中间逃了出来，作为两个人而不是两个蜘蛛逃了出来，这不能不说是一种幸运。当我还沉浸在这种幸运的感觉中时，姜双丽却已经睡着了。

我睡不着，心里翻腾得厉害，一会看看窗外皑皑如雪的云层堆积成的缥缈山河，一会又看看那个在最前排、面向我们而坐的那个空姐。她很年轻也很漂亮，双唇微启，直视前方，带着那种训练有素的职业化笑意，两条灰蓝色的带子将她固定在那个专用座椅上——看起来似乎有点儿残酷。隔着几排或浓密或秃顶或梳成一缕缕头发的那种天灵盖，我朝她送去饱含深意的目光，搜寻着，调整着，直至和她四目相接，直至把她看得不好意思地偏过头去。后来她和一个空少过来了，推着餐车，开始一排排分发晚餐，我注意到她胸前铭牌上的名字：曾雨晴。先生，米饭还是面条？面条。她又朝睡着的姜双丽问，我做了个别打搅她的手势说，米饭，谢谢。十几分钟后，曾雨晴和那个空少又推来了一车茶水，我又盯着她的铭牌看了会儿，要了一杯咖啡，给姜双丽要了一杯矿泉水。

我没心思吃饭，小口小口地呷着咖啡。喝到一半，我轻轻摇了摇姜双丽的胳膊，小声在她耳边问，饭来啦，水也来啦，你不吃饭？她侧过头去嘟囔了一句，不吃，接着又睡了。高度产生风景，也产生时间的错觉，与地面上此刻那种淡蓝色的暮气相比，对流层虽然也已时至黄昏，却呈现出一副完全相反的图景，澄澈、透明而且无比明亮,仿佛这万米高空上的时间比地面晚了几个小时。夕阳从舷窗外平照过来,撒在姜双丽三十七岁的小脸上,给她依然白嫩的脸庞镀上了一层金质光泽,从我的角度看过去,甚至连她嘴唇上方那一丛细微的绒毛也成了秋天旷野中金丝般的荒草。她熟睡着,胸脯轻微和缓地一起一伏,极具雕刻感的鼻翼、眼窝和嘴唇让她显得无比安详圣洁,就像浮在半空中的圣母玛利亚。但当这个比喻在脑子里一闪而过时我又觉得很不恰当,这散发着汉白玉光泽、有着温凉触感的五个字,似乎很难跟与我去度过一个偷情的周末的姜双丽画上等号。

2

我爬到姜双丽的床上,是在我家的拉布拉多爬到她家金毛的屁股上之后,那是半年前的事情了。

为了说清楚事情的来龙去脉,我先说说我的老爸韩立刚。退休前在机械所干了几十年,专业给高层建筑设计增压送水的管道泵,我的老爸人送尊称"韩工",这是所里那帮小年轻叫的,老伙计们喊他"泵哥"。七年前我老妈去世后,他一直没续弦,这并不是因为他对我妈有多深情,也不是他不想再找个,而是他一直念念不忘的机械所某位阿姨还没丧偶,她的老头还活蹦乱跳地健在于世。前几年,我爸从设计科副科长的位子上退了下来,但他退而不休,甚至比上班时还忙,退下来这几年的忙碌程度相当于上班那些年的总和,不但人瘦了一圈,头发也全白了,跟上班时相比简直判若两人。退下来之后他一天也没闲着,整天把自己关在房间里画图纸、做实验什么的,他说,一定要把管道泵的增压技术改进到一个新高度,在进棺材前把他的中级机械工程师证书变成高级——因为那位阿姨就是高级。这让人很不可思议,不但他的儿媳妇刘述红不可思议,就是作为他儿子的我也不可思议,我们都不明白一个六十多岁的老头儿为什么还会用这种只有情窦初开的中学生才会用的方式去接近他的梦中人。我和述红经常劝他遛遛狗钓钓鱼什么的,老爸对此没兴趣,对带他那四岁小孙子森森的兴趣也不大。那怎么办呢,只有随他去了,他的犟脾气我可是领教了三十八年的。

有段日子,他吃了晚饭并没有像往常那样碗筷一推、油嘴一抹就钻进房间,鼓捣他那些破烂玩意儿,而是一反常态地背着手、摇头晃脑地出了门。这让我感到新鲜,不过虽然感到新鲜,倒也没觉得有什么问题,还以为老爷子出去散步遛弯了什么的。直到有一天,老爸出门之后,刘述红一边刷碗一边神秘兮兮地跟我说,哈,韩松,猜猜你家老头儿干嘛去了?这有什么好猜的,想通了呗,该干嘛干嘛去了。我跟你说,你可别说我说的,你家老头儿去跳广场舞了,就在红楼前面的广场上。广场舞?

去跳广场舞

跳什么广场舞？你瞎扯的吧，我腾地一下从沙发上坐了起来。嗐，我骗你干什么，不信你现在去看看，我也是前几天去遛毛毛时路过那里看见的。这不可能啊，他不搞他的管道泵了？还是在吴阿姨那里受了什么刺激？再说了，他一个老头儿跳什么广场舞啊，丢人不丢人，不都是大妈大娘跳么？你去看看就知道了，今天该你遛狗，正好可以去欣赏欣赏你老头儿的舞姿。

我的老头儿，做了半辈子中级机械工程师、现在享受副科级退休待遇的韩立刚同志，确实去跳广场舞了。这是我在红楼广场前亲眼看到的，不但我看到了，我家的拉布拉多也看到了。当我在那由各种身姿和体态的大妈大娘组成的横七排、竖七排广场舞方阵一角停下来时，我一眼就看到了正在另一角歪手歪脚迈着拙劣步法的两个干瘦老头儿，其中一个就是我的老爸韩立刚。不用看正面，单从那一顶白发和身上印着"江汉机械研究所"五个白底大字的蓝布工装就可以断定。我正想着怎么把他喊回去，毛毛拉着它的狗绳一下子窜了出去，准确地跑到韩立刚同志身边，无比欢实地围着他蹭来蹭去，直至站立起来爬到他身上，以尽一条狗对它主人的亲热本分。但是，我的老头儿没有停下他那拙劣舞步的意思，依然模仿其他人的样子比划着，任凭毛毛在他周围来回打转。这时候那首放到一半的《套马杆》突然停了下来，那横纵各七排的大妈大娘也都停了下来，我看到一个发髻绾得老高、颇有几分身材的高个女人从领舞位置走过来。凡她所到之处,人群自动闪避出一条小道,她沿着小道走到我爸身边。怎么回事,这是谁家的狗?快点牵走,不要在这耽误事儿!

这时候,我们的韩立刚同志再也不能无动于衷了。只见他一只手轻抚狗头,一只手搭成凉棚扫视了一圈广场,直至发现了另一个角上的我。我没过去,而是蹲下来,以拍巴掌的方式唤回了毛毛,但我的老头并没如我所想的那样——沿着毛毛跑过来的那条直线走过来跟我回家,而是随着那个高个女人按下播放键播放出的《套马杆》剩下部分,继续拙劣地跳起来。这让我感到不可思议,不是说我的老头六亲不认,而是他怎么就跳起了广场舞?这个要献身于管道泵的科技工作者,这个一心要比肩吴阿姨的老小伙儿,怎么就被广场舞吸引了过去而一改其伟大初心?我牵着毛毛在广场上来回晃荡,想起我的父亲韩立刚同志波澜壮阔而又平凡普通的大半生,我觉得那里可能隐藏着他的广场舞源头。把时光的指针拨回上世纪六十年代,我的父亲就成了一个根正苗红的好青年,经他的老爹——我的爷爷经常拎着一瓶烧酒找公社书记软磨硬泡,终于当上了一名光荣的工农兵大学生,他在学校表现很好,游过行、造过反,游行造反之余也在尘土飞扬的土路上敲锣打鼓地翩翩起舞过;把指针往后拨一点,他就毕业了,分配到了红光机床厂,在厂里埋头苦干过一段，就被上调到了他后来一待几十年的机械所；再把指针往后拨就到了上世纪八十年代初，我的父亲就成了一个三十多岁的大龄单身青年，穿一身浅灰色、上下四个兜的夹克装，梳偏分头（纹路一丝不苟），戴一副黑框圆眼镜，这有其相册里的黑白照片为证，他的大龄、单身决定了他当时需要频繁出入那些雨后春笋般冒出来的歌舞厅，并在那里认识了当时同样大龄的、后来成为我母亲的胡新荣会计。

当我还想继续往后拨指针时，毛毛再一次箭一般弹射了出去，朝着前面一只没拴狗绳的金毛狂追不止。一个女的——也就是此刻正在我身边酣睡的姜双丽——顿时在那边叫起来，谁家的狗，谁家的狗，快来人啊！但这并不管什么用。毛毛追上去后，和那只金毛相互转着圈嗅了几嗅，在确认了郎有情、妾有意的那点儿意思后，毛毛就准确地爬到了金毛的屁股上动作起来。这样的事情司空见惯，所以我也就不慌不忙，等我不慌不忙地走到它们的欢爱现场时，姜双丽已经急得团团转了，但她又不敢贸然上前将两只正沉浸其中不能自拔的狗分开。这是你家的狗？快点牵走，快点，她小脸通红地说。我捡起拴着毛毛的狗绳用力扯了扯，并不能扯动。你也看到了，我也没办法，现在怎么扯也没用，不信你试试。姜双丽接过狗绳也扯了扯，毛毛歪着脑袋发出了一阵低沉的怒吼，把姜双丽吓坏了。那怎么办？能怎么办？！我也没办法，等它们自己分开吧，一会就分开了。

姜双丽不吭声了，转过去看广场舞那边。一边看一边咬着嘴唇，一副受了很大委屈的样子。因为委屈，所以更加显得有点楚楚动人，或者应该这么说，即使不委屈她也一样是个挺好看的女人。

十分钟后，两只狗还没有分开的意思。姜双丽走到花坛边，拿出一包面巾纸并抽出一张，在花坛水泥边沿上擦出一个屁股大小的方块，又抽出一张面巾纸垫上去，然后坐了下来，开始扒拉她那只硕大无比的棉质手提袋，直至从中掏出一本淡蓝色封面的书来。我装作不经意的样子走过去瞥了一眼，内心顿时一阵狂跳，《情到浓时情转薄》那几个宋体小字提醒我那是我好几年前写的一本情感随笔。噢，你在看书啊，是什么书？姜双丽抬起那张已经没那么委屈的小脸，把书举起来晃了晃。怎么样，好看吗？挺好看的，虽然作者是个毒舌，但说得很在理儿。还行吧，但我现在觉得写得挺烂的。嗯？凭什么那么说，你也看过？当然，我写的嘛，我终于露出夹了又夹但还是没夹住的尾巴。啊，你写的？我还说我写的呢，有什么证据说是你写的？诺，你看看署名，再看看这个，我边说边掏出钱包把身份证抽出来递给她。还真是你写的，你是作家啊？算不上吧，涂涂抹抹而已。

建立起读者和作者的关系后，姜双丽就没那么委屈了，也不再一会看看书一会看看狗了，她跟我说起书中的一个观点：好男人会不会出轨？她专注的眼神，让我觉得她巴不得她的狗和我的狗再多搞一会儿。但狗们好像并不领情，在我们说话时已经自行分开了，各自走到彼此主人身边摇头摆尾地卧下来。这时候，广场舞那边的一曲《你是我今生难忘的梦》只剩下一点尾音，那些跳了一晚上的大妈捡起衣衫准备散场了。我得走了，我去接我妈，姜双丽说，能留一下联系方式吗？当然可以。扫过微信后，我们一起朝那群还没来得及散开的大妈走去。那个发簪绾得高高的、领舞的高个女人，后来我才知道就是姜双丽的老妈刘桂芳，体院退休的舞蹈老师。而此时此刻，我的老爸韩立刚正缠着她求教一些动作要领，刘桂芳用她那细长的双手捏着我家老头儿干枯的爪子高高举起，在转圈时差点被我老爹的一条腿绊住。你动作怎么那么硬，放松，要轻盈一点，轻盈你懂不懂？她说。我的老爹如小学生般点头不已，记住了，记住了，他说。见我和姜双丽一起朝他们走过来，他俩异口同声地问，咦，你们怎么认识？刚认识的，我抢在前面说，完全没提两只狗的那档子事儿。

　　回去的路上，老爸和我各自埋着头朝前走，一句话也不吭。老爸，你的管道泵不搞啦？我率先打破了沉闷。嗯？搞啊，搞还是要搞，但是要慢慢搞，哪有那么容易的事儿，你以为一个专利那么好搞啊。那，吴阿姨呢，你慢点搞的话，可是赶不上她啦。嗨，小子，提她做什么，再不要提她啦，我跟她压根儿就没可能的事情。怎么啦？又受了什么刺激？没有没有，我能受什么刺激，好老太太又不止她一个，干嘛非要在一棵树上吊死，都七老八十的人了，还能有几年蹦跶的。我没接话，不过我基本上听明白了，他不搞管道泵虽然跟吴阿姨有关系，但与其说跟吴阿姨有关系，倒不如说跟姜双丽的老妈刘桂芳有关系。作为一个男人，也作为他唯一的儿子，基于雄性相通的道理和血缘关系的本能，我连想都不用想就可以明白是怎么回事。而且我也清楚地知道，老爸也明白我的明白。

3

我爬到姜双丽的床上是在两周后。那两周内我知道了她的不少事儿，知道了她的老妈刘桂芳在她二十岁时就离了婚，知道了她老爸又组织了新家庭并给她生了一个同父异母的、她还从来没见过面的弟弟，知道了她毕业于美院，知道了她现在在庭岚家居做软装设计师，知道了她有一个五岁的女儿，还知道了她有一个因为经常出差（可能也经常出轨）而与她感情不好的丈夫。最后这一点至关重要，因为如果没有这一层背景，那么我也很难有机会能爬到姜双丽的床上去。当然，我说爬到姜双丽的床上，并不是真的跑到她家里在属于她和她老公的那张大床上搞了她,作为一个有着风险安全控制意识和一点点廉耻之心的作家,我是把她约到开发区一家酒店的大床上搞的她,或者按照时下男女平等这一点来说,我们是在开发区那家酒店的大床上互相搞了对方。我们搞了整整一个下午,搞得筋疲力尽、四肢瘫软,直到搞到对方再也搞不动了,然后拍拍屁股,各自打车回了各自的家。

作为一个名义上的作家、实际上的啃老族,我有的是大把大把时间,除了遛遛狗、接送一下孩子外,家里的其他事情都由刘述红一手操持,她脾气好而且任劳任怨,心甘情愿地服务我们爷儿仨和一条狗。但作为软装设计师的姜双丽却没那么多时间,一天到晚地接项目做设计,隔三差五还得去一个接一个的新房子里做现场布置、看效果什么的,她还要带女儿和遛狗,所以我们能鬼混的时间也不多。有一天,完事后我们躺在开发区那家酒店皱巴巴的大床上,我用小腿肚磨蹭着她光洁清凉的大腿说,你就不能歇几天?跟我去度个假旅个行什么的?她歪了歪头,你以为我不想?我还巴不得什么事儿都不做呢,不做事怎么办,你养我?嘿,我怎么养,名不正言不顺的,让你老公养你,我这儿可还一大家子呢,写东西能挣什么钱,我还不是指望着老头儿那点退休金。得了得了,她及时打断了我,跟你说正经的,你家老头儿这是要干嘛啊?对我妈有意思?我可见他不止一次了,每次跳完都不愿走，缠着我妈问东问西的。我哪儿知道啊，说明你妈太有魅力了呗。鬼扯，他俩根本不适合。怎么就不适合了？不适合就是不适合。嘿，他们在一起了才好呢，我们也不用偷偷摸摸了，这不是亲上加亲嘛，我止不住笑了起来。滚。但她的"滚"字还没说完就被我用嘴堵住了。

我和姜双丽都没想到，只是这么几个月的工夫，我的老头儿已经把广场舞跳得炉火纯青，大有青出于蓝而胜于蓝之势。因为觉得广场舞挺低级的，而我老头跳得更低级，所以我从不去看他跳，所以等我再次看到他跳时就不免大吃一惊。按姜双丽老妈给他普及的、他又给我普及的那点广场舞知识来说，无论是舞步轻盈流畅、起伏连绵如波涛般的快华尔兹，还是稳而不拖、潇洒自如、讲求"形散神不散"的平四步，再或者是节奏强烈、情绪兴奋、动作滑稽俏皮的吉特巴，我爸都演绎出了极强的观赏性。我后来去看的那几次，有一帮男女老少还围在他边上指指点点，不时发出哈哈大笑或啧啧赞叹之声。后来，甚至还有人拍了他跳舞的视频冠以"最潮老大爷广场舞"之名发到了网上。

而与我老头的广场舞技术进步得一样神速的，是他与刘桂芳的爱情。现在，他不但从最后一排跳到了最前排最靠近刘桂芳的位置，偶尔还能兼任一把代班老师，而当初和我爸一起跳舞的那个老头儿则还在最后一排的角落里跳着。眼下,刘桂芳一点也不避讳和我爸的亲近,除了满口亲热地喊着"立刚"、"立刚"之外,有一次在我老头儿没带保温杯时还允许后者喝了几大口她保温杯里的热水,这让姜双丽看在眼里、气在心头,在回家的路上不止一次地数落她的老娘"让别人得寸进尺"。这些都是姜双丽告诉我的。但是反过来说,我们又不得不承认,爱情的力量有时候就是这么伟大,不但在如此短暂的时间内就让一个老汉重新焕发出来青春活力,还改变了他的形态气质,这一点可以参见我老头儿那一顶用瑞虎牌染发剂染得乌黑发亮的短发和他那一身开始变得讲究起来的衣着。

怎么办?你也不管管你家老头儿。又一次完事后姜双丽问我。我反问道,你老说他俩不合适,到底哪里不合适?我的大作家,你真糊涂还是假糊涂,我问你,他们俩好了,住哪?住你家还是住我家?吃喝拉撒是花你老头的还是花我老娘的?万一有个三长两短财产怎么分割?我没想到,平时还挺有情调的姜双丽一下子变得那么精明,考虑问题那么现实又那么长远,但同时我又觉得她说的不无道理,而更多的情况是我从来就没有面对过这样的问题。当天晚上,老爸一进家门,我就把他拉到了他的房间。老爷子,问你个事,你和刘阿姨进行到哪一步了?问这个干嘛?问这个干嘛,准备给你们筹办婚礼呗!小兔崽子,开玩笑开到你老子头上来了。哪敢哪敢，我就是问问你们有什么打算。没什么打算，该同居同居，该结婚结婚，向你们年轻人学习。同居？结婚？那你们住哪？这好办，要么她过来，要么我过去，再不然就去租房子。是啊，我没法反对，我老头说得句句在理，我也不敢反对，因为我还花着他每月五千八百块的退休金。但是我又不能不反对，因为姜双丽反对。

为了找出切实有效地阻止她老娘和我老头在一起的对策，也为了兑现她陪我度假旅行的承诺，在一周前姜双丽就让我安排了这趟北海涠洲岛之旅，目的地是她选的，费用是我出的——准确地说是我爸出的，因为他的工资卡就插在我的皮夹子里。仔细想想，这一趟还真充满了幽默与讽刺的意味，也就是说，我爸韩立刚出钱由他的儿子请其情妇姜双丽前往涠洲岛旅行，而这一对狗男女的目的却是为了在打几炮之余想方设法找个法子阻止他们的父母在一起。事实就是这样。

4

在飞机下降带来的一阵剧烈而急速的颠簸中，姜双丽醒了，她死死地拽着我的一条胳膊睡眼惺忪地说，啊，怎么了，不会是飞机失事吧？乌鸦嘴，马上就要落地了，我说。飞机是在一阵细雨中降落在福成机场的，挂着一层细密水珠的舷窗外闪现出一片星星点点的朦胧灯火。

这意味着我们又将脱离飞机和天空赋予我们的人的身份，融进这座沿海城市的蛛网之中，在通往市区的那条道路上成为两个外来的蜘蛛，一个男蜘蛛和一个女蜘蛛。出了航站楼，手机显示已经七点多了，而打车到市区至少还要半个小时，去涠洲岛的船已经停航，只有在市区住一晚，明天再赶过去。上车后我订了一个酒店，吩咐司机直接开过去。八月的北海虽然温度不低，却并不让人觉得有多热，清爽中带着一丝腥味的海风吹过来，吹着姜双丽的一头长发扑闪到我脸上，那种隐隐不断的洗发水味已经淡了很多，但也正因为如此而更好闻了。怎么样，北海不错吧，我问整个人都靠过来的她。那当然，靠海嘛，她懒懒地说。一口东北腔的男司机正在专注地开着车，他肯定不知道在后座上依偎成一团的我和姜双丽是一对奸夫淫妇，不单他，这座城市里的任何一个人都不知道。这让我们自由而放松，但这突如其来的自由放松反而一下子又让我难以适应，与姜双丽紧扣着的右手不由松了松。

酒店的环境和卫生都还不错，是那种公寓式的房间格局，居家，干净，温馨，还有一个带落地窗的小阳台和一个可以简单烹饪的开放式厨房。一进房间，姜双丽就去了卫生间，我则在贵妃榻上躺成了一个歪歪倒倒的大字，我刚躺下去，姜双丽就在里面喊开了，哎，把我行李包里的卫生巾拿过来。我翻出来拿到卫生间递给她时，只见她正蹲在马桶上捂着肚子一副愁眉苦脸的样子。怎么啦？呃，我来例假了！听她这么一说，我才猛然意识到卫生巾和例假的关系——刚才我下意识地把卫生巾当成是卫生纸了，坏了，坏了，看来此行两大目的中我最关心的那个难以实现了。你不知道周末来例假吗？我问，早知道晚几天出来了。本来不该这几天来的，我也不知道，怎么就突然提前了。看着她那副痛经的样子，我也实在不忍心再说什么。

去外面吃了点东西又上楼。姜双丽去洗澡，我则在手机上浏览涠洲岛的各种旅游攻略。正翻着翻着，刘述红打来了电话。韩松，到酒店没？我跟你说，你老爷子带他那个跳广场舞的相好来家里了。啊，怎么我刚出门他就带回来了？要住家里吗？我不知道，应该不是吧，刚吃完饭，现在他们俩在老爷子房间呢，我在阳台上给你打的电话，你可别说我说的，老爷子的脾气你又不是不知道。好，我知道了，我大后天回去，你先稳住他们，晚上千万不要让她住我们家。这我怎么说得出口，好吧，我试试。姜双丽裹着浴巾出来时，我并没像往常那样一下子扯掉，迫不及待地把她抱到床上去。麻烦来了，麻烦来了，你老妈现在正在我家与老爷子促膝长谈呢，弄不好还要留宿。你怎么知道的？我老婆刚才在电话里说的，不信你打电话问问你妈。她抄起手机就给刘桂芳拨了过去，并按了免提键——好腾出手来用毛巾搓干她湿漉漉的头发。妈,你在哪呢?我,我在家里呢,刚跳舞回来,你怎么样,到了杭州没有?到了到了,已经住下来了,妈,我忘了跟你说,你现在要去把暖暖从她爷爷奶奶家接回来,她还有作业要做呢,周一要交。好,好好好,我去接,我马上就去接。

我一边听着这母女俩的对话一边强忍着笑意。原来姜双丽说的是去杭州——我跟刘述红说的是去南宁,看来她对付老妈可比我对付刘述红厉害多了,撒起谎来理直气壮,而且随时随地都可以撒出既能让双方都下得了台又能达成目的的那种谎。有句老话说得好,为圆一句谎言会说出更多的谎言。看来姜双丽和她的老妈刘桂芳都精通此道,而且把每一句谎言都说得滴水不漏。服,大写的服。

临睡前,我一遍遍抚摸着姜双丽光滑的后背,在她耳边调笑说,来例假哈,来例假是不是就不能做了?我可带了一盒"杰士邦"呢。做个鬼,一点都不怜香惜玉,你老婆来事你跟她做不做?嗨,不做就不做,提她干嘛啊,我都好几年没和她做了。做不成,于是就只好睡觉,我躺下时姜双丽正往身上、脸上一层层扑洒着爽肤水什么的。当快睡着时,只听见耳边传来一个巨大的声音——"操",我一下子惊坐了起来,姜双丽则在一边哈哈大笑,脸都快笑烂了。有病啊你,姜双丽,你搞什么搞。逗你一下啊,切,那么不识逗,睡那么早干嘛?困了,你自己睡饱了还不让别人睡,我先睡了。别啊,起来起来,说说你老爷子的事。我老爷子什么事?你说什么事,我问你,你这次干嘛来了?一心只想着睡我?一个作家整天惦记着裤裆里那点事儿?你们家人、你们家狗怎么都这样啊,我告诉你,你老头和我妈的事才是最主要的,他们要是不在一起了,我就天天给你睡!姜双丽出了几个点子,譬如让她妈自称有男朋友了、控制住他俩的工资卡啊什么的,都被我否了,她就让我开动脑筋想。但我能想出什么主意呢?而且,我为什么要阻止我爸迟迟才来的第二春呢?就为了天天睡姜双丽吗?

5

第二天,我们去了一趟银滩和老街。银滩也没什么好看的,乌泱泱的到处都是人,而且到处都能听到一些男女操着满嘴的东北口音,看来不单单是三亚、海口,北海也被东北人占领了。老街也就那样吧,一些并不那么旧也没那么好看的骑楼房子都改成了临街商铺,卖些地方小吃和到处都能买到的旅游纪念品什么的。倒是老街上的雕塑还挺有中国特色,那些古铜色裸女的奶子、屁股和大腿部位的黑漆都被摸脱了一层,泛着一层晶亮的铜光。在一个当街撅着屁股低着头在小河边做洗头状的裸女雕塑前,我跟姜双丽说,快看快看,这像不像你,这姿势像不像你?她笑骂着说,讨厌,像你,像你个狗日的!你还嘴硬,我叫你嘴硬,我走到那两瓣被摸得格外晶亮的屁股前,狠狠地各拍了一巴掌,姜双丽,你还嘴硬,嘴还硬不硬?姜双丽笑着扑过来跟我打闹,流氓,彻头彻尾的流氓,她一边骂一边拉我快走,这里那么多人,你一点也不害臊,作家都是你这样的吗?啊?

从客运港码头坐船到涠洲岛要一个小时。姜双丽晕船,一上船吃了片晕船药就睡了。看着那排窗户所隔出来的一块块淡蓝色的海水,我一点也找不到海的感觉,也找不到坐船的感觉。几年前我和一帮作家采风时来过一次涠洲岛,那次坐的是渔民的机动船,还不是现在这种能坐几百人的双层客轮。相比之下,坐那种船才称得上坐船,摇晃、颠簸,剧烈的风、一望无际的海水、澄碧透亮的天空,海面与天空的阔大显得人渺小而卑微;而这种客轮则让人感觉不到是在坐船,几百人分区对号地坐在座位上,只能从那两排脏不拉叽的玻璃窗望到一小块一小块的海水,甲板上也不能去,除了船体通过座位传来的一波波频率固定的浮沉之外,真的就像坐在一间靠海的教室里。这样的船取消了海。好在一个多小时不算太久,船靠岸后我和姜双丽随着一船人鱼贯而出,走向那条长长的引桥。这时候大海才展露出了它被遮蔽的真相,明净、空阔而辽远,姜双丽举着手机一路跑一路拍。

买票登岛。进了景区大门马上就有一帮晒得黝黑的矮胖中年妇女围拢过来,要住宿吗?要坐车吗?要坐船吗?叽叽喳喳地好似一群抢食的鸟。我挑了一个看上去有点憨厚的女人,问她去"雅蓝小筑"多少钱。五十块,两个人五十块。三十块。五十块。三十块。五十块,老板,没多要。就三十五块,不去我找别人了,我冲她摆摆手,做出一副要走的样子。好好好,三十五就三十五,走吧,憨厚的女人于是开着一辆改装了蓝色顶篷的三轮车载着我们前往那家民宿。天气很好,凉风习习,明亮的阳光撒在路两边郁郁葱葱的热带树木和植物宽大的叶片上并在其背部透出一块块绿亮绿亮的那种明亮,大片大片的香蕉树上挂着一串串半人高的、密密麻麻的香蕉串。姜双丽第一次来这儿,看到什么都觉得新鲜,几次要憨厚的女人停车让她拍照,其表现非常像一个从没出过远门的游客。我给她普及了一些涠洲岛的基本信息——一大部分来自昨晚浏览百度百科时的记忆,她马上就不怀好意地笑着问,你怎么知道的?你来过?我当然来过,几年前就来过。跟谁来的?肯定是一个女的。嗨,跟一帮大老爷们儿好不好,我们是来采风的。鬼才信,肯定是跟一个女的,你说,是不是跟一个女的来的?除了一个从没出过远门的游客,看来姜双丽还把自己当成了我临时的老婆,并吃起了自己臆想出来的醋。

"雅蓝小筑"在岛上一角,下面是一片沙质优异的沙滩，涨潮时两边通过来的路就被封住，就成了一片私家海滩。我选择这里的原因正在于此，幽静隐蔽，靠山面海，风景绝佳，正是一个打野战的好地方，但现在看来这片好战场注定要浪费了。一住下来，姜双丽就说要出去转转，我就陪她出去转转，五彩滩、石螺口、滴水丹屏、灯塔、贝壳沙滩等，我们把几个不远的景点跑了一遍。傍晚我们来到一片停泊着几艘渔船的沙滩，几个渔民正在贩鱼卖虾，有乌贼、鳗鱼、气泡鱼、鳕鱼、鲱鱼、毛鳞鱼，价格十分便宜。越沉越低也越沉越大的夕阳挂在海上，给海水镀上了一层闪着金光的鳞片，几艘小船出入其上。太美了，我要死了，这是我第一次见到这么美的海和夕阳，姜双丽光着脚喊。她现在不拍照了，拍照的人换成了我，她要做那么美的海和那么美的夕阳中最美的那个女人。

沙滩上的外沿位置到处都是被海水冲上来的乳白色和暗红色的破碎珊瑚，踩上去叮当作响。姜双丽一路上捡了很多枝节和形状比较完整的，都装在她那个硕大无比的棉质手袋里，说回去了可以用来做软装设计的点缀。我们一路捡一路拍照，直到来到一片漂亮的绿色礁石滩前，我上次没来这里，可能正因为没来过，所以现在才觉得它格外漂亮——人大概都是这种心理。那里游人很少，准确地说，除了我们俩只有一对老年夫妇，男的在七十岁上下，穿一身摄影师常穿的那种绿马甲，女的戴一顶太阳帽，男的用拐杖在沙滩上写字，女的在一旁围观。我和姜双丽好奇地跑过去，对方见我们跑过来，热情地打招呼，我们也礼貌地作了回应。涠洲岛，我们来了，老伴，结婚纪念日快乐，易春，2013年8月12日。这就是老头用拐杖在沙滩上写的，易春，应该就是他的名字。我聪明地喊了一声易伯伯好，并朝他夫人笑了一下，祝贺两位老人家，白头偕老啊，我说。小伙子，今天是我们的蓝宝石婚纪念日，谢谢你们，你夫人很漂亮，也祝你们的爱情丰收美满，老头声音非常洪亮。我和姜双丽各自朝他和他的夫人点了点头，算是被迫接受了他们的祝福，并努力装出一脸幸福的样子。

6

晚上姜双丽要吃海鲜，于是我就带她来吃海鲜。她点了一只龙虾，一只象拔蚌，一条石斑鱼，一份海虫。够了够了，两个人吃不了太多，看她还要翻下一页菜单我连忙插嘴，同时一只手插进裤袋按住钱包。小气鬼，吃个饭都抠抠索索。我想好了一句反驳她的话——你怎么不自己花钱——正要说出口时，又想了想，点都点完了，又何必呢。于是就吃饭，我喝啤酒，姜双丽喝可乐，我闷头喝酒，姜双丽说个不停。姜双丽问，你怎么了？我惹你不高兴了？那倒没有，我是想到了那对老夫妻，不知道怎么，我胡乱编了这么个理由。确实很感人，结婚四十五年了还能在一起，不像我爸妈，我大学还没毕业他们就离婚了。是啊，那你可要向他们好好学习，不是说你爸妈，是说那对老夫妻，祝你和你老公能到钻石婚，起码也是金刚钻婚，我碰了一下她的杯子说。你可拉倒吧，我可没那么长远的打算，过一天算一天吧，倒是你和刘述红可以试试，来，祝你们绑在一起沉到海底。

回到房间洗完澡，我就来了兴致，要跟姜双丽干那事儿。例假才来一天，干什么干，要干你自己干自己去，她推开我的手说。那怎么办？要不你用别的方式？什么方式？你知道，就是我之前跟你说过的那种。滚，我才不呢，脏不脏啊。我努力好几次了，姜双丽确实不愿意那样，她说她有洁癖，而且相当严重。好吧，洁癖，洁癖，狗日的洁癖，我暗骂道。我来到阳台上抽烟，一阵阵海浪声从暗蓝色的夜幕中传过来，机械、单调而又不乏动听，辽阔无际的湛蓝色海水完全隐入了铺天盖地的夜色，就像是完全消失了，只剩下星星点点的灯火浮漂在远处。老爸的电话是在我点上第二根烟时打来的，喂，松啊，在南宁呢？跟你说，我准备跟你刘阿姨在一起了，领证不领证的就无所谓了，住在一起就行。啊，老爸，怎么那么急呢？这还急？你妈死了那么多年我也没急，这不是急不急的事儿，我们都年纪那么大了，能多在一起一天是一天。你说的也是，我完全能够理解，但是老爸，你先别忙，等回去了我们商量商量。商量个屁商量，就这么定了，挂了。

姜双丽也在房间打电话，见我进来她做了个嘘的手势。妈，我跟你说，这不行，你那破房子不能住了，你俩也不合适，什么？去租房子？那更不行，电话里跟你说不清楚，回去再说，反正就是不行，先这样吧！我装作什么事都没发生的样子，在大床属于我的那一侧躺下，玩手机。姜双丽敲了敲床，我没理她，她把脚丫子伸过来并一直伸到我鼻孔前。你妈的，搞什么搞？跟你说正经事呢，理也不理。什么事？我妈刚才说真要跟你老头子好了，要出去租房子呢，怎么办？好了就好了呗，租房子就租房子呗，想怎么样就怎么样，我不管了。你不为你老头着想我还要为我妈着想呢，告诉你，这还不是钱不钱的事儿，也不是住哪儿的事儿，都六十多岁了还折腾什么啊，他们不怕人说闲话我还怕呢。谁说闲话就让谁说去，爱怎么着怎么着吧！我穿上衣服，把门一摔就去了海边，同时把姜双丽也关在了房间里。那片私家海滩上、那片上好的战场上一片漆黑，孤独而通红的上弦月挂在右前方遥远的夜幕，我想起了姜双丽所说的"闲话"。老爸续弦我不是没想过，但那都是在不可能实现的情况下想的，现在真要发生了，还真让人难以面对，面子上的确也挂不住。然而一想到我爸那勃发的第二春，那一顶乌亮的黑发和一身讲究的衣着，我就又觉得于心不忍。

　　第二天睡到中午才起来,一起来我就觉得不对劲,姜双丽的脸变长了,就像马脸那么长。她在生气,因为生气所以不理我,并对我提出的先坐船去猪仔岭和鳄鱼嘴然后去潜水或者海洋博物馆的提议置之不理。在酒店餐厅各自默不作声地吃完一碗海鲜面,她发话了,今天就自由活动吧,你玩你的,我玩我的。怎么了?没怎么!没怎么是怎么了?没怎么就是没怎么!那好吧,随你,你想怎么玩就怎么玩!姜双丽出去后,我回房间看电视,看了一集《西游记》之"三打白骨精",玩了七局斗地主,叫了四回并输了四回,输到第四回时我觉得挺无聊挺傻的,那么好的海、岛、天气,那么贵的机票,我却躲在房间里玩这种弱智游戏。我决定到上次没去的那个叫"盛塘"的小村子看看。

7

　　摩的小哥一路风驰电掣,只用五分钟就把我送到了盛塘村口。攻略上说这里有一座有一百多年历史的天主教堂,是一帮传教士用珊瑚沉积岩花了十年工夫建成的,被誉为晚清四大天主教堂之一。村里人很少,路上所见以老人、儿童和脸上黑里透红的妇女居多,路两边是内地很少见到的低矮砖房,偶尔有几间装修得清幽雅致的小店，因为与周遭差别巨大，不禁让我想起那种从大城市逃到山里开客栈或做手工艺品的文青来。我放慢脚步，不时朝门帘里张望一眼，想看看是否真有一两个穿纯棉服饰、缠着手串、脸颊两侧分别写着"文"和"艺"两个大字的男女冒出来，并没有。到了教堂，我也不能免俗地领略了一番它罗马式尖塔"向天一击"的动势和置身其中时"天国神秘"的幻觉，虽然我并未能感受出什么动势和幻觉。出来后我坐在教堂对面那棵巨大的榕树下抽烟，一个上半身和下半身佝偻得呈直角的老太太坐在距离我五米开外的地方，一只土狗趴在她背后榕树发达的根须堆里睡觉，并将下巴安详地贴在她的右手边水泥台子上——这将是我在这个小岛上见到的最难忘的一幕。

　　这两年，新闻里老说这里的火山又喷发了那里的火山又喷发了，我还没见过火山喷发，在明天一早离开涠洲岛前我想碰碰运气，看看这座由火山喷发堆凝而成的小岛——这座中国最大也最年轻的火山岛还会不会喷发以及为什么还不喷发。从盛塘村出来，我无视了一个大老远就喊我坐摩的的中年男子，一路步行来到火山地质公园门口，我掏出那张皱皱巴巴、已被汗湿了三分之二的通票递给胖胖乎乎的女检票员，跟着一队老年游客坐观光车进去了。上山，下山，然后就看到了那一大片熔岩地貌。据说这里最近一次火山喷发是七千年前，那时候岛上的人应该穿着树叶和兽皮，或者光着。火光冲天而起时,他们吓坏了,甚至吓得尿了裤子(尿湿的只能是兽皮和树叶),他们惊慌失措、如鸟兽散,有的被烧死了,有的被淹死了,侥幸存活下来的蛰伏多日,再回来时却发现海滩上堆着许多死鱼,有的竟然烫熟了,于是他们在悲伤之余享用了一番美味,从此知道了熟的比生的好吃。七千年后,我来了,我看到的是水与火相克相融之后又被七千年作用的结果,是这些火山熔岩、火山灰、火山弹、海蚀崖、海蚀洞和海蚀平台,灾难已经远去,美丽归于眼前。我沿着那条木栈道往灯塔方向走去,游人太多,我不得不闪转腾挪于他们之间,为此还差点掉到海里。有那么一瞬间,我甚至还想到火山会不会马上喷发,如果喷发了,那么我提前掉到海里去将会是多么明智。

我是在刻着"海枯石烂"四个大字的那片礁石上看到姜双丽的。当时她正立于其上,一副远眺大海状,海风吹着她长及脚踝的裙子并吹出了几道深浅不一的褶,这让她宛如一个痴痴等待着丈夫出海归来的贞洁烈女。见到姜双丽,我并没跑过去找她,而是找了一个隐秘的地方躲了起来,我想看看她会干嘛。从那片礁石上下来,她朝我走了过来,但并不是冲我来的,她还没发现我。为了不让她发现,我钻进了一个海蚀洞并在她经过洞口时面朝洞的内侧,颇有面壁思过的意思。等姜双丽走过去,我钻了出来,跟在她身后几十米的位置,这并不是一个安全距离,但好在有众多游客可以遮挡。她沿着返回的路线,上山,下山,而后走出了地质公园,我也同样如此。姜双丽没坐摩的,也没坐观光车,而是一直沿着那条在夕阳中无比明亮的柏油路步行。在一个拐弯处,姜双丽往我这边望了一下,好在我反应敏捷,在她那张小脸刚转过来一半之际,我就闪进了一棵椰子树后,我为自己的麻利身手暗暗叫了一声好。拐过弯后,她的影子被夕阳拉得很细而且很长,头部就落在我前方一米左右,走快一点,我一脚就能踩到她脑袋上去。不过我没踩,虽然我知道踩了她也不会疼。

就这样,我尾随姜双丽走进海鲜市场。在一个头戴斗笠的妇女的摊位上,她买了一条鱼和一些虾子,就提着一只黑色塑料袋出去了,我则连忙把那条刚问完价格、足有两斤多重的石斑鱼丢进水池,也从两排摊铺间走了出去。一手拎塑料袋,一手提挎包,姜双丽就像一个下了班买完菜要赶回去给老公孩子做饭的本地妇女那样走着,但那身游客装束又让她比本地妇女显得洋气了许多。走到昨晚吃饭的那家餐馆附近,姜双丽找了一家闪烁着"加工海鲜"四个霓虹灯大字招牌的餐馆进去了,这说明我不经意间说的那句话起了作用——买海鲜让餐馆加工更划算一些。我在那家餐馆旁边的一个大排档坐下来,点了一碗海鲜面、一盘爆炒花蛤和两瓶啤酒,因为没跟着姜双丽进去,也没在能远观到她的位子上坐下,所以她吃的什么喝的什么怎么吃的怎么喝的我也就无从得知——各位见谅。现在我在这里边吃边喝边吸边等,我知道姜双丽一定会从那家餐馆门口出来,因为她就是从那儿进去的,她并不会从后门溜出去,因为没有必要,而且我们也不是在玩警察抓小偷。

七点半时姜双丽出来了。当时天还没黑透,马路上还熙熙攘攘的,那些操着本地或外地口音的人们准备去吃饭或者吃完了饭在遛弯。姜双丽穿行在他们中间,不时闪避着摩托车、观光车和自行车以及前后左右的行人。路旁是一个巨大的海湾,停泊着大大小小的渔船和游艇,但现在那里黑灯瞎火的,不如白天那么壮观。姜双丽在观景台边停下来,对着左手边灯火通明的地方拍了几张照,然后拐进一条小路。那儿人和车很少,非常幽静,不过路很短,尽头是一片不大不小的广场,广场上有不少人,广场四周矗立着几根高高的灯杆。姜双丽一边走路一边打电话,打了足足有半小时,她打电话时显得有些烦躁,因为即使隔着几十米,我也能清楚地看到她狠狠地踢了一下水泥杆子。

这时广场的人越积越多,他们都是饭后出来遛弯纳凉的,可能也不乏像我和姜双丽这样的游客,但绝大多数应该都是本地人。喷水池台阶上那台黑色音箱正在飘出一曲《马背上的萨日朗》,一个中年妇女开始翩翩起舞,她身后一大群跟她差不多年龄和衣着的妇女也随之撒开手脚,当然,穿插其间的还有几个老头儿——无论哪里的广场舞总有那么几个老头儿。但我没想到,姜双丽打完电话也加入了这支队伍,尽管她的年轻、洋气和瘦削让她在那群老太太中十分扎眼,不过她节奏很好,舞步和姿势也都与她们整齐划一。一曲跳完又来了一曲《站在草原望北京》,姜双丽还没停下来的意思。而站在广场暗处的我,不知不觉也跟着跳了起来——我也不知道为什么,我想周边一定有人看到了我轻轻挥舞的手臂和小幅迈动的舞步,就像我仿佛也看到了遥远的北方红楼广场上正挥舞着手臂、迈动着舞步的我的老爸韩立刚和姜双丽的老妈刘桂芳。这种挥舞和迈动,发自于本能又契合于音乐,让我领略到了一种前所未有的自由自在,我想说完全不是我在跳,但我又越跳越投入,淋漓尽致地释放着体内集结的一切。我看到它们正在袅袅上升,一点点被头顶的天空和身边的夜色吸收掉了。

09 / 烈士巷

迎面
而来

　　朱白要我半小时之后到复兴路地铁站去接她，我是在第二十九分钟赶到的。出了一周的差，一下飞机她就嚷嚷着要来找我。作为一个本地姑娘，现在她更愿意把我这间不足三十平方米的出租房当成家。除了白天上班和晚上睡觉之外，其他时间她几乎都待在我这儿。浇浇花，扫扫地，窝在沙发上看看电影，偶尔做一两顿饭。即使什么事都不做，什么话都不说，她也能待得住，只要跟我待在一起她就能待得住。

　　女人就是这样。从第一次见面上过床之后，她就这样。

　　那天完事之后，朱白紧紧地拢着我的胳膊、以显一个女人的娇羞地说："我可是很黏人的喔，你可要想好了！""这有什么好想的，不怕你黏，就怕你不黏！"我笑了笑。

眼前，朱白玲珑的五官正被扶梯一点点地送上来。我还没整理出合适的笑容，她就噔噔噔踩着扶梯上来了，从台阶上一个箭步冲到我怀里，将温热的嘴唇贴在了我干涩的嘴唇上。"有人，有人。"我虽然很受用，但还是轻轻推开她，警惕地看了看四周。

她从背后重重地给我来了一拳："一个星期不见，就那么不待见我！"怎么说呢，那一拳说轻不轻，但说重也不重，是不轻不重的那种重，在轻重之间拿捏得恰到好处，让你感觉不到疼，却又能深深打到你心里去。我牵起她的手，把她左手的四根手指攥在手心里，算是一种弥补，也算是跳过刚才这茬儿。一股凉风吹过来，空气中到处都是干爽明亮的阳光余味。风吹起朱白有点凌乱的长发，把一股好闻而熟悉的洗发水味道准确送到我鼻孔里。嗯，玛馨妮牌，这是她常用的，也是认识她之后我常用的。

路灯已经亮了，不过因为盏数太少，巷子里还是显得有点暗。在昏黄中，我才注意到巷子两边砌起了拆迁用的水泥墙，墙上刷着"依法拆迁顺民意，有情拆迁暖人心"的大幅标语。巷子里很安静，没有什么人，除了几只溜墙根的流浪猫，就只有我们俩。

我把放在朱白肩上的手慢慢往下移，从腋下穿过去，摸索着停留在某个合适而又隐秘的位置。她抬头看了看我，笑了笑。朱白不喜欢这条巷子，一是黑，二是长，而且又老又破又脏，两边卖水果、缝衣服、收破烂的小铺子充满一股霉味。除了这些，可能还因为天一黑巷子里每隔几步就站一个衣着妖艳、十几米外就散发出一股廉价香水味的女人。"你要是去了那种地方，就再也不要找我了！"有一次，她这样警告我。

我当然不会来这种地方，这是什么地方，我心里想。这里原来是造船厂的家属院，在当年很是紧俏过一段，曾经一房难求，这是胖子跟我说的。不过那都是很久以前了，现在房子的主人们早已搬走，把这些布满锈迹和霉味的房子留给了进城务工的外来户。位置好，租金又不贵，所以住的人越来越多。一人多，各种各样的商机也就来了，这当然也包括皮肉生意。即使在白天，这里也黯淡无光，暗黑的厅堂，暗黑的小隔间，暗黑的人影，只有飘荡在阳台铁丝绳上的一排排奶罩、裤衩、睡衣和被单是明亮的。

如果从天上的某个位置往下俯视，你会看到这是一片呈"韭"字型的巷子阵，中间一条主巷，左右各有三条小巷，每一条都很深。地铁站在"韭"字左上角的第一条巷口，我租住在"韭"字右下角的最后一条巷尾。第一次跟朱白约会时，我还自以为浪漫地带她来过这里一回。我是盘算着，这种黑咕隆咚的地方最适合掩藏女人的羞涩，也最容易激起男人的天性。谁知道，一到巷口朱白就停住了，"我怕黑。"无论我怎么说，她也不肯往里走。

后来我才知道,她并不是羞涩,她是真的怕黑,连睡觉时都要开着灯。

"开着灯能睡着吗?""不开灯才睡不着!"那天晚上,她跟我说起她的爸爸,一个每年有四分之三之间都漂在海上的海员。每年,她的爸爸都要出海三次,每次都要出海三个月。有一年,他们的船在苏拉威西海南部遇到风暴,船舱都进水了,差一点就没能回来。那时朱白才七岁,她几乎看到了顺着卫星电话信号从黑色海面上飘荡到家门口的死神,她和妈妈在这边祈祷了一晚上。从那之后,她就坚持开着灯睡。"只要爸爸还出海一天,我就要开着灯睡一天,到后来他在家时我也开着灯睡,习惯了。"她说。

走到没路灯的地方,朱白明显朝我身上靠得更近了,我也把她揽得更紧了一些。路过烈士巷口时,我放慢脚步,满怀期待但又装作若无其事地朝里面瞥了一眼。没人。

我和胖子就是在烈士巷认识的。那天夜里,本来我要修一批第二天要用的照片,照片还没修完,烟已经抽完了。修照片事小,没烟抽事大。接连跑了几个小卖铺都是关门,我就突然想起了上次路过的得仁巷,那里刚开了一间二十四小时便利店。买到烟,回来时一掏兜又发现忘了带火。烟瘾难耐之际,我一眼瞥见倚在巷口抽烟的一个胖子。

我正要借火,只听见他冒出一句:"搞了几把?""啊,

烈士巷

什么搞了几把?""女人啊!"我连忙解释说我是刚买烟回来路过的,忘了带火。他"哦"了一声,把打火机递给了愣住的我。点上烟抽了一口,我才反应过来,原来他把我也当成来找站街女的了。我跟他笑了笑:"我搞不来这个,我有洁癖。"他也笑了笑,半天后冒出两个字,"鸡巴。"

带烟忘带火,带火忘带烟。跟路人借烟借火这种事,我干过很多次,但没想到的是,借火竟然借出了一个朋友。那时我刚发了笔小财,添了一台富士 X-Pro2。有天去巷子里街拍,也怪我经验不足,完全无视拆迁现场逡巡的几条汉子,上去就乱拍一通。一个精瘦的汉子过来喝问,干什么的?说着就要抢我的相机,我哪见过这阵势,转身就想跑。这时其他几个汉子也围过来,我心想完了,遇到电视剧里的情景了。胖子就是在这时出现的,也不知他怎么还记得我。他冲过来打圆场:"算了算了,这不是我们造船厂的小吴么,随手拍拍,随手拍拍!"说完散了一圈烟,就这么把我解救了出来。

"不认得我了?"把我拉到一个僻静处,他问。

"有点儿面熟,你是?"

"借火啊,那天夜里,你忘了?!"

"哦,是你啊。"我不由暗生愧意,上次是真没看清,只把他当成嫖客了。

"我姓海,你叫我海哥就行,或者就叫胖子吧,他们都叫我胖子。"

我问起名字，他有点支吾。我想了想，也是，毕竟我也算知道他的一点情况，也知道他的单位，现在又想知道他名字，是想做什么？又会让他怎么想？胖子多么简单，好记，也形象。

住得近，再加上又帮我解了一回围，后来我和胖子见面就多了。酒桌上，他也不避讳什么，会跟我说厂里的情况，会骂领导，也会说他写的诗——这我真没想到。当然，说得最多的还是女人，胖子毫不掩饰对女人的热爱，这一点连他自己原来也不知道。大学他没谈过恋爱，没有过一次鱼水之欢，临毕业，宿舍里八个人，七个人凑钱在发廊给他破了处。从那以后他算彻底了解了自己。工作后，他有一次甚至还想勾引楼道里搞清洁的大嫂。那时他还住在造船厂宿舍，楼中间是个大天井。远远看到保洁大嫂上楼，他就把门虚开一条缝，脱得只剩下一件T恤，然后躺到靠近门口的大床上，挺着紧绷成一道弧形的下体做白日梦。很不幸，扫地大嫂看都没看一眼就扫了过去。

"也可能看见了，但是人家根本就不理你那茬，你丫就是一流氓！"我说。

我没跟胖子说过我有女朋友，更不会带女朋友见他。当然我也没告诉朱白我认识了胖子。以她的脾气，如果知道我跟一个嫖客是朋友，也一定不会把我想得有多老实。

我和小茹是胖子介绍认识的。也不算介绍，但的确是因为胖子我和小茹才会认识。那天晚上胖子喝多了，非要拉我去见识见识。我知道他什么意思，不过我丝毫没那个意思，但还是跟他去了。几年前，我也被拉去过几次。但去归去，我只是在楼下坐坐，从不上楼。"这倒好，楼上干坏事，楼下还有个放风的，哈哈！"朋友这样取笑我。

胖子下楼后，不一会小茹也走了下来。她的脸已经没那么红了，但能看出来刚才红过，是很红之后残留的那种红。和我寒暄了一下，小茹连忙拿了两个一次性塑料杯去给我们倒茶。我和胖子在客厅里一边抽烟，一边有一搭没一搭地聊天。外面不知道什么时候下起了雨，雨水顺着房檐滴水流下来，滴滴答答地落在一楼的塑料雨篷上，先是很密，后来慢慢变疏，最后越来越疏，直到一声和另一声的间隔越来越久。雨停了。我端着杯子装作喝茶，趁胖子上厕所、小茹出去晾衣服时，把茶水一股脑都倒进了垃圾桶。我觉得不干净。

我很不理解，胖子为什么去找小茹时总会叫上我。

"晚上去烈士巷吗？"每次，他都会这样问我。

是信任？是拉我下水？还是为了某种安全感？胖子不说，我也不主动问。

每次胖子喊我，我都跟朱白编一个看似无法反驳的理由，给客户拍片，帮修图，或者有什么急事之类的。

她从来不多问一句，这可能是因为我的谎撒得很周全，也撒得越来越顺嘴。但跟朱白在一起时，我从来没提过这些，也不需要提。她总有说不完的话，说不完的话题，完全不需要我说什么。我也喜欢听她说，听她说与海有关的东西，她小时候去过的北戴河、涠洲岛和舟山渔港，她爸给她讲的海上见闻，她爸出海带回来的鱼。西星斑，金钱龙趸，红加吉，绿衣，鹰仓，大苏眉，小苏眉，海鳗，香橙刺鲷，这些都是我第一次听说的名字。对于从小连江河都很少见到、在内陆长大的我来说，那些鱼是陌生的，那些海也是。"以后有机会我带你去认识认识海。"她说。

到小茹那里去，我一开始还很不自在，不过久了也会和她聊几句。小茹长得很文气，那是一种从底层人家绵延过来的文气，样子算不上漂亮，但很耐品。她老家在湖北靠近河南的大别山一带，才来武汉一年多，蹩脚的普通话中还夹杂着不好懂的地方口音。她说是来投奔表嫂的，不过我从没见过她表嫂。我也没问她为什么做这个，有什么好问的呢？家家都有一本难念的经，各有各的念法，做这个也是一种念法，巷子里的那些女人大概也都是这种念法。"烈士巷里出婊子啊，"胖子有一次笑嘻嘻地说。

认识小茹之后，我只单独去过她那里一次。那天我正从地铁站回来，她远远看见了就招手，我连连摆手。

烈士巷

她知道我误会了,等我走近后,她才压低声音说有客人,表嫂又不在,问我能不能帮忙照看一下女儿。这个忙我倒是没法拒绝。小茹的女儿四岁了,胖乎乎的圆脸,长得很乖巧,像个瓷娃娃。瓷娃娃并不怎么爱说话,问她什么,她的回答只有两种,点头或者摇头,偶尔回一句也不超过三个字。瓷娃娃正在玩翻绳游戏,将红头绳套在两只手上,用手指又是缠又是绕,在穿挑翻转中变出魔术般的花样来。

看见我把烟蒂掐灭了,瓷娃娃兴冲冲凑过来,要我跟她一起玩。我摇了摇头:"我不会。"她还是不放弃,示意我把手伸出来去翻她手上的绳子,我只好硬着头皮去翻,却把她编好的花样一下子弄乱了。瓷娃娃白了我一眼,嘟囔了一句:"婊子养的!"

高处有一种迷人的力量,高处能给每一个来到高处的人以某种自由和魔力。这是我在去过一次租居的小高层三十一层楼顶时发现的。那片楼顶并不宽敞,甚至还显得有些局促,仅有的两块空地都被利用了起来,一块种满了蔬菜和绿植,另一块则拉起了六七根横七竖八的晾衣绳。我到来的这个傍晚,天正准备放晴,或者说已经部分放晴了。厚厚的灰白色云层正在像弹棉花一样被翻开,一角露出湛蓝的、海水一般的天空。夕阳本已沉了下去,但又在完全沉下去前返照着那些云彩,赋予它们一种金色的纹理感。

江对岸已经闪烁起了零零星星的灯火。楼下,也渐渐明亮辉煌起来。一整条梧桐树街上,所有车都打开了前灯,车灯混合着红绿灯和各种发光灯箱,一派流光溢彩。我注视着其中的一辆车,从梧桐树街慢慢拐进商家巷,直至消失在夜色中。目光送去意念,所及之处让人获得一种虚有的控制感,虽然事实上什么也控制不了,但那种假象令人神往而满足。我把目光从梧桐树街移动到美食街,又越过几栋高楼,最后停留在左下方的韭字巷,只有那里是黯淡黝黑的,几乎看不到灯火,就像是一片无人区。

只有在那里,我的控制力为零。对于一片黑暗,我无法施加任何意念的力量。

烈士巷

后来,我总是会到楼顶来。基本上每次都是在九点之后,朱白回家之后。我想了想,我为什么不跟她一起来?事实上,我也从没带她上来过。朱白是个简单的女人,爱得简单,要得也简单,有人陪着过好小日子就够了。这些我能做到,都在我的能力范围内。但有些东西估计她永远也无法理解,就像那些傍晚到楼顶收衣服收被子的人,永远都不会拿一种正常眼神看我。也许我又开始感受到某种窒息和厌倦,每当有女人要死心塌地地跟着我时,我就会这样。虽然我也喜欢朱白,但对一个女人的接纳已经被我默认成了自由意志受到侵蚀。当然,也可能是我想多了。我告诫自己,你想多了。

胖子隔三差五就喊我去烈士巷,这已经成了他的一种习惯。不过我也隐约觉得,他也并不完全把小茹当那种关系,虽然对他来说那种关系还是第一位的。譬如胖子觉得小茹打开了他某些隐秘的东西,还不完全是欲望,或许还有某种倾听和理解。每次他和小茹下楼后——他总是先下楼,并不马上就走,还会跟小茹和我聊一会。说说家长里短或者一些鸡毛蒜皮的事,有时候也会聊聊他最近读的诗。兴致来了,他就在小茹女儿的小黑板上写下一些名字和句子,什么"所有树木无非一棵,整片大地是一朵花",什么"只要高不可及,对于我就是天堂"。然后他就会像个老师一样,给我和小茹上课。

也有几次,胖子去小茹那里不是为了找小茹,而是找我。

"想跟你聊聊。"

"为什么非要到这里聊呢?"

"不是在这里认识的嘛。"他笑笑。

他笑起来还是给人以某种正派踏实之感,只不过笑容收起来就变成了一种深沉。胖子说自从跟小茹睡过后,就再也没找过其他女人,小茹满足了他对女人的想象。

"你不会是爱上她了吧?"

"那倒不会,娶婊子做老婆肯定不会撒。"

"她满足了你什么想象,精神的还是肉体的?"我问。

"都有,我问你,你还会不会很认真地听一个人说话?"

我很想告诉他朱白也这样问过我，但我没有。

胖子掐灭烟："如果她不是个婊子就好了——"我劝他想开一些，各取所需吧，这年头谁也帮不了谁，何况一个是嫖客一个是婊子。当然，最后一句我是在心里说的。

回到家，我想起朱白，就一个人上了楼顶。对岸的灯火已经熄了，几处残灯零零落落的。风翻过楼顶的围墙栅栏吹到身上，有点冷。我拨出朱白的号码，但在铃声响起之前又挂断了。风继续吹，胖子那声叹气继续在我耳边回响。我理解他，通过理解他好像更理解了自己，也更理解了朱白。梧桐树街上的夜深了，偶尔闪过的人影就像一只蚂蚁。蚂蚁循着暗黄的路灯从一个街头走到了另一个街头，孤单的蚂蚁，拙劣的蚂蚁，独自消失在街头的蚂蚁。我也是蚂蚁，我们都是，用蚂蚁一样的微弱目光在一堆破碎的玻璃渣子中去追逐每一片破碎上的微光。只有互相交换破碎，才能拥有完整。

跟与我刚认识时相比，小茹的变化有点儿大。首先是在衣着上，原来她几乎只穿黑色，她说过最喜欢黑色，黑色有一种让人埋进去的安全感，但她现在穿的都是亮色，亮而且暴露；其次是在言谈上，说起之前那些让她羞于启齿的话题，她已经不再脸红，她成了烈士巷同行中的一个熟练工。有一次她甚至要拉我来："给你少收一百！"我笑了笑："不要钱也不行，我，我那方面不行！"她也笑了笑："等那方面行了再来。"

小茹的越来越大胆不是没道理的,她的收入跟大胆成完全的正比例关系。

这从她去银行汇款的次数就能看出来,当然我没有亲眼看见。我见到的是她桌子上用红头绳束着的一叠汇款底单,有一次我指给胖子看:"这些不会都是你贡献的吧?"胖子摆了摆手。不过,小茹汇回老家的除了不菲的存款,可能还有别的东西,譬如流言蜚语,譬如争吵和沉默,这从她几次接电话的语气就能听出来。我一直隐隐觉得这中间潜藏着某种危险的火花,我还提醒过胖子,但没想到火花会那么快就烧起来。

有天中午,胖子又喊我去烈士巷。这有点儿蹊跷,因为他从来不会中午去,至少他从来没在中午喊过我一起去,但我还是去了。到了之后,却根本没有发现胖子的影子。

小茹正耸着肩膀哭,脚上只穿了一只鞋,一个蓬头垢面的男人坐在客厅里抽烟:"你还哭,你还有脸哭?婊子养的,在外面干这种事,以前他们说我还不信,今天算是见到了,婊子养的,贱货!"男人正吼着,见我走进来便摆了摆手:"滚滚滚。""我,我不是来那啥的。"我连忙解释。"不是来那啥的?那你是来干啥的?!""我是来——"我顿时没了底气,正想着怎么编个借口,但突然明白过来我原来是被胖子喊来顶包的。

退出来时,我在客厅的小方桌上,一眼瞥见了那盒写着"生日快乐"四个歪扭汉字的提拉米苏蛋糕,两个心形图案挂在那四个字的右上方。蛋糕还没有切,就连蜡烛也没有插上,但我似乎已经闻到它的香味,甚至已经品尝出了它在舌尖上漾开的那种细密绵甜的触感。因为就在一个月前,在我过生日时朱白也买过一盒这样的蛋糕,当她端着白色的小盘,将一小块蛋糕送到我嘴里时,我尝到了某种被命名为爱情的味道。

我不知道是不是小茹过生日,也不知道那盒蛋糕到底是小茹买的,还是那个蓬头垢面的男人买的。但现在看来,那种被命名为爱情的味道显然已在他们之间荡然无存。

蛋糕旁边的墙上,挂着那块上面用彩色粉笔画着几只小鸡、小鸭等之类小动物的小黑板,在小黑板的角落上还有胖子曾经抄下的一句诗——"如果我不曾见过太阳,我本可以忍受黑暗"。一行正午的骄阳从窗外射过来,让"黑暗"那两个字显得格外醒目。

"你他妈也太什么了吧,胖子,自己拉的屎自己不擦,要我擦!"一走出巷口,我连忙给胖子打电话。"嗐,不是不是,小茹给我打电话,说男人知道了她的事,带着女儿找上门来了,还动了手,我怕出什么事,就喊你去看看——"我没等他说完就挂了。虽然明白了原委,但我对胖子的气还是一时难消。在巷口点起一支烟,我有点茫然,吐出的烟圈也很茫然,松松垮垮的烟圈在午后的阳光里慢慢飞升,一点点散进半空中。

"叔叔。"听到背后的喊声时,我不禁吓了一跳,赶紧回过头来。"叔叔,我们来玩翻绳。"眼前的小女孩有点面熟,但我一时又想不起来在哪里见过。现在我哪有心思玩翻绳,便摆了摆手要她自己玩。小女孩悻悻地走开了,蹲在墙角的阴影中翻红头绳。看着她瓷娃娃一样的脸,我突然想起来了,哦,对对对,是小茹的女儿,小茹的女儿。

我又连忙喊她过来:"你和爸爸一起来的?什么时候来的?"她点点头:"爸爸在跟妈妈打架。"我什么也没说,跟一个四岁的小女孩又能说什么呢?当然,我不跟她说什么,并不等于她感受不到什么。但是眼下她貌似把注意力都放在了手里的红头绳上,她已经把这个游戏玩得很熟练了,花样不断,密如乱麻的几根绳子,在她手上轻轻松松地解来解去,我还没怎么看明白,她已经拆解了好几遍,脸上挂着些许得意。在我要离开时,小茹的男人走了出来,盯了我一眼,对瓷娃娃吼道:"进去,婊子养的!"

朱白把能请的假一次性都请完了,一共二十一天。她要带我去看海。只穿着吊带的她趴在我腿上,"大连的海,青岛的海,舟山的海,厦门的海,垦丁的海,三亚的海,最后是北海的海",她一边自言自语,一边在地图上沿着海岸线画了七个红圈。"我要带你把这些海都看一遍,把我以前看过的海,一次性都让你看一遍。"她踌躇满志地说。

那是来到武汉之后,我出的最久的一趟远门。平时如果不是客户约拍,我一般都会死宅着,修图,冲洗照片,听音乐,做饭,养绿植,或者在跑步机上跑出一身臭汗。在这座城市我熟悉的人加一起也不超过十个,我不喜欢人群,不喜欢应酬,甚至几个人喝茶聊天也不喜欢。在人群中我不是我,我也不是我自己的。就像我暗房外的那些花草,每一种都只有一株,每一株都代表一种,它们是种属,但更是个体。所以朱白很难明白,即使我表面上很高兴她请假带我去看海,但那是我为了不扫她的兴。

但这二十一天依然是很幸福的日子。我吃了这辈子都没吃过的海鲜,看了这辈子都没看过的海。平静的海,咆哮的海,湛蓝的蓝,浑浊的海,被垃圾和船只布满的海,空无一人的海,有漂亮灯塔、水族馆和民宿的海,跟周围的渔民和住户厮混熟了的老海,以及咆哮着巨浪的、人迹罕至的生海。我们在没人的海边做爱,在有游客的海水里做爱。我喜欢跟朱白做爱——或者说我一直在渴望那种动物性的放荡之后某种因性生爱的可能性,我们的身子都晒成了黝黑而健康的渔民肤色。在"国境之南"的那天夜里,朱白累了,在我的臂弯里沉沉睡去。橘黄色的床头灯下,她是一片安静而满足的海。

在这趟旅途中,我收到过胖子的两条微信,都是夜里发来的。第一条：小茹离婚了。第二条：你什么时候回来。我没有回他。不是因为还生气，是不知道该怎么回。

回到武汉的当天晚上，胖子约我去了一趟烈士巷。他比之前瘦了一圈。"因为小茹？"我拍着他的后背问。"那倒不是，至少不全是，前一段我手下的焊工跳槽，要找个熟手太难了，没办法，只得自己顶上，最近天天加班。"他揉着布满血丝的眼睛说。

小茹正在收拾东西，见我们进来，她连忙拿了两只一次性塑料杯去倒茶。瓷娃娃也在，见了我们也不吭声，远远地躲进里间去了。"孩子跟小茹了。"胖子悄悄地跟我说。"离了也好，我就知道有这一天。"小茹走进来，第一句话就这么劈头盖脸，像说给我，也像是说给胖子，"他以为我想？要不是他打牌欠了一屁股债，又有个老爹在病床上躺着，我能出来做这个？我也知道这钱不干净，但我还有什么办法。"我和胖子都没接话，能说什么呢？又有什么好说的呢？窗台上，一盆红掌刚开，鲜艳得像在流血。

胖子没有上楼，他把一个信封交给小茹后，我们就出来了。

"有情有义啊，胖子"，刚走出巷口我就朝他伸出大拇指，"给了多少？"

"没多少，两千。"

"那也仁至义尽了，你又不欠她什么，给两千已经很够意思了,走,请你消夜。"

那天胖子喝了很多酒,也许是酒后吐真言吧,他对我说出一个隐情。原来,他每次去找小茹那个都没有给过钱,只有刚开始的几次给了钱,后面的,一次都没有给。

"不给钱?不给钱小茹怎么会愿意呢?是她喜欢你,还是你喜欢她?"

"鸡巴,不过也可能是喜欢吧,每次去我就跟她拉拉家常、谈谈情什么的,女人嘛,要动之以钱,更要动之以情,她要情我就给情,也能省钱,这是双赢的买卖。"

胖子喝醉了,我扶着他回家,到了他的出租房楼下,他还不肯上去。"再去喝点儿?"他说。"去哪里喝啊,都关门了!"夜已经深了,风卷着一阵哨音吹过来,夹带着一阵冷意。胖子清醒了一些,靠着一棵桂花树喘气。我给他点了根烟,自己也点了根。

两只烟头忽明忽暗,就像是两只处于充血状态的龟头。

看海回来之后,朱白跟我说过好几次了,要我哪天跟她一起回家吃个饭,也让她妈妈、爷爷和奶奶见见。我几次都装作没听见。有次她急了:"一句话,你到底去还是不去?""去去去,不过还是等你爸爸回来吧,到时一起见见。"我往后推了推,表面上是推日子,但是骨子里可能是推辞这份情感。对于这份貌似胁迫实则哀求的邀请,我不知道有什么理由不接受,我的确该去。但我更对束缚性的东西从来都有本能的排斥。从来。

朱白并没有因为我一而再再而三的推却而对我有所冷落。相反,她仍然像以前那样对我,甚至比以前还要对我更好。每天下班后,她还是会到我这里来,我们还是会先做上一次爱,她比以前表现得更加热烈,她似乎也感受到了我想通过做爱而爱上她的那种隐而不宣的心理,为此她甚至闭着眼睛接受了那些此前完全不能接受的姿势和花样。完事后,我们还是会一起去菜市场,一起做饭,一起洗刷,一起窝在床上看电影,或者去散步,沿着长江大桥走个来回。琐碎、日常甚至单调的生活让能她获得一种满足感,她迷恋这种感觉。应该说,她并没有错,是女人都会迷恋这种感觉。

靠岸的感觉,岛屿被海水拥抱的感觉。

有几周了,胖子再也没有约我去过烈士巷,我不知道他是不是单独去过。晚上去烈士巷吗?我又想起他经常说的这句话,想起他说这句话时经常把眼睛眯成一条缝的表情,既沉迷又很淡然的表情。那天,在我正想着他的这句话时,他的电话突然来了。

"有没有兴趣来我们厂里看看?在我离开造船厂之前,邀请你来参观一次。"

"怎么回事,要辞职了?"

"你来了再说,来了再说。"

走进长江边这个造船码头内部,我顿时被一种宏大而粗粝的工业的东西震撼了,它跟我温软而琐碎的日常构成了一种对撞,我在镜头中热切地寻找着这种对撞。胖子正举着一方橘红色的面罩,细密而闪烁的火星划出一道道弧线,他放下电焊带我去车间。像个挑剔的老师傅选中了好徒弟一样,一路上他给我讲述着各种机器的操作规程。

"你跟小茹怎么样了?"在没人的地方,我捅了捅他。

"什么怎么样,难道我还要娶她啊?你见过几个嫖客娶婊子的?!"

胖子带我来到刚组装一半的轮船甲板上,递给我一根烟。

"这里能抽烟吗?"

"当然不行。"

"那你还递给我?!"

"我他妈不是要走了么,以前偷着抽,今天明着抽,无所谓了。"胖子一脸大无畏的形象,他一边点烟一边问我:"接触过焊接吗?"

"不熟。"

"泰坦尼克号怎么沉的知道吧?"

"撞冰山了啊!"

"只知其一,不知其二。泰坦尼克号是铆接,沉船是因为铆接不行,没接好。"

"什么是铆接?"

"用铆钉把连接件通过孔铆死,我们焊接是用焊剂把物件粘上。"

"什么区别?"

"铆接就像扣扣子,焊接就像衣服裂了用线缝上,一个有缝,一个没缝!"

"泰坦尼克号要是焊接,就不会进水了?"

"那也不一定,知不知道什么是应力?所有焊缝都会有应力,不可能完全消除,焊接前一定要考虑应力,因为焊接处的内应力一大,焊缝就会开裂,船体就会进水。"

我敢打赌,如果刚才有人听到胖子这番话,一定会被他的专业精神折服。我也会折服,但我不解的是,他跟我说这些干什么呢?显示知识渊博?为焊接和造船事业做宣传?没必要吧!又或许他是在用这个暗示什么?小茹和小茹的男人?他和小茹?我和朱白?刚那么一想我马上就否定了,他压根就不知道我和朱白的事,我也从没说过。

那天睡得很晚,睡着后我做了一个梦,准确地说是一个噩梦。然后就被吓醒了。

醒来后,我坐在床上把这个可怕的梦拼凑了一下,大概是这样的:胖子造了一艘巨大的轮船,朱白的爸爸在这艘巨大的轮船上做海员,在我和朱白结婚时,为了让新婚的我们体验一趟海上蜜月之旅,朱白的爸爸亲自为我们开船,这艘巨轮开在黑色的大海上,开啊开,开着开着焊缝就出了问题,船舱里开始进水,最后船马上就要沉了，只见胖子开来了一小艘救生船，把朱白接了上去，朱白说我和爸爸还在海里，要胖子把我们一起救上来，胖子冷笑着说："要救也可以，但是只能救一个，你来选择吧！"

很久没见过小茹了，如果不是那天她主动给我打电话，要我去帮她拍个证件照，我甚至已经忘记了世界上还有这个人的存在。给她拍完照，刚好她女儿正从外面回来，瓷娃娃比以前漂亮了一些，也会主动喊"叔叔"了。"叔叔好！"瓷娃娃对我说。

"你现在怎么样？还是做原来的——生意？"我问小茹。

"没有。表嫂回去了，我也不会做了。现在就是带女儿，她在这里读幼儿园。"

"那工作呢，你靠什么生活？"

"去了一个家政公司。"

"唔，胖子他后来——"

"没来过！"

韭字巷的拆迁，现在已经接近于尾声，"韭"字右边的那三条巷子基本上被拆完了，工地一角的废墟堆上只剩下几张露着塑料泡沫的沙发和几根折断的木梁。从小茹那里出来，绕过已经安静下来的空荡荡的拆迁工地，我去了一趟胖子租住的地方，自从上次去过造船厂之后，我们就再也没见过面，他也没找过我。现在，胖子正指挥着工人打包。"要搬家?""是啊,带你去厂里第二天我就没上班了,现在被除名了!""去哪里高就了?""当然是钱多的地方,现在跟一个老板合作,跟在厂里做的事差不多。"

临近中午了,胖子带我去他楼下的一个小馆子吃饭。两杯酒下肚,他说起人生的第一单外快。从厂里出来之后,他跟一个老客户合作,各司其职,老客户负责生产焊接材料,他负责联系海外销售,如果能把出口价格压低一成,他就能拿到百分之三的回扣。

"猜猜我第一单拿了多少,你猜猜。""多少?一万?还是两万?""七万,整整七万,那天对方还要请我吃饭,我哪还有心情吃饭,一出来就找了个厕所,蹲在里面一张张数钱,数了半小时才数完,真是七万,我手都是抖的,第一次拿那么多钱。"我一边给他倒酒,一边恭喜说:"门路就是力量,门路就是力量,多发财,少写诗。""诗?好久没写了,认识小茹后倒是写过几首,临时抱佛脚,哄她开心而已,哄女人嘛,没钱不行,但是光靠钱也不行,偶尔还得来点情怀,更何况那时候我也没什么钱。"

很突然,完全没有征兆,见过胖子的第二天,朱白就知道了我去过烈士巷的事。我不知道她怎么知道的,只知道她知道了。手机连续震动了很久,一打开,都是朱白的微信。不是文字,也不是语音,全是一张张图片,很清晰,很明白,很能说明问题:我在和胖子抽烟,我在和小茹说话，小茹在拉我的袖子，我走进巷子里的背影……最后一张图发过来时，我回了一个问号，不过没有发送成功，而是显示对方拒收。

我翻开手机通讯录，找到朱白的电话，愣了一会，但是并没有拨过去，而是删了。删完之后，我感受到一股从后脊梁骨传来的如释重负的快感，那是一种生理性的快感，那也是只有一个人时才能体验到的快感。就这样吧，就这样也挺好的，起码朱白不会在将来觉得是我无缘无故地离开了她，我希望她认为我去嫖过，并期待她能真的恨我。

已经忘了是哪个导演说的了，只是还记得是个女导演说的。她说，我的身体是怎么也交不出去的，它在这儿孤单地沉默，谁也拿不走，谁也留不住，谁也不能把它和我分开，哪怕在你进入的某个瞬间，哪怕我宁愿死在这瞬间，我仍然是那个独自死去的人。朱白做不了这样的人，但我知道我一直都是这样的人。不过，这些已经没意义了。现在我只想弄明白一点，到底是谁给朱白发的图？胖子？小茹？还是朱白跟踪我？我怀疑是胖子，决定先去问问，我已经做好在他承认的那一刻一拳挥过去的准备。

第二天中午，当我到胖子家时，他已经运走行李，正拿着一把扫帚在猩红色的地板上挥舞。鞋柜是空的，床上是空的，书架是空的，沙发上是空的，茶几上是空的,窗户上也是空的,就连阳光也像要把浮尘都吸出去,那是真正的家徒四壁。四壁中站着孤零零的胖子,即使他已经恢复到之前的胖,但在这样的空空荡荡中依然显得有些荒凉孤单。我张了张口,但是没说出口,或许我应该感谢他吧——如果真是他干的。

敲门声是在我们的沉默中响起的,胖子转身去开门。是小茹。

"你那个笔记本呢?"进来之后,小茹望着空荡荡的房间问。

"什么笔记本?"

"就是你写诗的那个——"

"卖了啊,刚才卖的,收破烂的老头刚走。"胖子说着就想伸过手去,小茹打掉了他即将摸到她胸部的手。"婊子养的。"胖子小声骂了一句。小茹没理他,转身冲下了楼。现在她只有一个念头,无论如何也要追上那个老头,那个上楼时差点把她撞翻的老头,那个收走了胖子答应送给她的笔记本的老头。我冲到阳台上,想帮她把老头喊住,但什么都没看到,空荡荡的马路上一个人影也没有。阳光真好,阳光透过枝叶把细碎的光斑撒在小茹的黑裙子上,像是那片黑色之中开出的一片白花。

10 / 去安城
的路上

迎面
而来

　　一进青山站的南广场,我就远远地看见了丁辰。虽然职院毕业后就再也没见过,但我还是一眼就认出了她。在涌往同一个方向的人群中,一米七出头的丁辰就像小河中刚刚露出水面的一截树杈子,把经过她的人群自动分向左右两边,加上她背上的那只亮橙色双肩包,让她显得格外醒目。

　　丁辰就那么站着,挺着隆得老高的肚子站着,但是从她身边经过的人们并没有因为她挺着隆得老高的肚子而特别注意到她。哦,一个要出门的孕妇,他们可能只是这样想一想,就走了过去。在丁辰身边,立着一个小巧的蓝色拉杆箱,拉杆箱的顶部还放着一兜明晃晃的橙子。在我注视着她并向她走过去的过程中,丁辰不时低头划拉几下手机,又不时往两边和更远处的人群之中张望几眼。

是的,我知道,丁辰是在等我。所以在看到这一幕后,我也加快了步子朝她的方向走过去。

我拖着拉杆箱汇入人群,一边听到箱子的两只静音轮摩擦水泥地面时发出的那种呜呜呜的声音。事实上,不只是我拉杆箱的静音轮不静音了,其他人的也好不到哪里去,因为广场上由远及近到处都是这种声音,此起彼伏,连绵不绝。幸好当我在丁辰身边停下来时,她也及时发现了我。说真的,如果不是同时看见对方,我还真不知道该怎么开口。不过我们并没有因为这么长时间没见面而热情寒暄,这可能是因为我们之间的关系让她觉得没这个必要,而我也同样觉得如此。

取过票了?取过了,你取了没有?我还没,现在去。丁辰比我到得还早,这是我没想到的,所以我着急忙慌地把斜拖着的拉杆箱立起来,和她的拉杆箱并排立在一起,然后一路小跑着去取票。

因为我是个男的,丁辰是个女的,而且是个怀了孕的女的,所以取完票只能这样,我的拉杆箱由我拉着,丁辰的拉杆箱以及那兜橙子也由我拉着。丁辰背着双肩包、空着手走在前面,我则一只手拖着一只拉杆箱跟在后面。是的,我不但要照顾好前面这个女的,还要保证她的小拉杆箱和我的大拉杆箱平衡前进以及她的箱子顶部那兜橙子不掉下来,所以我就得不时回头检查一下。

如果你也做过类似的事情,那么你应该清楚地知道它的难度其实并不小。

时值国庆假期第一天,里里外外都是人,这无疑更增加了我的难度。因为在拖着两个箱子平衡前进的同时,我还不得不及时闪避开周围那些不长眼的家伙,以防我碰到他们,或者即使他们碰到了我也被说成是我碰到了他们。当我费尽心机而表面上又装作毫不费力地把两只拉杆箱和那兜橙子弄到二楼候车厅,准备找个座位休息一下时,我看到的是一幅令人绝望的画面:蝗虫一样黑压压的人群把那几排座位以及过道挤得满满当当的。

就在这站会儿吧,丁辰说,反正离开车只有半个小时了。去看看,前面有一趟车马上就检票,一检票就有座位啦,我指着检票口上方显示时间的那块红色小屏说,然后拉起箱子就往过道里挤去。

现在顺序颠倒了一下,我拉着拉杆箱走在前面,丁辰跟在后面。我一边走,一边提醒从两边椅子上伸到过道里的腿脚的主人,不好意思,借过一下,借过一下。但那些腿脚的主人根本就不理睬,就像完全听不懂我的话一样。妈的,这很让我很生气,尤其是一想到我身后还紧跟着丁辰,丁辰肯定也看到了这一幕,我就更生气。不过那些腿脚的主人们虽然很迟钝,但是并不傻,因为在我拉杆箱的轮子快要压到他们的脚面和小腿时，他们还是会及时地往回缩一下。这就对了。

候车室里味很大，而且层次十分丰富。因为正值饭点儿，所以其中的一种味道来自桶装方便面。在到处找座位的过程中，我已经闻到好几次这种味道了，不但闻到了，而且还能清晰分辨出哪一股是加了辣油的，而哪一股没有加辣油。对于这种廉价而方便的垃圾食品，我一直非常熟悉，因为自从进了职院它们就成了我吃得最多的东西，我眼下所住的狗窝般的单身宿舍里也堆着好几摞，甚至我现在拖着的那只拉杆箱里也有这么一桶。不过我并不打算现在就拿出来泡了吃。

就这么来来回回转了好几圈，我和丁辰也没找到座位。而刚才红色小屏上显示的即将要开的那趟火车也迟迟没检票，所以将乘坐那趟火车的旅客现在还拥有充分的理由用他们的屁股牢牢盘踞住那些座位。丁辰看上去有点不耐烦了，我不好意思地对她笑笑，去那边儿吧，那边儿说不定会有座。

最后，借助于还没被完全挡住的"老""孕""残"等那几个字，我终于找到了"老弱病残孕"专用座，并把丁辰领到了那里。不过，那些专座上现在也都坐满了人，虽然他们之中没有任何一个符合老弱病残孕的特征，但他们还是心安理得地坐着、卧着，对我旁边这个怀孕得十分明显的女人完全视而不见。最边上坐着的是一个脑袋里插着耳机、头发染成屎黄色的年轻人,他旁边是个中学生模样的、扎着两个小辫儿、胸前还没有明显凸起的女生,女生旁边的座位上堆着几口塞得鼓鼓囊囊的编织袋,编织袋的旁边歪歪斜斜地坐着几个胡子拉碴的民工,他们正在打我也十分热衷的"斗地主"。

是的,我并没像以往那样跑过去围观,因为我身边还跟着丁辰,丁辰肚子里还有个小丁辰,他们对一个座位的需要比我对围观一场牌局的需要更迫切。在扫视过一圈那几个"老弱病残孕"并飞快地权衡了一下后,我走到那个正在打游戏的黄毛面前,半蹲下去,把姿势调整到可以和他平视的位置。我盯着他,差不多有半分钟,但黄毛并没有接收到我的目光同时领会目光中的意思,所以他也就没有脸红地站起来让座,而是把脑袋往另一个方向歪了过去。没素质,正在我琢磨着要不要提醒他一下时,他旁边那个中学生模样的女生站了起来,对我身后腹部高高隆起的丁辰说,你坐这儿吧!

丁辰有点不好意思地说不用不用。但我还是朝她挥了挥手,你坐吧,你坐吧,你不坐谁坐呢?!

就是这样,需要座位的时候永远没有,不需要的时候它倒来了。丁辰坐下去还没几分钟,刚才那趟即将要开的列车就开始检票了。我听见检票员咣当一下子打开铁栅栏门的声音,然后人群里就由远及近地传递过来一阵骚动,许多人纷纷提上大包小包往检票口方向涌过去。

接着那边、那边、再那边就腾出了许多空座，再接着那些空座又迅速被一些人的屁股和大包小包填满。我没有去抢那些空座，并非我不想，是因为根本来不及，其次丁辰坐在这边，我也没办法一个人跑到那边儿去。

所以现在只能这样，丁辰双手交叠地抚摸在高高隆起的肚皮上坐着，而我则双手垂立地在一旁站着，就像我们那两只一大一小的拉杆箱那样站着，安静，笔直。多么像一个温柔体贴的丈夫。我就这么在丁辰旁边站着，并迎接着周围时不时投射过来的那些把我看成一个温柔体贴的丈夫的目光。

那些本应该投射到陈维国——也就是丁辰老公身上的目光，现在被我接收着。诚实点说，我也未尝不在有意无意地享受着那些目光，既享受着其中充满善意的成分，也享受着其中不怀好意的成分。

不过事情的变化在于，到了后来，也就是在我发觉到有几个中年妇女正朝我们这边指指点点地有说有笑时，尤其是在感受到她们目光中的那点儿怀疑色彩之后，我又挺不自在的。你想想，我可还是一个既没有结婚也没有女朋友的小伙子呢，就这样在别人眼中顶替陈维国当了他老婆的丈夫，说出来还是有点心虚的。嗯，我不知道自己是否还脸红了一下。我想要是陈维国在这儿就好啦，陈维国肯定不会脸红，他脸皮很厚且不说，丁辰高高隆起的肚皮和他们人手一本的结婚证就赋予了他在这儿不用脸红的资格。但话又说回来，如果站在丁辰旁边的是陈维国，那这儿还关我什么事呢？

说到这里，那就有必要说说这趟旅程了。也就是我们这趟火车的终点，三百公里之外的安城。

你知道，从2003年到2007年我在安城职院读过四年园艺。丁辰、陈维国都是我同学，我和陈维国在园艺一班，丁辰在园艺三班。我很不喜欢那个烂地方、那个烂学校和那里的烂人，因为我从不认为（事实上也是）在那里学到过什么，我现在干的事也跟园艺专业扯不上任何关系，所以毕业之后我就再也没去过安城。而现在，我之所以要去一趟，是因为我需要在区委办申请转正，而转正手续里需要一份材料，而材料上又需要戳个毕业学校的章子，所以我也就不得不去一趟。

对了，我现在之所以口口声声说"去"一趟安城而不是说"回"一趟，也颇能说明这么个意思了。

我要去安城，并在同学群里说了要去安城，于是陈维国就知道了我要去安城。这个十几年来只在结婚时联系过我一次（也就是索要份子钱）的家伙马上就跳出来问，马松你要回来？哪天回？票订了没得？我还没来得及回复——因为我不知道他是不是又要结婚了想让我们随份子，他的电话马上就拨了过来。你要回安城？哪天回？票订了没得？他把刚才发在群里的问题又问了一遍。十月一，票还没订。那你帮我一个忙嚰。么子忙？我老婆国庆也回来，丁辰，你们一起嘛，帮我照顾一哈。

我信了他的邪，就是这么个忙！不过我也没办法，谁叫我们都是同学呢（关系虽然没那么好，终究还是同学吧），谁叫他们俩后来又成了一对呢，谁叫他们俩成了一对又搞怀孕了呢？而要说起来丁辰和陈维国，他俩能成一对也确实够神奇的。不过，这个事情等会儿到了火车上我再详细说吧。

就在我那么站着，并被那几个中年妇女的目光弄得很不好意思时，丁辰拉开了她双肩包的拉链。她摸索着，从里面摸索出来一只粉色保温杯，拧开，然后仰脖喝了几口水。从她仰脖的幅度可以看出来，保温杯里的水已经所剩不多了。我去给你接点儿，我把手伸过去对丁辰说。是的，谅谁（即使那几个拥有火眼金睛的中年妇女）也不可能看出来，我就是借这个茬儿躲开了那些目光。

当我接完水回来时，我们这趟车已经开始检票了。提着大包小包的男男女女，已经往检票口涌了过去。坐在老弱病残孕专用座位上的，除了丁辰外，其他的已经换成了陌生人（刚才那几个其实也是陌生人，不过由于被我盯过一遍，也就理所当然地成为熟人了）。很显然，那几个毫无公德心的家伙，想必此刻也已经赶过去检票啦。去检票吧，我把保温杯递给丁辰说，然后拖起两个拉杆箱。

就像非常有默契的夫妻一样，接下来，丁辰又走在了我前面，我又跟在了她后面。我们始终保持着一尺左右的距离。准确说，是我始终和她保持着一尺左右的距离，她快我就快，她慢就我慢。"须臾不离左右"，说的应该就是这个意思吧，看着丁辰那个被阳光照得更亮也更黄的双肩包，我脑海里突然冒出来这么一句话。不过说实在的，从检票口到车厢这一段路确实也是我最担心的，人那么多，包那么多，又是爬楼梯又是下楼梯的，丁辰挺着个大肚子万一有点儿什么闪失，我可是很难交差啊。

直到把两个箱子都摆到行李架上，丁辰靠着窗户坐下来，我靠着她坐下来，外面那个妇女又靠着我坐下来，我才松了口气。接下来就好办了，接下来的四个半小时都将在这趟绿皮火车上度过。

从武汉到安城，这么点儿距离说远不算远，说近也不算近。不过因为交通不便——安城至今还没开通动车和高铁，再近也等于远了。当然了，这是我们时至今日的感受。其实仔细想想，这已经算是好的了，火车已经提了好几次速，现在两地之间往来也只是需要四个半小时而已。四个半小时算很长吗？要知道在十几年前，也就是我们还在读职院那会儿，去一趟武汉短则十几个小时，长则一天一夜。在今天看来，那简直要把人坐废掉，不过当时不也屁颠屁颠地坐了那么多趟嘛。

速度虽然快了，不过车厢内部还是老样子，可以说一点儿也没变。一上车，那种我非常熟悉的、与记忆之中完全严丝合缝的场景就扑面而来。又加上国庆人多，过道和车厢接头处也都挤满了操持着各种地方口音的男男女女——很多年前也是这样，那种进入倒流时光的感觉也就更加强烈。

跟候车室里一样，车厢里的味道也挺大，而且层次也十分丰富。只是因为通风的缘故，相比之下要好那么一点。在那么多的味道之中，其中有一种来自丁辰，这是在紧挨着她坐下来之后我才发现的。因为她身上那股很冲的香香腻腻的奶味，时不时地就会飘荡到我鼻孔里，弄得我很是心神不定。没办法，我得习惯这一点，因为在接下来的四个半小时里，这种味道还将继续伴随我左右。

火车开动之后不久，丁辰从脚下的双肩包里摸索出一桶红烧牛肉面来。我就带了这一桶，没多带啊，她一边撕开桶口的那层塑料纸，一边歪过头来小声跟我说。没事啊，我还不饿，早上吃得很晚。我去倒点热水泡一下，说着，丁辰就做出要从座位上站起来的样子。我去吧，我去。接过来她的方便面桶，我才意识到我拉杆箱里有一桶一模一样的方便面。辣油要不要放？走出几步之后我又转回来问她。放，放，不放吃不下去。酸儿辣女，我一边笑一边往开水间的方向走去。

当我端着那桶泡面小心翼翼地挤回来时，丁辰刚切好橙子。她把那八瓣橙子放在一张摊开的餐巾纸上，很有顺序地排列着。哦,吃橙子,她拿起其中的一瓣递给我。粉嫩多汁的橙肉上,泛着几点晶亮晶亮的碎光,这让我瞬间联想到了某种不该联想的东西。真下流,我暗暗骂了自己一句。

你吃吗?找个碗给你分一半,我一个人吃不了那么多,丁辰一边揭开冒着热气的塑料盖一边说。你吃吧,我现在还不饿呢,我说。当然,我没有去找碗,丁辰也没有去找碗,找碗分面这事儿就算过去了。于是丁辰埋头吃面,不过匆匆扒拉过几口她就不吃了。她把面桶往我这边推了推,又拿起斜插在曲里拐弯的面条上的那把塑料叉子,用湿纸巾擦了几擦,然后把叉子递给我说,我吃过的,你不会嫌弃吧?剩下的你都吃了吧,不吃就浪费了。她这个举动让我还挺奇怪的,我不知道到底是她不讲究还是她认为我不讲究,或者她另有什么深意还是仅仅为了不浪费那大半碗面。

嗯,不嫌弃,老同学之间有什么好嫌弃的。怕她面子上过不去,最后我还是选择了这样说。

前年你们结婚时我也没去成,那一段特别忙,要陪领导到处出差,我一边吃面一边跟她解释,不过份子钱随了,陈维国上交了吧?上交了上交了,可别说,我们还差你一顿喜酒呢,晚上吧,晚上到了给你补上!开玩笑,开玩笑,到时候跟满月酒一起补吧,哎,你们现在分居两地怎么搞,陈维国借调还没结束吗?我也不知道，年底差不多就该回来了吧，你呢？你这给区领导当笔杆子的，也快当领导了吧！我？搞毬，我还不是老样子，写写材料而已，有什么错不错的，混口饭吃。你对象呢？打算什么时候结婚啊？我们03园艺可是就剩下你一个啦。这个嘛，这个不急，慢慢来噻。

当丁辰提出来跟我妈一模一样的问题之后，我就觉得她一下子成了我妈，然后我就没了胃口。

可能吃饱了容易犯困，也可能是孕妇容易犯困，更可能是吃饱了的孕妇容易犯困，就在我去扔面桶并抽了一根烟的一会儿功夫，再回来时丁辰已经睡着了。她睡着了，架在小餐桌上的手机倒还醒着，正在放一部不知道什么名字的肥皂剧：一个男的和一个女的正在举行一场白马王子灰姑娘式的婚礼。挺着大肚子，高耸着更加饱满的胸部，斜仰着头，半张着刚才明显补了一层口红的嘴巴（估计等会还将流出来一长串口水），一粒小黑痣在左边腮帮子上，那层厚厚的粉底霜竭尽全力地掩盖下仍旧闪烁出非常顽强的星光，这就是此刻我所看到的前校广播站站长兼系花丁辰的样子。

我望着她，望了又望。一生一世，全心全意。我最爱的是她，可以肯定，就像自己必死一样肯定。当日的如花妖女，现在只剩下枯叶回乡。苍白，混俗，臃肿，腹中是别人的骨肉。但我爱她。她可以褪色，可以萎谢，怎样都可以。但我只要看她一眼，万般柔情，涌上心头。

□ 是的,从某种程度上说,《洛丽塔》里亨伯特对洛丽塔所说的这段话中的一部分确实挺适合形容我此刻的心情。嗯,我之所以说有"一部分"适合,是因为我和丁辰不是那种关系,最重要的是我对她也不存在那种感情。

矫情不矫情?我暗暗对自己说,便把目光移向了窗外。但你知道,这并没什么用,因为惯性还在对我发挥着作用,所以我只能看着窗外掠过的原野继续想。我在想的是,我刚才的心情之中挺适合亨伯特独白的那"一部分"究竟是哪一部分。其实我也说不很清楚,这都过去多少年的事儿啦。

我又去抽烟,我发现之前那个头发染成屎黄色的不肯让座的小年轻也正在那儿抽烟,真是冤家路窄。不过黄毛没在车门的左右两边抽,而是倚在过道边儿上的连接部抽。他还在打游戏,脑袋里还插着耳机,一缕缕烟气正从他的烟头里冒出来,被过道里的风往车厢中吹去。有点公德心啊,里面有孕妇,你来这儿抽吧,这儿,我对他说,同时用刚点着的烟指了指自己所在的地方。

黄毛好像没听见,也好像听见了装作没听见。车厢连接处的人都看着我,然后又顺着我说话的方向看着他。我加大音量,又说了那么一嗓子。这让我想起一个成语,狐假虎威!这次黄毛听见了,他白了我一眼,不过什么也没说,接着就走过来把快烧到烟蒂处的烟摁灭,一转身回了车厢。

什么人啊，我说，像自言自语，同时也像对黄毛缺席审判。刚才车厢连接处那些准备看热闹的人于是又恢复了先前的样子。他们没座位，就在吸烟处挤着。估计都是农村人，至少曾经是，因为他们就像以前农村人吃饭一样半蹲着或者坐着，坐在烟蒂遍地的铁皮地面上、皱皱巴巴的报纸上或者自己爹妈的大腿上。有个头发没剩下几根的老头儿很聪明，蹲在自带的小马扎上。老头儿也在抽烟，不过他抽的是那种现在几乎见不到的水烟袋，抽一口，水壶里就会咕噜咕噜地响一阵。

老头儿背对车门，脑袋上方就是门玻璃，那扇脏兮兮的门玻璃不断切割出窗外枯黄的村庄、歪扭的河流、宽广的原野、萎靡不振的树木和隐隐约约的坟头。K字头的火车速度还是很快，所以切出来的画面都很模糊。但这不要紧，只要一闭上眼睛，我就能看到那些画面并将之聚焦得无比清晰，我甚至还能看清那些模糊掉的纹理、褶皱和细节。真的，我对那种地方的那些东西太熟悉了。

之所以熟悉，一是因为我母亲一直生活在那种地方，我父亲也是，虽然时至今日他以一粒坟头的方式成了那种地方的一部分；二是因为我也曾经在那种地方生活过十八年，而正是为了逃离那种地方，我才连考了三年大学，并最终滑档到了职院。一开始我父亲很不满意，因为邻居告诉他，录取了他家独苗的园艺专业跟种庄稼其实是一码事儿，这让他很没面子，于是坚持要我再复读一年。我当然不愿意啦，就跟他跳脚跳了大半个月，因为与其让我再复读一年，倒还不如让我去职院读园艺呢！

老头儿刚抽完一袋，没过多久又装了一袋。他这个动作感染了我，让我也跟着又点上一根。

现在的场面是这样的，老头儿背靠车门坐着、抽着烟，我靠车厢边儿站着、也抽着烟，我们隔空相望、遥遥相对。在我们这一低一高、一老一少两杆大烟枪之间的，就是那些半蹲着或席地而坐着的男男女女，他们无精打采、昏昏欲睡，头顶上盘旋着一股股被我和老头儿制造出来的淡蓝色烟雾。

反正坐火车也没什么事，闲着也闲着，干脆我就给各位讲讲我们年轻时在职院的那些事吧！

前面说过，丁辰和陈维国能成一对儿确实够神奇的，的确是这样。因为当时整个03园艺的人（事实上可能远远不止）都知道，一班的陈维国不是个什么好东西。这有他后来的斑斑劣迹和刚入校时的豪言壮语为证，当时他是这么说的，解放啦解放啦，接下来我要用这四年睡齐十二生肖和十二星座。幸好职院当时才刚升本，还没有留学生，不然陈维国肯定要把七大洲也列入睡齐的范围。

陈维国是这么说的，事实上也是这么做的。也不知道他有什么特殊本事，反正总能得手。因为住得非常近（隔壁宿舍），他得手的消息总会被我们先知道。我们知道了，就会在去上课、去图书馆、去食堂或者去打开水的路上对他得手的对象偷偷观察一次。因为当时风行男生宿舍的一个理论是，被破处之后的女的走起路来会把胯子叉得很开。那时候，我们绝大多数男生都还没谈过恋爱，两性经验极其匮乏，所以我们都对这个理论深信不疑，并且很快就学会了用理论去联系实际。

是的，记忆中我们对那些或认识或不认识的女生观察过很多次，因为每隔几周陈维国就得手一次。我们在这种观察中积累着对他的愤怒，当然，如果你把愤怒这个词换成羡慕也不是不可以。

后来，很多女生都被陈维国划进了他的势力范围，包括丁辰。丁辰是03园艺的系花，那时候个子就有一米七多，很苗条，而且两只过早发育的乳房让她显得更加苗条。不过对于她，我们倒一点儿也不担心，事实上没人相信陈维国能把丁辰攻陷。这倒不是因为丁辰一米七多，而陈维国只有一米六多，而是因为丁辰是个高冷的主儿，衣着朴素，学习刻苦，还是职院广播站的站长。而且据我所知，丁辰对滑档到职院也一直耿耿于怀，从大二上学期就开始为报考农大的研究生做准备。所以无论从哪一方面说，她都没理由在众多追求者中选择不怎么起眼而且名声很臭的陈维国。

现实也的确如我们料想的那样，一直到毕业，陈维国也没能追到他想了四年的丁辰。

毕业前，就像我们刚进校时担心的那样，我们这个专业的很多人果然都没找到工作。这说明什么呢？说明这个专业开得不对路吗？还是说明我们国家已经绿化得足够好，根本不需要园艺生了呢？也许都不是。也许这说明了我们很笨，很不努力，把大好光阴都浪费在了观察哪个女生的胯子叉得更开这样的破事儿上。至少我们没陈维国那么聪明，因为这个家伙的植物学、农科化学、土壤肥料学、遗传育种学和虫害防治学这几科虽然一挂再挂，但是那又怎样呢？人家还不是还没毕业就在省园林局找到了工作？这让我们非常羞愧，羞愧之余更觉得我们这些智商平庸、苦读终日的人跟陈维国真没法比，我们很不该愤怒他到处去撇女生的胯子，他天资那么聪颖，就该到处去撇胯子。

直到毕业几年后我们才知道，陈维国能在园林局找到工作，完全是因为他爸就在园林局。但事情当时已经过去很久，我们虽然再一次表达了对他的愤怒，不过这些愤怒很快就烟消云散了。

现在回头去说丁辰。丁辰是农村出来的，家里很穷，她们家在安城下面一个镇上的小村子，位置比较偏，属于山区。她们老家盛产沙果，有一年我们实践课上给苹果树嫁接的沙果接穗就是从那儿进的。这个细节我一直记得比较清楚，因为当时是丁辰负责进的那批接穗。丁辰家里比较穷，这一点相信很多人都能看出来，因为她的衣服总是比她的身子小那么一两码，而且基本上都是些旧衣服。

人穷志不短，这句话说的就是丁辰。前面说过，她是个高冷的主儿。但事实上她的高冷并不一定说明她本来就是个高冷的人，只是她没时间像很多人那样成天嘻嘻哈哈。因为除了应对那些必修和选修课程之外，她很早就准备起了考研，后来她又在学校广播站（就是每天组织播报一下学校里的那点儿事）当了站长，这样一来你就可以想象她整天有多忙啦。有那么一段，我也曾为滑档到职院心怀不满，也想通过考研接近一下梦想，也每天人模狗样地到图书馆占座自习。丁辰就坐在我对面，在她中间上厕所的时候，我一够头就能看见她那本《植物生理学》教材中密密麻麻的下划线。

陈维国一直都想睡丁辰，但一直都没睡成。在丁辰那里碰过几鼻子灰后，有一次他窜到我们宿舍来交流经验教训。他是这么说的，他说我还没从来见过丁辰这样的女的，送什么都不要，给她打瓶开水也不要，就连陪她上个自习也被撵出来了，还骂我是什么"公狗"。听陈维国那么一说，我们脑海里就浮现出来他在自习室门口那副被赶出来的狗样，于是就都挺高兴的，至少我还挺高兴的。

因为只是在一起上课,并不在同一个班,所以我跟丁辰也说不上有什么交集。在假模假式地去图书馆弄过几次考研复习之后,我就对考研再也提不起兴趣了,而且我对跟我父母面朝黄土背朝天地弄了一辈子的庄稼活非常相像的园艺专业更是没来由地厌恶,所以我就偷摸地自己写点儿所谓的文学作品什么的。后来这事儿不知道怎么就传开了。有一天辅导员找到我说,你别每天正事儿不干专搞歪门邪道,你不是在写什么东西嘛,去给广播站投投稿,让我们园艺系亮亮相。

为了给广播站投稿,我还真听了几次广播。不过我发现,学校和系里的那些狗屁新闻我写不来,倒是点缀新闻的那些小情小调的散文可以弄弄,于是我就把之前写的一篇豆腐块投了过去。没想到后来没过几天真就播出来了。播出时间是在傍晚,当时我跟几个人正在打水回来的路上,这还弄得我挺不好意思的。再后来,我又弄了几篇投过去,也都在投过去之后没几天就播了出来。于是,辅导员后来再见到我时就笑眯眯的,在我的记忆中这也是他给过我的屈指可数的几次笑脸。

投过几次稿之后,尤其是在我"才子"的名号在系里传开后,我就不再去写那些东西了。说实话,这让我觉得自己挺矫情的,而且我也十分讨厌被他们称为"才子"、被他们赞扬很有"文采",烦透了。

大概半年之后吧,有一天我们在实验室里做无土育苗。你知道的,像我这种庄稼汉的儿子,对这些庄稼地里的东西根本就没什么兴趣,平时上课、交作业也就是糊弄糊弄,所以,我不可能弄出来什么。最简单地说,我连各种营养液的比例和浓度都控制不好。因此在很多人都弄完之后我还在那里瞎鼓捣,实验室里只剩下我们几个人。这时候,丁辰端着培养皿朝我走过来。本来我还以为她是想帮我调培养液,谁知道她根本没理这茬儿。怎么不投稿啦?我还挺喜欢你写的!她只是在经过我时红着脸小声说了这么一句,当时我手忙脚乱的也顾不上回答她,她就端着培养皿走开了。

就是这样,时至今日我还能记得住的我和丁辰之间的交集就这么多,就这唯一一次。说实话,当时我还挺诧异的,因为丁辰从没单独跟我说过话,不知道那天她为什么会主动跟我说那么一句。还有,当时我没意识到,等意识到之后已经毕业了好几年的一个问题是,我不知道她为什么会脸红,我还天真地以为所有女生和男生说话时都会脸红呢。当然,也许我想太多啦,但愿是我想太多啦。

后来,学习一直十分优秀的丁辰并没考上研,好像英语没过线还是植物生理学差了几分。在当时,这是我们都难以想象的,因为我们觉得如果丁辰都考不上那就没有人能考得上。当然后来我们知道了,不单丁辰,事实上我们整个03园艺连一个研毛没考上。我不知道怎么回事，我们都不知道怎么回事。是职院的教学水平不行吗？是那些考研的人功夫没下到家？还是我们这些泥腿子的后代根本就不该读书，读了书也不该考研，而是该回到农村继续种地，把我们修地球的事业发扬光大？

对了，我还想起来一件事，就是吃散伙饭的前一天晚上系里搞什么毕业联欢。很多人都上台表演了，又唱又跳的，很快活，也很伤感。临近结束时，丁辰在最后一排的中间位置找到了我，她从书包里掏出来一个很精致的留言簿，要我写几句话。我就随便写了几句，无非"前程锦绣"、"宏图大展"之类的。写完后她又让我留电话，让我写在刚才写的那几句话下面，说为了以后联系方便什么的。我当时还买不起手机，家里也没安电话，所以就没留，然后她就有点失望地收起本子走开了。

毕业后的事情，我就不怎么知道了。我和老师、同学也没怎么联系过，同学会也一次没参加过。再后来，一些捕风捉影的消息，也是我不知道从哪听来的。比如说丁辰毕业后先是回老家做了几年幼教，后来又去武汉，做过一些房产中介、导购顾问、化妆师和保险推销员之类乱七八糟的工作，再后来就进了园林局下面的一个什么单位，不用上班就能领一份工资。再再后来，也就是前年了，就听说陈维国跟她好上了，然后两个人就结了婚。当时陈维国不知道从哪里找到了我的微信，还给我发了一个结婚邀请函，然后我就给他转去了两百块份子钱和一份充满惊讶的祝福。

啤酒饮料矿泉水，瓜子花生八宝粥，来，脚让一下，脚让一下啊！此时此刻，一个戴白帽穿白褂的胖胖的男的推着小推车左顾右盼地吆喝着过来了，他过来并打断了我的回忆，或者说为我的回忆画上了一个完美的句号。是的，就是这样，很多事我都忘了，还记得的，也就是这些脉络和支离破碎的细节。老头儿，不，大爷，我说的这些您都听懂了吗？我又点上一支烟，歪着脑袋欣赏他咕噜咕噜地抽水烟袋的样子。他好像听到了我的问话一样，拿起水烟袋在车厢壁上使劲磕了磕。

要说的我都说完了，大爷您呢？看你这身板、气色、发型还有打扮，估计有六七十岁吧，也就是跟我这一代人的父辈差不多。您也是个庄稼汉？至少当过庄稼汉吧？在那些火红的年月里，您是一名生产队里的壮劳力还是一名光荣的插队知青？你们生产队或者知青团里，是不是也有一位身板结实的、脸蛋红扑扑的姑娘和您一起肩并肩地割过稻子插过秧？她是不是还偷偷地帮您洗过汗渍斑斑的衣服、托人给您转交过一条她亲手打的白围脖？您肯定没想到是她，因为您当年为了挣工分、为了做个思想不开小差的好青年，肯定是把身上那一层又一层汗水都献给了脚下的土地。

是的，大爷，您当年肯定也不会想到将来有一天会蹲在这列火车上咕噜咕噜地抽水烟袋，更不会想到有一个年轻人就这么遥遥相对地和您一起抽,而且他还跟您讲述了自己年轻时的故事,并部分程度地唤起了您对自己青春年月的记忆。怎么啦,您怎么在揉眼睛呢?是您哭了,还是被刚才抽的那口烟熏到了眼睛?那么您说说,您以前的故事是不是就像我问您的那样呢?不愿意说?那好吧,不愿意说就不说吧,不说就算啦,反正我也得回车厢里去了,我同学的老婆还在等着我照顾呢。

当我回到座位上时,丁辰已经醒了,她还在看那部没有播放完的肥皂剧。去哪啦?她划拉开屏幕问,并点了一下播放器的暂停键。没去哪,车厢里转转,抽根烟。我只能这么回答她,我总不能跟她说我刚才跟一个老大爷回忆了一下我们相识的青春往事吧。到哪啦?快到了吧?她又拿出一个橙子,一边切一边问。刚才是华池铺,下一站是磨市,再下一站就到啦。橙子,你吃。丁辰切好后递过来一瓣。我吃了,在吃的同时还看到坐我对面的小女生飞快地笑了一下,然后就把头埋到一本画册里去了,她肯定觉得我和丁辰就像一对夫妻,不,就是一对夫妻,一对十分恩爱的夫妻。

接下来,丁辰又看起了她的肥皂剧,我也划拉开手机看起新闻来。是的,我发现这才是度过漫长难捱的时间的最好办法,因为你完全不用投入什么,只需放空自己跟着那些文字走就行了,它们会让你的整个人变淡、变薄、变虚,变得让你一点儿也意识不到你,最后又在终点处把你还给你。

这个办法果然非常奏效，也就是在我完全不想什么时候会到站的情况下，很快就到了安城站。安城站还是我十分熟悉的那个安城站，小，而且破。不过，安城还不是我们的终点，因为虽然我要去安城，但是我首先得把丁辰送到距离安城三十多公里的高桥镇，因为陈维国借调在那里的园艺所。

安城是个小地方，安城站更是个小地方。这个小体现在很多方面，譬如说很多大一点儿的城市的火车站旁边会都有汽车站，但是安城站没有。从安城站拉客到下面各个地方的，都是那种私人承包的破破烂烂的中巴车，这一点，十几年前如此，十几年后的今天也依然如此。只能坐这种车，因为如果不坐，那就得去坐黑车，就得接受被宰。高桥，高桥，高桥的有没有，我们一出站就及时而准确地听到了那句招揽声，并跟着发出那句招揽声的男人登上了最后一辆开往高桥镇的中巴车。

如果说绿皮火车让人感受到的是十几年前的时光，那么中巴车让人感受到的就是更早的时光。怎么说呢，一上车我就觉得像回到了读初中甚至读小学时坐车去县城的那种场景。

车上稀稀拉拉地坐了几个人，我和丁辰在中间靠后的两个位子坐下来。刚坐下，就有个五指焦黄的男人夹着烟卷走过来。到哪？园艺所。二十。我翻出两张皱巴巴的十块的票子递给他。一个二十，两个四十，他把那两张票子捋直了跟手里的那沓钱叠在一起，又把夹着烟卷的手伸过来。我又掏出钱包，翻出一张五十的票子递给他，他又把我给他的那两张票子和另一张十块的找给我。因为动作的幅度过大，他烟头上那截长长的烟灰落在了我身上。不过他什么也没说，一扭头就走了。

什么时候走啊？我有点儿生气地冲着他的背影大声问。走啊，马上就走了，他头也不回地说。

接下来的十几分钟里，又陆续上来了几个男的和女的。他们在坐下几分钟后，也都各自向那个手指焦黄的男人提出了我刚才提过现在已经懒得再提的那个问题。在他们问过好几遍之后，尤其是在一个小伙子很焦急地问过几遍之后，司机才很不耐烦地发动了车子。终于走了，这帮人就是这样的，不逼他们走就不走，坏透了。我小声跟丁辰说。是啊，小地方就是这样的啦，没办法。她说。

车子驶出站前广场，从中山路拐上正大路，又从正大路拐上安城大道，又从安城大道拐上了职院门前的振兴路。振兴路上的变化不大，我当年熟悉的那些店面、建筑和树木都还在，所以我得以在离开十几年后第一次又准确地找到职院那座破破烂烂的后门和那块巨大的招牌。三三两两的男女学生正聚集在后门的烧烤摊前，津津有味地吃着十几年前也曾被我们津津有味地吃过的那些垃圾食品，摊子旁明亮的白炽灯光映照在他们年轻稚嫩的脸庞上，一股股热气从他们的嘴边袅袅上升。

接下来，车子从振兴路拐上了东山路，又从东山路拐上了正大路，又从正大路拐上了中山路。他妈的，就这么在城区转了一大圈后，谁知道司机又把车子兜回了中山路上的站前广场。

哄鬼呢你们？猴年马月才能走啊？正当我忍不住想发问时，我看见邻座一个很壮实的中年男人率先站了起来，伸长脖子冒出这句话。他嗓门很大，但还是伸长了脖子，我估计他是想尽量保证他的问题能穿过车厢传到司机的耳朵里，同时也想用这句话建立起我们这些跟他一样等得很着急却仍然在干等下去的乘客的共鸣。果然，他的话刚一落地，有几个人便附和起来。有个老头翘着胡子说，等个把钟头了还不走，晚饭你们管不管？走啊，再拉几个就走，那个手指焦黄的男人嘟囔着。

天快黑下去时，车上的座位差不多坐满了，但司机仍然没发动车子。不过，即使还不开车，所有人也都没有气力再去计较什么了，大家都陷入了一片窸窸窣窣的沉默之中。之前骂骂咧咧的那些人，现在也都老实了，歪歪倒倒地坐在或卧在各自的座位上，在属于自己的一小片黝黑中发呆、睡觉、玩手机或者不吭不哈地吃东西。丁辰还在看那部肥皂剧，已经看到第十七集了。因为戴着耳机的缘故，所以她时不时会发出那种她本以为很小声但是事实上很大声的笑声,对于这样的笑声,我相信整个车厢里的人都能听得清清楚楚。就在她这么笑过几次之后,车子终于再一次重新发动了。

路上没什么车,可能也因为要弥补刚才等人的时间,司机开得飞快。窗外接连不断地闪过一排排黝黑的树冠,树冠外面是漫无边际的淡蓝色雾霭以及雾霭笼罩下的山坡和田野。在某些瞬间,窗外的那些淡蓝色雾霭甚至让我产生了一种非常真实的幻觉,仿佛我们这辆车正在置身于一个蓝色的太空星球,无论司机怎么开,无论司机开多么快,我们都抵达不了高桥镇或者别的什么地方。嗯,我真愿意让司机就这么无尽无止地开下去,在一个距离地球几十万亿光年的蓝色星球上开下去。

高桥,高桥,高桥下的有没有?有没有?没有开车了啊!手指焦黄的那个男人在前门那么一喊,我才醒过来,醒过来我才意识到刚才竟然睡着了,睡着了还做了一个蓝色星球的梦,不过现在并不是回忆那个梦的时候,于是我赶紧喊了一嗓子:有有有,停车停车停车。丁辰也睡着了,不但睡着了而且睡得很死,因为直到现在她还没醒。于是我摇了摇她粗壮的膀子,到啦!到啦!该下车啦!

一下车我就看见了陈维国,当然,丁辰比我看见得更早。陈维国把迷迷瞪瞪的、正在揉眼睛的丁辰搀扶下车,又把双肩包从她身上卸下来背着,但是他并没有从我手里把那两个拉杆箱接过去——他也没有把丁辰的那个蓝色小拉杆箱接过去,这让我挺失望的,但我不得不在失望中继续拖着。辛苦啦辛苦啦,那么晚才到,陈维国说,边说边抽出一根烟递给我,同时把打火机打燃后凑到我嘴边。为了表示礼貌,我不得不用手掌曲成凹槽形,把他送过来的那团小火苗罩住,吸上一口。

有十几年没见了啊,你还是老样子,一点儿都没变,走,先去吃饭,先去吃饭。陈维国说。

饭是在他住处楼下的一个小馆子里吃的,东北菜,菜不多,但分量很足,我很快就吃饱了。快吃到一半的时候,陈维国觉得好像有什么不对劲,就喊服务员去拿两瓶小二。我说不要了不要了,他说要要要,我说真不要了真不要了,他说真得要真得要,多少年没见了。在我的坚决和他的坚决相持不下的时候,丁辰发话了。她说上次我们结婚你都没来呢,喜酒还没喝上,现在正好补上,补上,就要一瓶吧,都少喝点儿。于是我和陈维国就不争了,把那瓶小二一分为二,喝干净了。

吃完饭差不多十一点,很多小店已经关了门,街上到处都冷冷清清的。陈维国说,现在也没什么车回安城啦,你就在高桥凑合住一晚吧,明天再走,我给你找个酒店,红日吧,红日,就在前面一点儿。于是,我们就步行去前面一点儿那家叫红日的酒店。很快就到了,接着就是办入住手续,陈维国和丁辰在一旁看着我办,房钱当然是我付的。办好后他们就回去，快走到酒店门口时，丁辰才突然意识到她的拉杆箱和那兜橙子还在我手里，于是陈维国就过来取，我便把丁辰的小拉杆箱和那兜橙子都交给他，并目送着他俩走出酒店门口，走到了街上。这让我产生了一种如释重负的感觉。

可能因为喝了点儿酒，我浑身上下都燥燥的，洗了两次澡也睡不着。我就想到了陈维国，于是就给他打了个电话。睡了没有，丁辰在不在你边上？在啊，怎么呢，你等一下，我到客厅去，好了，你说。你们这儿有那个没有？什么哈，哪个？你知道的啊，那个。那个是哪个啊？别跟我装蒜啊，那个，我不信丁辰不在的时候你没找过那个。哈，那个啊，你要啊？你当然不要了，老子今天给你送来了救济粮好吧！好吧，好吧，给你找个那个，你住哪个房？302！好，我让她过去找你。

十几分钟之后，就有人来敲门了，一个三十岁左右的女的。是的，就是陈维国给我找的那个。不过她并不像很多那个一样浓妆艳抹、低胸露背的，而是完全看不出来那个的特征，至少表面上看不出来。不过动作上是看得出来的，很老练，也很干脆，因为刚刚进门坐下来还没说两句话她就开始背对着我脱套头衫，速度非常之快，我已经看到了她背上的黑色胸罩带子和闪着银光的双排扣。

别别别，先说好，还有个要求。听我这么一说，她扭过头来，同时把脱到一半的套头衫也放下来，于是黑色胸罩带子和闪着银光的双排扣又被罩住了。什么要求？你叫什么？小茹。能不能不叫小茹？什么？能不能不叫小茹，起码现在不能叫小茹。那叫什么？丁辰。什么丁辰？等会我喊你丁辰，你要把自己当成丁辰。那要加钱。为啥？你这是特殊需求。好吧，特殊需求，加吧加吧！是的，她必须是丁辰，必须是十几年前的丁辰。而且我还有个想法，等会我还要再加点钱把套子拿掉让她怀上丁辰，怀上我，最好把那个咕噜咕噜抽水烟袋的老头也怀上，把我们重新再生出来一遍。

后记

我有一个比我大几岁的朋友，他曾经在我现在所在的城市读书、工作，将近十年。后来又回到了他现在所在的城市，结婚，而后又成了两个女儿的父亲。他是工科生，学的焊接专业，也一直从事这一行。几年之前，他从跟几个朋友一起开的那家公司退了出来，赋闲在家，做做家务，带带孩子，写写小说——虽然这是一个与他的职业看上去很不相称的爱好。

在我刚开始写小说时，他已经写相当长一段时间了。每天上午写两三个小时，他说只有这段时间——即使这段时间，他也要看小女儿什么时候起床，她在的时候，他也不忍心把房门关起来。其他时间，他要负担母亲和每天上班的妻子顾及不到的家务，要接送读初中的大女儿，还要陪小女儿去舞蹈班学跳舞——她总是要他站在她一眼就能看见的玻璃幕墙后面，还要在半夜三更陪小女儿看《小猪佩奇》……

他曾经说,他很羡慕我能有整块整块的时间。

有一次,他给我发来过一张皱巴巴的白纸。那张白纸上,涂满了一红一黑两种笔迹。红色笔迹,是他女儿画的小兔子、小鸡、小鱼、小船、小人、小猫和小狗之类;黑色笔迹,是他写的是"英籍日裔人"和"五岁到英国"——应该是指日裔英籍作家石黑一雄。这时候,我才理解到他之前说的羡慕我能有整块整块的时间究竟意味着什么,以及他还在追求着什么。

辞职后,他也开始面临越来越大的经济压力。他跟我说过一次,说他妻子虽然表面上不说什么,但心里也不会完全没想法,还有他岳父。有一天岳父到他家里去,吃饭的时候,岳父以一种随口一问的语气问他妻子——钱还够花吗?在问这句话的同时,岳父也飞快地瞟了他一眼,而正在默默吃饭的他,也飞快地注意到了岳父那一眼。是的,那是一个辞职在家写小说的男人开始被质疑的一眼,但是很显然,仅仅靠写小说是没办法回应这种质疑的。

到现在为止,他还是没上班,仍然在家写小说,同时忙碌着他作为一个父亲、一个丈夫和一个儿子应该忙碌的一切。他不是不幸福,不是不快乐,也不是没追求,但他陷入到了一场目前依然还在持续的困局中。短时间内,他不会得到什么答案,甚至永远也不会得到。

在回到他现在所在的那个城市之前的几年,他就住在我现在住的那个小区旁边的一个小区,那时候他单身,在一个国企当技术主管,业余写诗,以一种天才的面貌出现在诗歌圈的某个范围内。不过,当时我还不认识他。在我来到这个城市,通过我们共同的朋友认识乃至熟识之后,尤其是最近几年,在去菜市场、地铁站或公园路过他当年住的小区时,我会经常想起他,想象起他在那里的日子,甚至我觉得一抬头就会在虚空中看见他。因为我正在度过的,也就是他回去结婚之前的那种日子,我似乎已通过他的现在看到了我的未来。

此外,还有几个平时经常来我租居处小聚的朋友。一个搞影视的,前年从北京来到这座城市陪儿子读书,同时也在等着遥遥无期的移民排期;一个大学老师,忙碌于教学和女儿的艺考,还要应付在老家盖房子产生的一场官司;另一个医院职工,曾经闲散了十年,现在却不得不每天打卡上班,他正在想办法以抑郁症的名义请长期病假或者提早退休……不知道从何时开始,大家都陷入了某种困局,像局外人一样清楚地看着这个困局,却没办法摆脱。

大致而言,这本小说集里我写的也就是他们这样的人——我身边的人,我熟悉的人,或者就是我本人——以及他们/我们所处的困局中的状态。当然,小说毕竟是小说,与现实并不存在严格的一一对应关系,借由他们这些人物原型,我虚构出来的是另外一些"他们"。

是的,我写的不是失败者,不是厄难中苦苦挣扎的人,也不是具有典型色彩的人,而是大街小巷迎面走来的人,表面平静而内里波澜横生的人,在窗台上偶尔出神发呆的人。他们是沉默的大多数,是巨大的公分母的一员,尽管残存着梦想,但更多时候已经承认了没有梦想;尽管没有遭遇不幸,但更多时候已经承认了没有不幸就是幸运。他们深陷于日常的困局,努力着,也妥协着,等待着时间之手将他们摁下去或者捞上来。他们生活在城市,但更生活在时间和内在于生命的时间里,在时间的巷道里风尘仆仆地穿行,也迎接着它的裁决。

他们中的绝大多数,都来自于乡村、小镇、县城或郊区。在日益稀薄的城市生活中,他们身后依旧拖着老家所附加给他们的尾巴和影子。相比于父辈,他们是跳出家乡存身异乡的新一代;而相比于子女,他们又是努力让子女跳出家乡存身异乡的旧一代。他们既不安于父辈那样的劳碌人生,也不安于子女那样的崭新生活,所以他们走到了那些困局之中。那些困局,虽然并不构成巨大冲突和强烈矛盾,却构成了他们被摊得更加稀薄的日常生活,而在他们微小而确定的希冀周围,也总有着微小而更确定的困局。那些困局一直都存在——即使意识不到的时候,因为他们经常会发现,明明是站在自己家中,而一旦看见外面楼群中星星点点的窗户亮起来时,他们冒出来的还是想要回家的那种念头,一个不存在的家。

一座城市里,人群来来往往,生生死死,一波接着一波。但那些困局永远存在,永远新鲜;那些希冀和努力也永远存在，也永远新鲜。而作为一个小说作者，我所能做的就是为我见到的每一种平凡而奋力的生活赋形。在日复一日的混沌生活中，总有那么一个瞬间，一切都清晰起来，时间澄清了他们当时当地的困局和将要迎接的命运。也许，我把它们以这样那样的面目呈现出来，存立于文字和书页之中，出现在某个乏人问津的图书馆或书店的某个角落，就会有某一双手打开它，感同身受地买回去，或者瞥几眼又匆匆合上，让它继续落满积尘。是的，它，这本小说，跟它的作者和它里面的那些人物面对的困局其实也是一样的。

图书在版编目（CIP）数据

迎面而来 / 林东林著. -- 上海：上海文艺出版社，2021
ISBN 978-7-5321-7575-8

Ⅰ.①迎… Ⅱ.①林… Ⅲ.①短篇小说—小说集—中国—当代 Ⅳ.①I247.7

中国版本图书馆CIP数据核字(2021)第013368号

发 行 人：毕　胜
责任编辑：李　霞　王丹姝
封面设计：钱　祯
插　　图：曹艾文

书　　名：迎面而来
作　　者：林东林
出　　版：上海世纪出版集团　上海文艺出版社
地　　址：上海市绍兴路7号　200020
发　　行：上海文艺出版社发行中心
　　　　　上海市绍兴路50号　200020　www.ewen.co
印　　刷：崇明裕安印刷厂
开　　本：889×1194　1/32
印　　张：10.125
字　　数：179,000
印　　次：2021年3月第1版　2021年3月第1次印刷
I S B N：978-7-5321-7575-8/I.6026
定　　价：52.00元
告 读 者：如发现本书有质量问题请与印刷厂质量科联系　T:021-59404766